後宮の寵姫は七彩《しちさい》の占師

喜咲冬子

STARTS
スターツ出版株式会社

目次

私は翠玉
18歳
昼は肉まん売りで
夜は占い師
異能のせいで
強いられる
貧乏生活
ある晩のこと…
身なりの良い
お客がひとり
なんと
美しい方…
私は宋啓進
宋家の当主だ
宋家の!
私の異能一族は
宋家に貶められて
きたのだ!
ん?
宋家の当主…
もしかして
皇帝!?
心の中のスイギョク
彼は言う
後宮の
呪詛をとくため
私の力が必要だと…
できません
私が後宮にでも
入らねば無理です

では…
俺の妻になればいい
え…!?
そして私は皇帝と偽装夫婦に
貴女を誰にも渡したくない
3人の夫人たちの視線が突き刺さる
偽りの関係のはずが…
寵愛は予想以上で――
プルプル
呪いをとくぞっ
キッ
恋なんてしてる場合じゃないのに

ワケあり
完璧皇帝
宋《そう》啓《けい》進《しん》
策士なエリート皇帝。江家との因縁を知った上で翠玉に後宮入りを迫る強引な男。かと思えば、翠玉を優しく守ったり…と翻弄する。実は後宮を脅かすある秘密を抱えていて…!?
不遇の
異能占師
江《こう》翠《すい》玉《ぎょく》
七色に光る糸で占いをする異能の一族出身。異能のせいで、虐げられ身を潜め生きてきた。持ち前の気丈さで皇帝にも物怖じしないが、恋愛の類いは免疫ゼロ。

後宮案内図
斉照殿
皇帝・宋啓進
月心殿
白鴻殿
周夫人
翡翠殿
?
紅雲殿
徐夫人
槍峰苑
百華苑
双蝶苑
蒼湖殿
菫露殿
姜夫人
橙花殿
雲海苑
千香苑
酔夢苑
万緑殿
桃景殿
玄石殿

中原《ちゅうげん》の北半分を百五十年にわたって治めた宇《う》国は、南から招いた異能の三家《さんけ》を従えていた。

裁定者たる江《こう》家。

守護者たる劉《りゅう》家。

執行者たる陶《とう》家。

この宇国を滅ぼし康《こう》国を建てた高祖《こうそ》は、最後まで矛《ほこ》を収めなかった三家を、九族に至るまで殺した。

一方で異能の者たちの呪いを恐れ、わずかな子孫を残し、彼らに父祖の霊を慰《なぐさ》めるよう命じたのである。

それから——二百余年。

私は、裁定者たる江家の末裔《まつえい》として生を受けた。

——三家に課された〝罪《つみ》〟と〝則《のり》〟を背負うために。

後宮の寵姫は七彩《しちさい》の占師

序　華々娘子

カーン……カーン……カーン……

康国《こう》の建国より、二百年。

漢典《かんてん》五年の初夏。康国の都・琴都《きんと》の下町に、三夕《さんせき》の鐘が鳴っている。

「はい、肉包《にくまん》ふたつ！　お待たせしました！　四銭いただきます」

翠玉《すいぎょく》は蒸籠《せいろ》から出したばかりの肉包を、笹《ささ》の葉でくるりとくるむ。

客の男は肉包を受け取り、笑顔を見せた。

「あぁ、いい匂いだ。仕事終わりには、ここの肉包が一番だよ」

ずっしりした肉包の代わりに、翠玉の掌《てのひら》には軽い銅銭が四枚のる。

「はい、たしかに四銭。暑い一日でしたね。まだ五月ですのに」

「まったくだ。新しい皇帝陛下がご即位されて、荷運びの仕事がどんと増えたのは嬉《うれ》しいが、こう暑くちゃへとへとだよ」

「暑い中お疲れ様です。ありがとうございました」

客に深々と礼をして、送り出す。

夕時の下町は、すぐに客の姿を人の波に呑みこんだ。

(さぁ、今のうちに新しいのを蒸しておかないと)

ふたつ並んだ蒸籠の、右のひとつの蓋《ふた》を開け、肉包を並べる。

ここは、ぽってり大きな肉包を売る屋台だ。『中通《なかどお》りの肉包の屋台』だとか、店主の名前で『張太太《ちょうおくさん》の屋台』だとか呼ばれていた。この下町で一番安くて大きな肉包は、昼や夕には、長い行列ができるほどの人気である。

(今日は遅いな、張太太)

十八歳の翠玉は、この屋台で働きはじめて三年になる。

高いところに、編んでふたつに丸めた髪。笑むとえくぼの出る頬。大きな目と大きな口には愛嬌《あいきょう》がある。張太太の屋台の看板娘だ。

「肉包、ふたつちょうだい」

「こっちも。五つね」

「はい！　ありがとうございます！」

てきぱきと蒸籠から肉包を出し、笹の葉でくるんでは客に次々渡していく。

小柄な身体がまとうのは煤《すす》けた灰色の着物ながら、物腰には品がある。

人混みに消えていく客と入れ違いに、店主の張太太が戻ってきた。大柄な彼女が蒸籠の前に立つと、小さな屋台はぐんと狭くなる。

「戻ったよ、翠玉。遅くなったね。皇帝陛下のご即位はめでたいが、どこも道が混んでしかたない。──あのね、翠玉。さっき、そこでアンタの話をしてたんだ」

「私の話、ですか？」

嫌な予感がする。これは、通算二十回目の見合いの打診に違いない。

「よく働くし、愛想もいいって。それでね、豆腐売りの高《こう》さんのとこに、まだ独り身の三男がいるんだけど――」

やはり、予想どおりの展開だ。

「太太。私にはもったいないお話です。――慌ただしいですが、これで失礼します」

翠玉も慣れたものである。にこりと笑顔で断っておいた。

はぁ、と張太太はため息をつく。

「アンタも、もう十八歳だよ？　親だっていないんだし、いつまでも……まぁ、この話はまた今度ね。ほら、これ、持ってって。弟と食べな」

蒸したての肉包がふたつ、ぱっと笹の葉にくるまれる。早業《はやわざ》だ。

「いつもありがとうございます。では、また明日」

翠玉は包みを受け取り、賑《にぎ》わう夕時の下町を走りだす。

（急がないと！）

通りに軒《のき》を連ねる屋台からは、蒸鶏《むしどり》、揚餅《あげもち》、炒豆《いりまめ》、焼鴨《やきがも》など、様々な匂いが流れてくる。ここで、ぐぅ、と腹が鳴るのは毎度のこと。

下馬路《げばろ》、と名のつくこの下町は、今日も喧噪《けんそう》の中にある。

四月の下旬に新皇帝が即位して以来、いっそう道行く人の数は増えた。

中通りから、ひとつ角を曲がって、北通りへ。

角から二軒めのしなびた長屋の、左から三つめのちょっと歪《いびつ》な扉。

ここが翠玉の住まいだ。

「ただいま帰りました！」

歪な扉が、バタン！　と大きな音を立てる。

ほの暗い部屋の窓辺に、灯りがひとつ。

卓の上に竹簡《ちくかん》を広げていたのは、今年十二歳になる翠玉の義弟《おとうと》だ。継母《ままはは》の子なので血縁はない。父、母、継母もすでに亡く、今はふたりきりの家族である。

字《あざな》を子欽《しきん》という。

ひょろりと背が高く、小柄な翠玉とはあまり目線が変わらない。

「お帰りなさいませ、姉上」

子欽は笑顔で立ち上がり、丁寧に拱手《きょうしゅ》の礼をした。

「ただいま帰りました」

翠玉も丁寧に、膝を曲げて礼をする。

飢えていようと、煤けた着物を着ていようと、礼を省いてはならない――というのが亡き父の教えであった。

「お疲れ様でした。すぐに片づけますすね」

子欽が卓の上を片づける間に、翠玉は盥《たらい》の水で手と顔を洗った。

「「いただきます」」

卓をはさんで座り、手をあわせ、声をそろえた。

笹の葉をめくれば、肉包はまだホカホカと湯気を立てている。

「子欽、今日の塾はどうでした？」

「変わりありません。崩御《ほうぎょ》されたばかりなので、最近は先帝陛下の功績のお話が多いでしょうか。今日は海岸線の防衛の話が主でした」

「そうですか。……先帝陛下もまだお若かったのに、急でしたよね」

先帝には子が十一人いて、男子はひとり。他は女子ばかり。

商人の家でさえ、後継ぎはひとりよりふたり、ふたりよりは……と次々求めるものだ。まして一国の皇帝の血筋。先帝は、切実に男子を求めていたのだろう。毎年、春の終わりは、貴族の娘の入宮《じゅきゅう》が恒例であった。

その度に、恩赦《おんしゃ》だ、ふるまい酒だ、とお祭り騒ぎになっていた。今年は入宮より先に先帝が崩御してしまい、それもなかったが。

代わりに沸いたのが、新皇帝の即位だった。皇太子の頃から聡明さを知られていた人物だ。よりよい世になる、とふるまい酒に酔った人たちは口々に言っていた。

「これからは、英明《えいめい》なる皇帝陛下が康国を率いてくださるでしょう」

翠玉は子欽の言葉に「そうだとよいですね」と相づちを打った。

――一宵《いっしょう》の鐘が聞こえてくる。

「いけない。急がないと」

翠玉は慌ただしく肉包を口に詰めこんだ。子欽も続く。

「姉上、香《こう》は私が準備いたします」

「助かります。では、灯籠《とうろう》に火を入れてきますね」

卓にあった燭《しょく》を手に、翠玉は外に出て、扉の横の灯籠に火を入れた。ほんのり灯りがつき、灯籠に彫られた『華《か》』の文字が浮き上がる。

（今日もお客様がたくさん来ますように）

手をあわせて灯籠を拝《おが》み、部屋に戻れば、ふわり、と香が漂う。

卓に黒い布を敷き、棚のすべてに黒い布をかけ、手早く準備を整える。下町のおんぼろ長屋から、生活臭を消すのも一苦労だ。

「あとは私がいたします。姉上は、お着替えを」

「ありがとう、子欽。では」

奥の部屋に入り、翠玉は灰色の着物を脱いだ。

手に取ったのは、黒い着物に、黒い帯。黒い袍《ほう》。

髪を整える時間はないので、黒い布を目深に被って誤魔化《ごまか》し、準備は終わりだ。

仕事道具一式を入れた竹籠《たけかご》を抱えて戻る。

部屋の四隅の燭台が、ぼんやりと卓の縁《ふち》を明るく照らしていた。

「では、のちほど」

子欽は、竹簡と燭を手に持ち、翠玉と入れ替わりに奥の部屋へ入った。

椅子に座った途端、コンコン、と扉が鳴った。開店早々に来客とは幸先がいい。

「どうぞ」

ギィ、と扉が開く。

入ってきたのは、背の高い青年だ。外はもう暗く、顔までは判別できない。

「ここは、華々娘子《かかじょうし》の店か？」

「はい、私が華々娘子でございます」

華々娘子——といえば、この界隈《かいわい》では名の知れた占師《うらないし》だ。

失《う》せ物、人探し、吉日《きちじつ》選び。縁結びに、悪縁断ち。

客は老いも若きも、男も女も。貧民から官吏《かんり》まで様々だ。

一朝《いっちょう》の刻から三夕の刻までは肉包の屋台で働く看板娘。一宵の刻からは、巷《ちまた》で噂《うわさ》の占師。それが翠玉の日常であった。

青年に「どうぞ」と椅子を勧める。

しかし——青年は腰を下ろす気配がない。

再び「どうぞ、こちらへ」と促せば、青年は「ここにか？」と確認してきた。

「客間は別にあるのだろう？　急いでいる。早く案内してもらいたい」

翠玉は穏やかな笑顔を保ったまま、呆《あき》れ、かつ驚いた。

「占いは、こちらの部屋で行います」

「そうか。狭いな」

余計な感想を述べたのち、青年は椅子に腰を下ろした。

青年の所作には、品がある。

（よほどお育ちのよい貴族様らしい）

ここで、顔がはっきりと見えた。

通った鼻梁《びりょう》と、凛々《りり》しい眉。切れ長の目は涼やかだ。

黒に見えた袍は濃藍《こいあい》で、なにやら複雑な刺繍《ししゅう》が施されている。金糸《きんし》の帯も、大層きらびやか。下馬路では、まず見かけない格の品である。

（あら。これは見料《けんりょう》に期待できそう）

心の中だけで小躍りする。

父と継母を、相次いで亡くして三年。

下町とはいえ、琴都では長屋暮らしにも金がかかる。

子欽の通う学問所の謝礼など、家賃より高いくらいだ。ボロボロの着物で通わせるわけにもいかない。筆、墨、燭。こまごまとした出費も続く。

だが、覚悟の上だ。子欽の教育は、父の悲願であった。継母との再婚が決まった十年前、読み書きのできなかった子欽に、一から文字を教えたのは翠玉だ。

その子欽も、今や私塾の首席である。郷試《ごうし》は二年後。合格すれば、よい養子の口も見つかるだろう。雨漏りのする長屋暮らしを続けずに済む。代々続く貧困の連鎖から、彼だけは抜け出せるのだ。

田舎を転々とするのをやめ、琴都で華々娘子の看板をかかげて三年。このところ客筋もよくなり、実入りも増えてきた。今日の客にも期待をしてしまう。

(子欽に新しい筆を買ってやりたい。ずっと軸が割れたまま使っているもの。袍の丈もすっかり短くなってしまったし……燭も買い足さなくては。たまには肉包以外のものも食べたい。いえいえ、まずは雨漏りをなんとかしないと)

頭の中で皮算用《かわざんよう》に励みつつ、翠玉は微笑みを浮かべて、客の言葉を待つ。

「他言無用《たごんむよう》に願う」

「ご心配なく。占師たる者、秘密は必ず守ります」

「……そなたは、客の悩みをぴたりと言い当てるとか」

青年は、腕を組んだ。表情も硬い。その目は翠玉を凝視している。

(心なしか、頭のあたりを見られているような気がする……)

被った布を直しつつ、こほん、と翠玉は咳払《せきばら》いをした。

「占いには――いくつかの手法がございます。たとえば、こちら」

翠玉は、掌におさまるほどの箱を、籠から取り出した。

ぱかりと蓋を開け、出したのは古い木の画牌《がはい》だ。

「なんだ、これは」

「西域に古くより伝わる星画牌《せいがはい》でございます。占うべき事柄を念じ、画牌を卓上に配して、星々の声を――」

「星の声を聞いている暇はない」

青年は、声にいら立ちをにじませた。

「あるいは、生まれた年と月日から、二十四の大星《だいせい》と、四十八の小星《しょうせい》の位置を導き、日月星辰《にちげつせいしん》の声を――どうやら、こちらも相応《ふさわ》しくなさそうでございますね」

天算術《てんさんじゅつ》に用いる木盤《もくばん》を出しかけ、翠玉は思いとどまった。

（どちらも人気の占術なのに）

青年の眉間のシワの深さから察するに、天体の声は不要のようだ。

「運勢だの、天運だのと悠長な話をしたいわけではない。危急だ」

逃したくない客だ。翠玉は、ここで勝負に出ることにした。

「では――こちらを」

木盤と画牌を、いったん竹籠にしまう。

懐から取り出したのは、絹糸の束だ。

するり、と糸をひと筋、肩幅ほどの長さに引き出し、小さな鋏《はさみ》でぱちりと切る。

「こんな糸で、なにがわかる？　また星の声ではあるまいな」

「貴方様の、心の憂《うれ》いが」

にこり、と翠玉が笑めば、青年の凛々しい眉が寄った。

「……わかるのか？」

「はい。まず、目を瞑《つむ》ってくださいませ。そうして、今、心の中で最も大きな場所を占める事柄を思い浮かべて――」

青年は、目を瞑る気配がない。

気にせず、翠玉は青年の小指に絹糸を結んだ。

「ただの糸ではないか。まだ星画牌とやらの方が、なにかの答えになりそうだ」

「では、星画牌になさいますか？」

「……いや、これでいい。納得のいく答えでなければ、帰るまでだ」

疑い深いのも貴人の証し。ここで腹を立てる理由はない。

青年は、やっと目を瞑る。

だが、すぐに一瞬だけ目を開け、「見料は払う」と言ってきた。

（生真面目な方だ）

翠玉は浮かべたままの微笑みを、少しだけ深くする。

そうして、卓上の燭をふっと吹き消した。

暗い方が――よく見える。

華々娘子の店が、日没後の一宵の刻からはじまるのには理由があるのだ。

青年の小指に、糸の端を結ぶ。背も大きいが、手も大きい。

結んだ方とは反対の端を、青年と並べばずいぶん小さく見える、自分の左の手でゆるく握った。

そうして、右手の人差し指で、糸を軽く撫《な》でる。

ふぅっと淡い光が浮き上がった。

蚕糸彩占《さんしさいせん》。七色に彩りを変えるこの光は、翠玉の目にしか映らない。

どういう理屈で色彩が糸に現れ、かつ、自分にだけ見えるのか。理屈はわからないが、祖父も、父も、この占術ができた。

糸に気を通している――らしい。糸の彩りは、人の持つ気の色であるそうだ。

この力を、人は異能と呼ぶ。

ひと撫ですれば、心の憂いの遠因が。

もうひと撫ですれば、現在の問題が。

さらに撫でれば、待ち受ける未来が。

色は次第に、青い色を示しはじめた。緑青《ろくしょう》、青褐《あおかち》、紺青《こんじょう》。かすかに変化する青は、深い藍色に落ち着いた。

「過去の因縁——恐らく、とても古い……お家《いえ》のことでございましょうか？」

ぱっと青年は瞼《まぶた》を上げた。

「……そうだ」

もう一度、糸を撫でる。糸は、鮮やかな朱色に変じた。

「憂いは、とても身近にございます」

「たしかに。……だが、そんな条件は、誰にでも当てはまるのではないか？」

さらにもう一度、糸を撫でる。

糸の彩りは、淡い朱鷺《とき》色に変じた。

「失礼ですが、奥様はいらっしゃいますか？　縁談のご予定などは？」

「どちらもない——いや、あり得るか。ないとは言い切れん」

青年は眉を寄せ、否定なのか肯定なのか、わからぬ返事をした。

納得のいかぬ様子の青年の指から、するりと糸を外す。

「縁談でしたら良縁です。縁談でないにしても、女性《にょしょう》から得る助力が、憂いを晴らすことになりましょう。そのお方をお探しですか？」

青年は、また腕を組み、考えこんだ。

ややしばらくして「当たっている」と呟《つぶや》く。

「貴女《あなた》の言うとおり、ここに来たのは、人を——ある女性を探してもらうためだ。下馬路に住んでいるらしい。名もわかっている」

「なによりです。ご存じの事柄が、多ければ多いほど精度が上がりますので」

翠玉は、ほどいた糸を卓の上に置き、懐から古い小箱を出した。

入っているのは、小ぶりな賽《さい》が四つ。黒、青、赤、白。

四神賽《ししんさい》は、失せ物や探し人をぴたりと示す、特殊な占術だ。

「それで、探す者がどこにいるのかが、わかるのだな？」

「はい。近い場所に限りますが、精度は抜群。東西南北、方角とおおよその距離がわかります。では、お手をお借りします。——そのお方のお名前をどうぞ」

賽を四つ、青年の掌にのせ、自分の掌を重ねてから、中でコロコロ転がす。

「——江《こう》翠玉」

青年は、ややゆっくりとその名——翠玉の名を呼んだ。

どきり、と心臓が大きく跳ねた。

名が青年の口から発せられると同時に、賽も掌から転げている。

翠玉は、卓の上に目を落とした。賽の目は、すべて【一】。

示す場所は、ここ——この長屋だ。

翠玉は、まっすぐに青年の瞳を見つめた。

「その……人物を探して、どうなさるおつもりです？」

青年も、まっすぐに翠玉を見つめている。

「康国が建つ以前——二百年前の話だ。それまでこの地を治めていたのは、関氏《かん》が建てた宇国《う》であった。宇国の皇帝には異能を持つ三家が仕え、その治世を支えていた。——裁定者たる江家。守護者たる劉家《りゅう》。執行者たる陶家《とう》」

「…………」

翠玉は、口を閉ざしたまま、青年を見つめている。

部屋のわずかな燭の灯りが、互いの瞳の中でちらちらと輝いていた。

「宇国を滅ぼした康の高祖は、自軍を最後の最後まで苦しめた三家の者を族誅《ぞくちゅう》——九族に至るまで皆殺しにした。刑が苛烈《かれつ》になったのは、高祖の恐れの証しだ。強く恐れるがゆえに、その怨念《おんねん》を避けるべく、祭祀《さいし》を続ける者をごく少数だけ残した。彼らは先祖の霊を慰めるのを条件に、族誅を免《まぬが》れている」

話の向かう先が読めず、翠玉は眉を寄せた。

（この男、何者だろう）

二百年前の話を、わざわざ下町の外れまでしに来る意味がわからない。

青年は、翠玉の素性まで知っているようだ。今の話——三家の伝説は、子供の頃から何度も父から聞かされた話と同じである。とぼけるのも時間の無駄だろう。

絹糸と四神賽を懐にしまい、翠玉はスッと背筋を伸ばした。

「ご用件をうかがいましょう」

「呪いだ。三家の呪いが、今、康国を蝕《むしば》んでいる」

「まさか」

翠玉は、曖昧《あいまい》に苦笑した。冗談にしては、ひどく悪質である。

「戯言《ざれごと》ではない。事実だ」

内容はバカバカしいが、青年の眼差しは真剣であった。

だからといって、鵜呑《うの》みにできるはずもない。

「そんな力は三家に残されておりません。他の二家は存じませんが、江家には無理でございます」

二百年も前の先祖の行いなど知ったことではない。にもかかわらず、翠玉が生まれたその日から、罪と則はついてまわった。

(うんざりだ)

族誅こそ免れたが、三家の子孫に許されたのは祭祀のみ。公職には就けない。国試どころか郷試さえ門前払いを食らう。

役所に申告のいる職業にも就けず、商売も禁じられている。家屋も、田畑も、所有できない。

日雇いの仕事しかできないのは、罪人と同じ。入墨こそ強いられてはいないが、偽称の許されない姓で縛られている。偽称は重罪なのだ。

「呪いは存在している」

「二百年も前の話でございますよ？　だいたい呪いなど――」

「いや、江家はいまだ異能を有している。たった今、この目で見た」

翠玉は、むっと唇を引き結んだ。

(呆れた。試したの？)

後悔した。が、もう遅い。

蚕糸彩占も、四神賽も、江家だけに伝わる特殊な占いだ。試されているとわかっていれば、広く知られた別の占術を選んだだろう。見料に期待して、張り切ったのが間違いだった。

「ただの占いです。細い絹糸一本で、人など呪えません」

「高祖直系の三十三人目の男子は、加冠《かかん》を前に呪殺《じゅさつ》される。――それが二百年前、宋《そう》家が三家にかけられた呪いだ」

ここで、青年を追い返すのは簡単である。

子欽に頼んで、二軒隣の用心棒に銅銭を包めばいい。

だが――

(この方は、本気で呪いを信じておられる)

翠玉にとってはバカバカしい話でも、彼にとっては重要な問題であるらしい。

察するに、この青年は宮廷――皇帝の居城《きょじょう》にして康国の政《まつりごと》を司る天錦城《てんきんじょう》から来たのだろう。それも、ただの文官ではない。高位の貴族だ。

(宮廷が、三家の呪いを信じている……？　まさか！)

自分の想像に、身の毛がよだつ。

呪いを信じる青年を、鼻で笑っている場合ではない。

疑われているのは、他でもない自分だ。

真剣に、このバカバカしい疑いから逃れる方法を考えねばならない。

そうでなくとも、理不尽な制約で貧しい暮らしを強いられているのに、この上濡れ衣など、まっぴらごめんである。

「つまり――先月ご即位なされた皇帝陛下の体調が優れぬ。この不調は高祖様直系の三十三番目の男子を殺す、という三家の呪いのせいだ、とおっしゃるのですね？　ちなみに……その三十三人、というのはどのように数えるのです？」

「死産を含んだ場合、含まなかった場合、夭折《ようせつ》の基準を何歳とするか――数え方によっては、陛下ではないはずだった。実際に陛下を三十三人目と数えるには、七歳までに死亡した場合を除くようだ。陛下は現在十九歳。加冠は、半月後の六月八日。倒れたのは五月八日。ちょうど加冠の一ヶ月前だ。以来、一度も目を覚まされない」

説明自体は、ごくわかりやすい。青年の属する世界では、理屈が通っているらしい。

だが、翠玉のいる世界では、意味不明である。

「人は――たとえ天命を受けた貴いお方であっても、病に倒れます。なにも呪いと決まったものでもないでしょう」

翠玉は食い下がった。

「呪いなのだ。このままでは、陛下のお命は間もなく尽きるであろう。対策はふたつ提案されている。三家の者に呪いを解かせるか――もしくは、皆殺しにするか」

カッと頭に血が上った。

(なんなの、一体!)

祖父も父も、貧しさの中で死んでいった。

江家の罪を悔い、則に従い、泣き言ひとつこぼさずに。

(二百年、江家は耐えたのに……!)

我慢の限界だ。翠玉は竹籠を抱え、スッと立ち上がった。

「呪いなど存在し得ません。この際ですから言わせていただきますが、二百年前の罪は、もう清算されているはずです。族誅ですよ？　それなのに、いまだ我らは公職に就けず、仕事も制限され、貧しい暮らしを余儀なくされています。私は、一朝の刻から三夕の刻まで下馬路で働き、一宵の刻から占いをするその日暮らしです。呪詛とは、まじないの類《たぐい》でも最高難度の術。片手間にできるとお思いにならないでくださいませ。私の暮らしのどこに、そんなものを行う暇があるというのです？　天錦城は、ここから歩いて半刻はかかります。呪詛を行うには、遠すぎる距離です。だいたい、私は琴都に三年いますが、城壁さえ間近で見たことがありません。冗談も大概になさってくださいませ」

翠玉は最後に「お帰りを。お代は結構です」と伝え、くるりと背を向けた。

話せば話すほど、腹が立つ。

互いに、二度と会わぬのが最良の道だ。

「ひとまず、名乗らせてくれ。私は宋啓進《けいしん》」

翠玉は、奥の部屋に向かう足をぴたりと止め、青年の方を振り返った。

宋、とは現在の康国を支配する一族だ。皇族に違いない。

（高貴なお方だとは思ったけれど……まさか、皇族だったとは）

この青年——啓進は、宋家に生まれたがゆえに豊かだ。一見しただけでわかる。門を構えた大きな邸に住み、苦労もせずに食事が提供され、上質な着物が用意され、頼まれずとも教育が与えられるのだろう。

(バカにするにも程がある)

ぬくぬくと育った皇族に、なぜ、下町で必死に生きる自分が脅されねばならぬのか。

「どなたが相手だろうと、答えは同じです。三家の呪いなど存在し得ません。天にでも神にでも——父祖の廟《びょう》の前でも誓えます」

翠玉は、きっぱりと言い切った。

「ひとまず話を聞いてくれ。俺は貴女の敵ではない。皆殺しには反対する立場だ」

客のはずの啓進が、優雅な動作で「座ってくれ」と椅子を勧めてくる。

敵ではない、という言葉を信じてはいない。だが、その気であればとうに殺していたはずだ。啓進は、腰に見事な剣を佩《は》いている。

(座を蹴るには早い)

宮廷が立てた対策はふたつ。——三家を利用するか、皆殺しにするか。

二択の内容は業腹《ごうはら》だが、命あっての物種《ものだね》だ。

「聞きましょう。命は惜しいです」

ここは腹をくくるしかない。

翠玉は眉を険しく寄せたまま、椅子に腰を下ろす。

「現在のところ、三家を利用しようと画策しているのは俺ひとり。皆殺しにしろ、と主張する過激派が多数だ。三家の廟を破壊し、今すぐ生き残りを全員殺せと──」

話の途中で、啓進の目が、ぱっと奥の部屋に向けられる。

その時だ。バサリと奥の部屋の黒布が動いた。

部屋に飛びこんできたのは、子欽である。

「姉上！　裏に、人が。賊です。中に入ろうとしています！」

「ぞ、賊!?」

盗まれるようなものなど、なにも持ってはいない。とっさに、翠玉は商売道具の入った竹籠を、小脇に抱えて袖で隠した。

チッと啓進は舌打ちをする。

「過激派の──要は皆殺し派の連中だ。──逃げるぞ！」

「え？　に、逃げるって……どこへ？」

ここは翠玉の家だ。この長屋を借りるのに、どれだけ苦労したことか。

ピィッと啓進が指笛を吹くと、バタン！　と扉が外から開く。

入ってきたのは、黒装束の男たちだった。

（なに？　なんなの、これ！）

怒涛《どとう》の展開に、翠玉の頭は混乱している。

「殺すな。賊は全員捕らえ、背後にいる者を吐かせろ」

啓進が黒装束の男たちに指示をする。

シャラン、と金属の音が——恐らくは、鞘《さや》から剣が抜かれる音がした。奥の部屋からだ。大きな足音が、次々と続く。

ここでやっと、翠玉にも事態が理解できた。

(とどまれば、殺される)

啓進が翠玉の空いている方の手をつかみ、部屋の外に飛び出した。

「子欽！　に、逃げますよ！」

「はい！」

背後で剣のぶつかる音が聞こえてくる。

ヒッと悲鳴が出た。

なにがなにやら、さっぱりわからない。

だが、ひとつだけわかる。——足を動かさねば、殺される。

(まだ、死にたくない！)

竹籠を小脇に抱えたまま、翠玉はひたすらに走った。すぐ後ろに子欽も続く。

ここは下町。下馬路とは、いかなる貴人も下馬せざるを得ないほど道が狭いところからついた名だ。

細い道に、人がひしめきあう中を、ひたすら走った。

三年住んだ町なのに、もうどちらが北で、南かもわからない。

ただ、啓進に手を引かれるまま、ひたすら駆けた。

目の前に現れた馬車に乗せられ、わけもわからず、どこかへ連れていかれた。

二宵《にしょう》の鐘を、遠くに聞いたような気がする。


「冤罪《えんざい》です！」

翠玉は、馬車が止まった途端、叫んだ。

「三家の末裔を始末すれば、呪いは解けると信じる者がいるのだ」

「殺して済むなら、二百年前に全員殺していたはずです！」

「一理ある」

啓進は、肩をすくめた。

こんな騒ぎのあとだというのに、実に涼しい顔をしている。

（なんてこと。……もう、あの家には戻れない）

たしかに江家は特殊な家だ。それは認める。翠玉が多少の異能を、存命の一族で唯一継いでいるのも事実である。

だが、それゆえに命を狙われる羽目になるとは思わなかった。

「無事ですね？　子欽」

翠玉が、隣にいる子欽に聞けば「はい」としっかりした返事が返ってくる。

ついさっきまで、いつもどおりの一日だった。五月にしてはやけに暑かったくらいで、屋台に来る客も同じ。張太太からの見合い話も、珍しくはなかった。

なにも起きてはいなかったのだ。この――目の前にいる貴人が、長屋の扉を叩《たた》くまでは、なにも。

（どうしてこんなことに……）

啓進は「弟か？」と子欽を見て確認した。

翠玉より先に子欽が「はい」と答える。

「たしかに私の弟ですが、江家の血は入っておりません。私の生母が亡くなったあと、実父と継母が再婚いたしまして、弟は継母の子でございます。もちろん、異能とも無縁です。弟まで襲われる理由はないはずなのに……」

「事実であろうと通じまいな。江家には姉と弟がいる、と報告を受けている。もろとも狙われたのだろう」

翠玉は、頭を抱えた。

顔にかけていた黒布はもうない。夢中で逃げるうちに、落としてしまったらしい。

乱れた髪が、頬にかかる。

「江家は、呪詛など行っていません」

「冤罪の晴らし方は世にひとつしかあるまい。――真犯人を見つける。それだけだ」

啓進の言葉にぱっと顔を上げ、だが、すぐに重いため息をついた。

「簡単におっしゃらないでくださいませ。……明日からどう生きれば……いえ、それどころか、今夜寝る場所さえ失いました。呪いにまで頭が回りません」

江家の者だと露見する度、祖父も父も、すぐ居《きょ》を移していた。

だが、貧しい村や治安の悪い都市に、占師の仕事はない。郷試対策の学問とて、地方で受けるのは難しいのだ。

身ひとつで琴都を追われる過酷さが、この貴人にはわかっていない。

(わかるはずがない)

人目がなければ、きっと泣き伏していた。しなかったのは、子欽がそこにいたからだ。継母の葬儀の時、誓った。彼の前で二度と涙は見せない、と。

「ひとつ提案がある。ひとまず、貴女の弟は安全な場所に匿《かくま》っておこう。私塾に通っているのだったな？　学問は休めんだろう。よい師匠をつけてやる。安心しろ」

翠玉は、目をぱちくりとさせ、次にスッと細めた。

「なにが目的ですか？」

気味の悪さを、翠玉は感じている。

この青年の思惑は、まだわからぬままだ。

「そう警戒するな。取引がしたいだけだ。貴女の弟の件は、地ならしだと思ってくれ。貴女の力を貸りたい。皇帝の呪いを解きたいのだ。死なれては困る」

それは、さぞ困るだろう。なにせ天命を受けた唯一無二の皇帝だ。

二百年にわたって冷や飯を食わされ、今になって皆殺しにされかけている三家の人間とは、命の重さが違うのだろう。理解はできる。腹は立つが。

「なぜ、わざわざ三家の私に頼むのです？ 宋家に仕える者ならば、星の数ほどおりましょう」

「そう頑《かたく》なになるな。このまま皇帝が死ねば、貴女の憂さは一瞬だけ晴れるだろうが、その後に待つのはいっそう悲惨な末路だけだぞ。力を貸すのが身のためだ」

「別に溜飲《りゅういん》など下がりません。だいたい、三十三人目の子が亡くなれば、呪詛の主《あるじ》が誰であれ呪いは終わります。三家の末裔を下手に刺激して、新たな呪いを生み出す愚は犯さないでしょう」

翠玉は「その手には乗りません」とつけ足した。

突然、ははは、と啓進が笑いだす。

「江家の姫君は、なかなかの知恵者だな。頼もしい限りだ」

「姫君ではありません。庶人に落としたのは、他でもない宋家でございましょう」

笑いを収め、啓進は身体をわずかに乗り出した。

端正な顔が、ぐっと近づく。

涼やかな香りが、かすかに濃くなった。

「こう考えてくれ、江翠玉。俺は、皇帝にかけられた呪詛を解きたい。貴女は、三家の罪と則を撤廃したい。――秤《はかり》にかけて、つりあうか？」

翠玉は、腕を組んで考えこむ。

相手は因縁ある宋家の人間だ。感情だけの話をすれば、今すぐこの馬車から飛び出したい。

だが、子欽がいる。

琴都で廟を守る伯父はいるものの、頼るわけにはいかない。継母の葬儀の時に、江家の血を継がぬ者の面倒は見ない、と突き放された。

（自棄《やけ》になってはいけない。冷静に……冷静に……）

翠玉が思案している間に、それまで黙っていた子欽が口を開いた。

「姉上、私のことでしたらご心配には及びません。啓進様のご厚意、ありがたくお受けしたいと思います。皇帝陛下をお助けするなど、この上ない名誉。義父上《ちちうえ》が聞けば泣いて喜びましょう。成功すれば、三家の忠を世に知らせることもできます」

キラキラと輝く子欽の瞳は、純粋である。義理の父親を敬愛していた子欽は、江家の忠実さを知っているのだ。

子欽の言葉に、啓進は「よく言った」とうなずいた。

「呪いを解こうにも、俺には呪詛のことなどまったくわからん。貴女が必要だ。そのためならば、三家の罪と則を撤廃するのに躊躇《ためら》いはない」

翠玉は一度うなずき、だが、すぐに首を横に振った。

「申し出は魅力的ですが、不可能です。呪いとは、人の気を乱すもの。触れねば気は読めません。皇帝陛下がいらっしゃるのは天錦城です。後宮にでも入らぬ限り、手の打ちようがありません」

「では――俺の妻になればいい」

あたかも、よい解決策でも提案するかのように啓進は言った。

実に爽やかな笑顔で。

目をぱちくりとさせたあと「よくはないです」と翠玉は即答する。

「私とて、後宮がどういう場所かは存じています。後宮は、皇后陛下と妃嬪《ひひん》――皇帝陛下の妻女の皆様がお住まいになる場所です。誰ぞの妻になるという話なら、皇帝陛下の妻にならねばならないでしょう」

また啓進が笑いだしたので、いよいよ翠玉は眦《まなじり》を吊り上げた。

「いや、笑ってすまない。貴女の占いは素晴らしいな。たしかに良縁だ。正直、もうなにもかもが終わりかと絶望していたが、貴女に会って、希望が見えた」

「良縁？　こんな時に、よくそんなくだらない話ができますね！」

「くだらないものか。こちらも人生がかかっている。——本来は、俺が三十三人目の子だったのだが……倒れたのは弟だった。半月後に死ぬはずだった俺は生きていて、今は弟の身代わりを務めている」

「陛下が弟……？　え？　ちょっと待ってください。貴方は——」

「康国第十五代皇帝の、双子の兄だ。呪いを恐れた先帝の計らいで、我らはひとりの皇太子として育てられた。知る者はわずかしかいない。秘中の秘だ」

ぽかん、と口を開けてしまった。

貴人どころの話ではない。——皇帝の、兄。

これほどの貴人が、他にいるだろうか。

「嘘……」

翠玉は、口を開けたまま動けない。

呆然とする翠玉の手を、啓進はそっと両手で包み——

「弟を助けたい。俺の妻になってくれ、翠玉」

と言った。

第一話　白い炎

天錦城《てんきんじょう》は、琴都《きんと》の北側の多くを占める広大な城だ。

宇《う》国の建国前後に造られ、のちに康《こう》国を建てた宋《そう》氏が、すべての建物の名を改めて引き継いだ。三百五十年もの間、中原《ちゅうげん》北部の政治を担ってきた場所である。

政治機関の集まる外城《がいじょう》に、皇帝の住まう内城《ないじょう》からなっている。

内城とは、いわゆる後宮を指すのだが――

翠玉《すいぎょく》は、その後宮のど真ん中にいる。

（まだ、悪い夢を見てるみたい……）

清潔な寝具に包まれ、柔らかな朝日を浴びていた。

ここは斉照殿《せいしょうでん》。後宮の北側にある皇帝の住まいだ。その斉照殿の裏にあるいくつかの部屋のうちのひとつである。

（いつもなら、もう屋台で働いている時間だ）

昨夜、翠玉は啓進《けいしん》と取引をした。

最初は、もちろん断った。冗談ではない。どれだけの貴人だろうと、因縁ある宋家の男との結婚など、まっぴらご免だ。

――あくまで偽装だ。俺の妻になるふりをしてくれればいい。

翠玉は難色を示したが、啓進は決して諦めなかった。

――呪いの件が片づけば、晴れて貴女は自由の身だ。報酬も約束しよう。下馬路《げばろ》で同じ日数働くよりも間違いなく高額だ。琴都に百人いる看板娘ではなく、中原随一《ずいいち》の占師に仕事を依頼するのだからな。

（結局、うなずいてしまった。……なんて大きな取引をしてしまったの）

今さらながら、頭痛がしてきた。

自由が欲しかった。ただ、ただ、自由が。

そして、妻になってくれ、嫌です、ぜひ妻に、困ります、と押し問答の末、女官として後宮に入る形で話がついたのだった。

その後、子欽《しきん》を安全な場所に移動させる、と啓進が言うので、翠玉はひとりで馬車を降りている。啓進は、長屋の管理人と、張太太《ちょうおくさん》への連絡も引き受けてくれた。

降り立った場所は、天錦城の門の前だった。そうとわかったのは、啓進が「ここが天錦城の南にある南大門《なんだいもん》だ」と去る前に教えてくれたからだ。

もう辺りは暗く、全容はわからないが、どこまでも塀が続いているのだけは理解できた。とにかく広い。

ぽかん、と口を開けて立ち尽くす翠玉を迎えたのは、深緑《しんりょく》色の袍の宦官《かんがん》で、彼は清巴《せいは》と名乗った。

いく筋か髪に白いものも混じっているが、顔はつるりとしていてシワがない。年齢の見当がつきにくかった。ただ、宮仕えらしい落ち着いた雰囲気の人である。

馬車の窓越しに啓進となにやら話していたので、側近に違いない。

啓進と子欽を乗せた馬車を見送ったのち、改めて自己紹介をしてくれた。斉照殿づきの中常侍《ちゅうじょうじ》で、すべてを把握している数少ない人間のひとりだそうだ。

昨夜のうちに彼から様々な話が聞けたのは、南大門から、この斉照殿に至るまでの道が長かったからだ。三つの門と、多くの建物の横を、ひたすら歩き続けた。

そうして、この斉照殿の裏手にある部屋にやっと到着した時だ。

部屋には燭がいくつもあって、明るい。やっと清巳の姿がはっきり見えた。思ったより白髪が多く、思ったより顔がつるりとしていて、やはり年齢がわからない。

清巳の方も、まじまじと翠玉を見つめた。上から下まで。特に、頭のあたりを無遠慮に。

「本当に、江《こう》家の方でございますか?」

清巳は、そう問うた。

「はい」

翠玉は、素直に答えた。

「……本当に? あの、江家ですか? 三江《さんこう》の?」

清巳が、もう一度確認してきた。

江という姓自体、中原では珍しくない。三江とは、三家の江家と、それ以外を区別する際に用いられる呼称である。蔑称だ。

「はい。あの江家です。三江の」

不快だが、二度聞かれれば二度答えるしかない。

偽称は罪だ。宋家の本拠地で、そんな大胆な真似はしたくなかった。

「その……角《つの》は？」

「角？　角でございますか？」

「いえ、いえ、なんでもありません」

こほん、と咳払いをしてから、清巴は下がっていった。

それから、三人がかりで風呂に入れられた。花の香りのする風呂に入り、身体から髪まで——やけに頭だけ念入りだったような気はするが——洗われ、用意された真っ白な寝間着に着替えた。

そうして、きしまない丈夫な牀《しょう》に入り——今に至る。

天井が、広い。広いだけでなく、格子になにやら複雑な模様が描かれている。柱にまで装飾が施されていた。大きな窓にもきらびやかな金糸で刺繍された布がかかり、なにもかもが目の眩《くら》むほど美しい。

（これが、二百年前に勝った宋家の住まい……）

下町の長屋とは、まったくの別世界だ。

シュ、シュ、と音がする。

重なった雲が彫られた衝立《ついたて》の向こうから、衣ずれの音が聞こえてきた。衝立の向こうに、人がいるらしい。

(相部屋だったのね。全然気づかなかった!)

昨夜はたしかにバタバタとしていたが、一晩同じ部屋にいて、挨拶もなしとは礼を失する。

「——あの、はじめまして。私、翠玉と申します」

翠玉は、慌てて衝立の向こうに声をかけた。

姓は口にせぬよう、と昨夜のうちに清巴から釘を刺されている。

シュ、シュ、と音は続くが、返事はない。

(お取り込み中みたい。挨拶は、着替えを済ませてからにしよう)

牀の横の瀟洒《しょうしゃ》な棚の上に、衣類が一式置いてあった。

春霞の桜を思わせる、落ち着いた淡紅《あわべに》色の着物と袍だ。高価そうな品である。

気おくれしそうになるのを、ぐっと踏みとどまる。

(三家の雪辱《せつじょく》のためだ)

父は、翠玉に礼儀作法を厳しく教えた。膨大な占術の知識だけに偏らず、子の教育には熱心だった。いつか来る、その日のために。

父は祖父から、祖父はその父から、厳しい教えを授けられてきた。いつか罪と則から解放され、貴族に復する日が来ると信じていたからだ。

まさに今、その好機が訪れた。着物ひとつで怖気づいては、二百年の雪辱など到底不可能である。

（堂々としていればいい。……それにしても、この帯はどう結べばいいの？）

意気ごみはしたものの、作業は遅々として進まない。

そこに「失礼します」と外で声がし、扉が開いた。

入ってきたのは、女官がふたり。翠玉が格闘している着物と同じものを、隙なく身につけている。

どちらも四十歳程度だろうか。亡き継母と同じくらいの年代に見えた。

ひとりが衝立の向こうに向かったので、ひとりずつ、女官がつくらしい。

「おふたりは、陛下が直接招かれた賓客。ご滞在中は、我々がお世話をさせていただきます。佳雪《かせつ》、とお呼びください」

女官は、てきぱきと翠玉に着物を着せ、帯を締め、袍を着せた。終わると、すぐに髪を結いはじめる。

さすが後宮の女官だけあって、なにをするにも物腰が優雅だ。それに、都の言葉もなめらかである。父の影響で、南の訛《なま》りのある翠玉には、眩《まばゆ》くさえ見えた。

「佳雪さん、この桜色の装束は、斉照殿の制服なのですか?」

「魔除けでございます。枝垂桜《しだれざくら》は、破邪《はじゃ》の力を宿すもの。皇帝陛下のお住まいたる斉照殿の女官は、すべて同じ装束をまとっております」

魔除け、と聞くと、高価そうな袍が、いよいよ神々しく見えてくる。

髪型にも決まりがあるようだ。高いところにぐっと持ち上げ、少し膨らませて釵《かんざし》で留めるのは、佳雪がしているのと同じである。

釵を留める段階で、佳雪は手を止めた。

「……どうしました?」

「いえ……あの、角は……」

「角……ですか?」

翠玉は、首を傾げた。また、角の話だ。

「なんでもありません。今、お食事をお持ちします」

慌てて、佳雪は会釈をして下がった。衝立の向こうで作業をしていた、もうひとりの女官と合流し、扉の外でなにやらヒソヒソ話をしている。

(角って……なんのこと?)

不思議には思ったが、こちらの耳に入れたくない内容ではあるのだろう。考えるだけ損である。

間もなく、食事が運ばれてきた。

干貝《ほしがい》の香りのする、椀にたっぷり入った粥《かゆ》をひと匙《さじ》食べ、ふぅ、と吐息を漏らす。屋台で食べる、雑穀の混じった粥とはまったくの別物だ。添えられた小皿の青菜も、しゃきしゃきとした歯ごたえがあって、香りがいい。

量は十分あったのに、あっという間に平らげてしまった。こんな満ち足りた気分で朝食を終えたのは、記憶の限りではじめてだ。

（あぁ、美味《おい》しかった！）

衝立の向こうでかすかに聞こえていた、器と匙のぶつかる音も止まっている。

（あちらにいるのは、どなたなのだろう）

部屋も同じ。待遇も同じ。

同じ目的のために集められた、とは考えられないだろうか。

（もしかして、私と同じ三家の誰か？　もしかして……異能を？）

どきり、と鼓動が跳ねた。

「あ、あの……」

思い切って声をかけたところで、トントン、と扉が鳴った。

「おはようございます。おふたりとも、ゆるりとお休みになられましたか？」

入ってきたのは、清巴である。昨夜も思ったが、宦官だけに声が高い。

「おはようございます、清巴さん。おかげ様で、ゆっくり休めました」

「それはなにより。よろしければ、これから斉照殿内をご案内いたしましょう」

「助かります。呪いを——あ、これは口にしても大丈夫ですか？」

翠玉は、ハッとして自分の口を袖で押さえた。

「構いません。兄君と弟君は、琴都の西にある離宮でお生まれになり、ご即位までお過ごしになられました。斉照殿に務める者は、その離宮から移ってきた者ばかりです。呪いの件も、兄君が身代わりをお務めになられていることも、斉照殿の中でだけは共有されています」

ほっと安堵《あんど》し、口を押さえていた腕を下げる。

（先帝陛下は、本当に信じられないような無茶をなさっていたのね）

いずれどちらかが死ぬのを前提に、双子をひとりの皇太子として育てる——とはいかにも無理筋《むりすじ》だ。

そんな無茶を長年貫いてきた側近たちが、この斉照殿を守っているらしい。

「宦官も、この深緑の袍をまとっているのは斉照殿の者だけ。深緑の袍と、桜色の袍。魔除けの枝垂桜の装束は、秘密を知る者の証しでございます」

さしずめ、秘密を共有する精鋭部隊に客分で迎えられた、といったところか。

翠玉が「よろしくお願いします」と頭を下げれば、清巴も同じように返してきた。

「あぁ、清巴さん。部屋を出る前にひとつ、確認させてください。陛下をどのように呼び分けすればよろしいですか？　兄君、弟君と？」

兄は、長屋を訪ねてきた方だ。

弟が、呪いを受けて倒れた方。

陛下と呼ぶべきは弟だが、いかんせん、倒れた件は伏せられている。今、政務を行っているのは兄だ。実にややこしい。

「先帝陛下のご子息は、啓進様おひとり。本来ならば、兄も弟もございません。諱《いみな》も、字も、ひとつきりでございます。それゆえ我々は、必要に応じて、兄君を明啓《めいけい》様、弟君を洪進《こうしん》様、と仮にお呼びしております」

まぁ、と翠玉は小さく声を上げていた。

宋啓進、と長屋で名乗った字は、兄弟で共有していたものだったらしい。

では昨夜、翠玉に「妻になってくれ」と言った青年は、明啓と呼ぶべきなのだろう。

（どちらかが呪いで死ぬから、字までひとつきりなんて。……信じられない）

姓は、己《おのれ》の属する血縁集団を示すもの。

諱は、生まれた時に親から授かるもので、外には明かされない。

字は、常の暮らしで用いる通称である。人と関わるには不可欠なはずだ。

豪奢《ごうしゃ》な家屋も、正しい教育も、美食もそろっているのに、貴人の兄弟は固有の字を持たない。なにやら歪である。

「では、今、明啓様は外城で政務をされていて、洪進様は――」

「弟君の洪進様は、斉照殿の中庭にある、桜簾堂《おうれんどう》でお休みになられています。本日、ご政務が終わられましたら、兄君の明啓様が、おふたりをそちらにご案内します」

その時、洪進にかけられた呪いの有無を調べることになる。

緊張に、翠玉の鼓動はひどく速くなった。

「わかりました。必要に応じて、呼び分けさせていただきます」

「――あぁ、大事なことをお伝えし忘れておりました。秘密を知る者が、斉照殿の外にもおります。我らと同じ深緑色の袍の、祈護衛《きごえい》に属する者たちです。昼夜問わず、彼らが桜簾堂で洪進様をお守りしています」

(祈護衛……そんな組織があるのね)

その名前から想像するに、祈祷の類を行う部署なのだろう。

「祈護衛、というのは、呪詛も扱う部署なのですか?」

「宋家を呪詛からお守りするべく、建国と同時に発足した部署でございます」

言いながら、清巴は翠玉から目をそらした。

(三家の呪いから皇帝を守る部署、とは、さすがに言わないのね)

そちらは気まずいのだろうが、こちらは堂々としたものである。

なにに憚《はばか》る必要もない。三家の呪いなど、この世に存在しないのだから。

「ぜひとも詳しくお聞かせください。私は、宮廷に伝わる三家の呪いをまったく存じません。祈護衛に、呪いに関する資料などはありますでしょうか？　あぁ、お気づかいなく。三家の呪いはそもそも存在しません。絶対に。あくまでも、呪いがどのように伝わっているのか確認するために――」

その時、突然大きな声が、部屋に響いた。

「白々《しらじら》しい！」

「え……？」

衝立の向こうから、人が飛び出してきた。

翠玉と、同じ髪型。同じ服装。

小柄な――翠玉もずいぶん小柄だが――娘である。年の頃は、あまり変わらないように見えた。

「三家の呪いは、江家が主導したものではないか！」

円《つぶ》らな瞳が愛らしい娘である。それが凛々しい眉を吊り上げ、叱責してきたのだ。

翠玉は驚いて、清巴を見て「どういうことです？」と聞いた。

困り顔になった清巴が「ご紹介します」と娘を腕で示す。

「こちらは、劉《りゅう》家のご息女で、劉李花《りか》様です。翠玉様と同じように、呪詛を解くべくこちらにいらっしゃいました」

翠玉が推測したとおり、やはり同じ三家の出身の娘だったようだ。

視線を李花に戻せば、その表情に友好の兆しは見えない。

「あ……えぇと、その、よろしくお願いします」

「並べられるのも不愉快だ。劉家は潔白。それを証明するためにここへ来た」

李花は「絶対に、邪魔は、するな」と翠玉を指さして念押ししてきた。

こうなると、翠玉も黙ってはいられない。

「江家とて、呪詛には無関係です！」

「盗人猛々《ぬすっとたけだけ》しい。江家のせいで、我らがどれほどの苦汁《くじゅう》をなめさせられたか！」

売られた喧嘩は受け流す主義だが、呪いの話は別問題だ。

「江家は決して呪詛など――」

「黙れ！　劉家は江家に騙《だま》された――」

ふたりの間に、清巴が割って入る。

「ご両者、そこまでに」

互いに眦を吊り上げていた翠玉と李花は、ふん、と音を鳴らして鼻息を吐き、そっぽを向きあった。

（このわからず屋を黙らせるには、事実を明らかにするのが一番早い）

改めて強く決意し、

「清巴さん、祈護衛に伝わる資料を、なんでも構いませんので見せてください」

と翠玉が言えば、

「江家に見せる必要はない。私が調べます」

と李花も言いだす。

キッとふたりの視線がぶつかった。

ここで清巴が妥協案を提示する。

「では――斉照殿をご案内したのち、内密に、おふたりを祈護衛の書庫へご案内しましょう。見聞きしたものに関しては、くれぐれも他言無用に願います」

「「もちろんです」」

翠玉と李花は声をそろえ、また、ぷいと互いに背を向けた。

清巴の先導で、ふたりは扉に向かう。

扉に近い位置にいた翠玉が先に出ようとすると、李花が腕で遮って、先に出ようとした。翠玉が腕をよけて前に出れば、また遮ってくる。

三度繰り返して、バカバカしくなった。

（一体なんなの！　子供でもあるまいし！）

いちいち取りあっていられない。翠玉は、おとなしく李花の後ろに続いた。

細い廊下に出れば、いくつもの扉が並んでいる。

「ここは斉照殿の裏手です。我々の宿舎は別にありますが、女官と宦官が十名、専属の衛兵が十名、詰めております。専属の衛兵の持つ長棒《ちょうぼう》には、緑の布が巻かれておりますので、見分けが必要な際にはご参考になさってください。夕には外部の者が出入りいたします。ご注意を。一夕《いっせき》の鐘でご政務を終えられた明啓様が外城からお戻りになりますと、お食事を運ぶ宦官が大挙して押し寄せます。三夕の刻を過ぎれば全員が下がりますので、その間だけは、人の耳にお気をつけください」

細い廊下の角を曲がると、今度は広々とした廊下に出た。

窓は大きく、広いだけでなく明るい。高価そうな青い壺が、対《つい》で置いてあった。

「斉照殿の中央にあるのが、央堂《おうどう》。お食事などはそちらでなさいます。その左右に、貴重な書画骨董を収める部屋がひとつずつ。右鶴《うかく》の間《ま》と、左亀《さき》の間《ま》。奥にあるのがご寝所《しんじょ》です。――この扉の向こうは中庭で、桜簾堂はそちらに」

清巴が示したのは、対の青い壺の間にある扉だ。

すぐに清巴は反対側にある扉を示して「こちらです」と言った。

「これより、斉照殿の外に出ます。くれぐれも、慎重な行動を。おふたりは、離宮から来た女官、ということにいたします。なるべく口を開かぬように」

念を押したあと、清巴は小さな扉を開けた。

ぱっと視界が開ける。

（こんな小高い場所にあったのね）

昨夜来た時は辺りも暗かったので、後宮内を歩いた記憶は曖昧だ。

白い石畳の階段を見下ろし、それから振り返って斉照殿を見上げる。

山吹色の瓦《かわら》が、朝の光を美しく弾いていた。青い空を背にすれば、その鮮やかさは見惚《みと》れるばかりである。

（なんと美しい……）

再び視線を下げれば、白い石畳が続いている。

石畳の果てには、ぐるりと方形に内城を守る塀があった。

瓦はすべて山吹色。壮観だ。

階段の手すりには緻密《ちみつ》な彫刻が施され、獅子《しし》の彫像は、今にも動きだしそうな躍動感がある。

物見遊山《ものみゆさん》に来たつもりはないが、なにを見てもいちいち感動してしまう。

階段を下り、彫刻を左右に見つつ進めば、斉照殿と向かいあう形で建つ建物が近づく。対になっているのか、ふたつの建物は形がそっくりだ。

「あちらの月心殿《げっしんでん》は、未来の皇后陛下がお住まいになる殿です」

清巴は、左手に月心殿を示しながら説明をした。

「皇后陛下は、まだ決まっておられないのですか？」

翠玉が聞けば、清巳は「はい」と答えた。

「現在、三名の姫君が入宮されていますが、正式なご婚儀は陛下の加冠ののち。立后はご即位の年の末と決まっております。今は慣例に従い、仮に夫人、とお呼びしている段階です」

月心殿を越えれば、いくつもの殿が規則的に並んでいる。

どれも同じ、山吹色の瓦の建物だ。

「これが、姫君たちのお住まいですか……」

「妃嬪の殿は、九つ。ひとつの殿には、四つの房《ぼう》がございます。入宮なされた順に北から埋めて参りますので、今はどなたもそれぞれの殿の、北の房にお住まいです」

皇帝は皇后以外にも、最大三十六人もの妻が持てるらしい。琴都一の薬問屋《くすりどんや》は、今年六人目の妻を迎えたと話題になっていたが、比べれば、薬問屋もかすむ。

広大な居城に、莫大な人の力と富をつぎこんだ建物。美しく着飾る多くの妻たち。とうに知っていたつもりだったが、宇国に殉《じゅん》じた江家と、宇国に勝利した宋家との間には、とてつもなく大きな隔たりがある。

なんとも言えない気分で、翠玉は歩を進めていく。

「先帝陛下には、亡くなられた太后《たいこう》陛下の他、三十一人の妃嬪がおられました。お子を産まれてご存命の太妃《たいひ》様は四名のみ。今は皆様が万緑殿《ばんりょくでん》においでです」

「……他の、皆様は？」

「先帝陛下の喪に服されるべく、髪を下ろされ、郊外の寺院にてお過ごしです」

後宮の妃嬪の思いなど、知る由もない。

だが、美しく着飾る毎日から一転、髪を下ろして祈りに生きる日々へ。その落差はさぞ大きいだろう、とは思った。

その時――しゃらん、しゃらん、と遠くで鈴の音が聞こえてくる。

別の方向から、しゃらん、しゃらん、と音が重なった。

「あの音は――」

「夫人のお通りを知らせる鈴でございます。音が聞こえましたら、速やかに道の端へ移動してください」

翠玉は戸惑った。もう十分なほど広い道の端を歩いているつもりだ。

「もっとですか？」

「もっとです」

清巴は少しかがんで、さーっと後向きに端まで移動した。

翠玉と李花も、それに倣《なら》う。

しゃらん、しゃらん、しゃらん――さらに三つめの音が重なった。

さらさら、と軽い衣ずれの音が聞こえてくる。

音は近づいてきた。そこに、涼やかな金属の音が交じる。きっと宝飾品が、小さくぶつかる音だろう。

ほんのりと、得も言われぬ上品な香りが鼻をくすぐる。

（まるで天女《てんにょ》だ）

目の端に映る紅色の袍は、目が眩むほど豪奢であった。ちらりと見えた沓《くつ》にまで、びっしりと刺繡が施されている。

だが――

（ずいぶん急いでいるようだけど……）

行列の足の動きは、やけに速い。

優雅な姫君が、どういうわけか下町の女たちと同じように、足を急がせている。

好奇心に勝てず、首を傾けて様子をうかがう。

行列の主はすでに目の前を通り過ぎ、複雑に結われた艶《つや》やかな髪と、きらびやかに波打つ袍が見えるだけだ。

主の後ろに続くのは、鈴が無数についた棒を持つ者。大きな朱色の日傘を持つ者と、小さな山吹色の日傘を持つ者。なんとも華やかな行列である。

「紅雲殿《こううんでん》にお住まいの、徐《じょ》夫人です」

小声で、清巴が言った。

その声に、また別の鈴の音が重なる。

まったく同じ編成の、色違いの列が、紅色の列の横に並ぶ。

こちらは菫《すみれ》色の列だ。日傘も、淡い青と紫である。

「菫露殿《きんろでん》にお住まいの、姜《きょう》夫人です」

駆け比べでもするように、ふたつの列は進んでいく。

その二列の速度が、やや落ちたところで、間に入った別の一列が抜き去った。

こちらの列は、白い。

「白鴻殿《はっこうでん》にお住まいの、周《しゅう》夫人です」

三人が三人とも、背が高く、すらりとして姿がいい。後ろ姿しか見えずとも、康国における、美の見本を眺めている気分だ。

賑やかな三列は、角を曲がって視界から消えていった。

「なにやら、お忙しそうでございますね」

「夫人の皆様は、万緑殿にご挨拶にうかがうのが朝の習いです」

万緑殿は、先帝の子を産んだ太妃たちの住まいだ、と聞いたばかりである。

毎朝、眩いばかりに着飾り、駆け比べをしながら姑《しゅうとめ》たちに挨拶に行くらしい。

李花が、翠玉の行く手を腕で遮ったのと同じ。ただ、誰にも負けたくない。その一心なのだろう。

（ご苦労なことだ）

三人の夫人を見送ったのち、一行はまた歩きだした。

九つの殿の間を抜け、目的地にたどりつく。

細長い建物が、いくつか連なっている。そこに華やかさは微塵もない。斉照殿を出発してからここまでに見てきた建物とは、違う精神で造られたのだろう。

「こちらが祈護衛の書庫です。中には祈護衛の衛官がいますので、おふたりは一切口をきかぬように。――危険ですから」

清巴が扉を何度か叩くと、ギギ、と鈍い音を立てて開いた。

出てきたのは、深緑の袍に黒い冠を頂いた宦官だった。清巴とあまり変わらぬ年齢に見える。

「――清巴様、おはようございます。……そちらは？　見ない顔です」

膝を曲げて挨拶をする翠玉と李花を、祈護衛の宦官は気難しい表情で見た。

陰気ではあるが、危険な人物には見えない。

「昨日、離宮から移ってきた新入りだ。佳雪の姪《めい》で、身元はたしかだから、安心してくれ」

「名は？」

「一葉《いちよう》と二葉《によう》だ」

　力の入っていない嘘の経歴に、力の入っていない偽名が重なった。

「……一と二？　長女と次女を、宮仕えに差し出したのですか」

「三女と四女が大層な器量よしでな。もう縁談の口が決まっているそうだ。上のふたりは器量こそ落ちるが、よく気がきくので雇っている」

　その上、適当な嘘の逸話まで追加される。

（失礼な！）

　様々な感情を外に出すのを、ぐっとこらえた。

　祈護衛の宦官は、翠玉と李花を見て「無理もない」と余計な感想を述べていた。どこまでも失礼な人たちである。

「それで、この書庫になんのご用でございましょう？」

「陛下がここの資料をご所望でな。できるだけ古い時期のものがよいそうだ」

　清巴も、祈護衛の宦官も、皇帝が双子だと知っている。ここで言う陛下、というのは、弟の身代わりで政務を行う、兄の明啓の方だろう。

「ご幼少の砌《みぎり》より、何度も学ばれておりましょうに……」

「焦りもしよう。あと半月しかない」

「ですから、三家を皆殺しにするしかない、と再三申し上げております」

はぁ、と祈護衛の宦官はため息をつきつつ、三人を書庫内に招いた。

ぞわりと背が寒くなる。

(この人たちが――祈護衛の人たちが、三家の皆殺しを主張していたのね。……知っていたら、こんなところに来なかったのに！)

どうりで清巴が危険だ、と言うわけだ。さっさと資料を手に入れ、一刻も早くここを出たい。

書庫の内部は、外から見るよりもいっそう細長い。薄暗さに、少し目が慣れてきた。両側に棚があり、竹簡が並んでいる。

「皆殺しでは解決しない、と陛下はお考えだ」

「呪いを恐れて罪人を生かした結果が、今の惨状ではございませんか。温情などいりませぬ。恩を知らぬ三家の輩《やから》など、殺してしまった方が世のためです」

長屋に押し入られた時の恐怖がまざまざと思い出され、翠玉は胸を押さえた。

(江家は、なにもしていない。潔白なのに！)

いっそ、この場で叫びたい。

耐え続けて一生を終えた、祖父や父の名誉を守りたかった。

だが――叫べば、すべて終わってしまう。ぐっと翠玉は拳を握りしめた。

「とにかく、資料を用意してくれ。急いでいる」

祈護衛の宦官は奥の方に向かい、少しして数本の竹簡を持ってきた。

「殺すべきです。禍々《まがまが》しい角の生えた疫鬼《えきき》の一族など」

祈護衛の宦官の、嫌悪感を漲《みなぎ》らせた表情に、翠玉の血の気は音を立てて引いた。

(角？　三家の者には角が生えているとでも？——あ……あれか)

昨夜から、やけに頭のあたりを気にされていた理由が、やっとわかった。

——あれは、江家の娘の頭に、角が生えているかを調べていたのだ。

(本気で……？　そんなバカバカしい話を、この宮廷の人たちが、そろいもそろって信じているの？)

頭にカッと血が上り、だが、すぐ虚《むな》しさに襲われた。

虚しさに続き、凍えるほどの恐怖を感じる。

(そんな荒唐《こうとう》無稽《むけい》な話がまかり通る場所で、冤罪を証明できるの？)

どれだけこちらに理があろうと、疫鬼の言葉を信じてもらえるとは思えない。

「では、この資料はもらっていく。くれぐれも勝手な真似はするなよ？」

竹簡を受け取り、清巳は祈護衛の宦官に釘を刺した。

「もちろんです。ただ、祈護衛は忌々しい三家の呪いから、宋家をお守りするために設けられた組織でございます。この危機に、熱が入るのは当然でございましょう」

清巴の忠告を受け流し、宦官は奥に戻っていく。

書庫を出、数歩進んだところで李花が、

「劉家は……江家とは違う」

と呟いた。

江家の人間とは違う。角など生えていない、とでも言いたかったのだろうか。

勢いよく言い返そうとして、思いとどまった。

李花の声が、ひどくか細かったからだ。到底、腹を立てる気にはなれない。

(なんと恐ろしいところに来てしまったのだろう……)

大きな不安が、背からのしかかってくる。

祈護衛の書庫から斉照殿に戻る道のりは、果てしなく遠く感じられた。


その日の、三夕の刻。

斉照殿の裏の部屋にいた翠玉は、央堂に呼ばれた。

呼ばれたのは翠玉だけだった。対立しがちな翠玉と李花を、一緒にしないよう清巴が進言したのかもしれない。もしそうならば、慧眼《けいがん》だと思う。

対の青い壺のある廊下を抜け、通されたのは央堂の横の、書画骨董を置いてある部屋のひとつだった。大きな鶴の彫刻があるので、きっと右鶴の間だろう。

(これだもの、明啓様も長屋の部屋を狭いと言うわけだ)

このひと部屋だけでも、翠玉が住んでいた長屋の部屋より広い。

「待たせたな。こちらもやっと解放されたところだ」

真紅の敷物が敷かれた長椅子に座っていたのは、啓進――いや、明啓である。

着替えを済ませたらしく、皇帝の証である冕冠《べんかん》などは身につけていない。落ち着いた藍の袍を着て、高い場所でまとめた髪は布で包んだだけの姿だ。長屋を訪ねてきた青年が、そのままそこにいる。

因縁ある宋家の人間だ。好意の持ちようもないが、やっと顔見知りに会えたという安堵だけはあった。

「ご政務、お疲れ様でございました」

「今、清巴が桜簾堂にいる祈護衛の者を下がらせている。腰の重い連中だ。ここで、茶でも飲んで待っていてくれ。酒がいいか？」

「では、お茶をお願いいたします」

茶など飲んだことはないが、酒を飲む気分ではない。

これから翠玉は、桜簾堂で眠る洪進に会い、呪詛の有無を絹糸で調べるのだ。一族の命運がかかった大仕事である。

女官が扉の前で待機していたらしく「ただいまお持ちいたします」と小さな声が聞

こえたあと、衣ずれの音が遠ざかった。

明啓に席を勧められ、卓をはさんだ向かい側に腰を下ろす。

待つ間、見るともなしに書画の類を眺めていた。

「彼らが出ていくのを待つ間、貴女にいくつか尋ねておきたい」

「どうぞ、なんなりと」

ふぅ、と翠玉は吐息まじりに応じた。

「……どうした。活《い》きが悪いな。今さら、怖気づいたか？」

「もっと……単純な話だと思っていました。まさか、角が生えているかどうかを確認されるとは……」

明啓は「あぁ、それか」と気まずそうな表情を見せた。

「角はなかった、と昨夜のうちに報告を受けている」

がっくりと肩を落とし、翠玉は、深いため息を漏らした。

「角などありません」

「そのようだな。かく言う俺も、はじめて会った時、貴女が布を被っていたので多少は構えた。すまん。心から謝る」

もう、ため息さえ出ない。翠玉は頭を抱えた。

そこに、茶が運ばれてくる。かぎ慣れぬ香りだが、不思議と心地いい。

「我らは、ただの人です」

「それほど宋家は三家の呪いを恐れてきたのだ。……言い訳にはなるまいが」

顔を上げ、翠玉は「ただの人です」と繰り返しておいた。

「それで、お尋ねになりたいこととは？」

「呪詛のことを、もっと知っておきたい。これまではすべて祈護衛に任せてきたが、これ以上、連中には任せられん。弟は優秀な男だ。必ずや世をよりよいものにするだろう。肉親の情もあるが、国の未来のためにも弟を助けたい」

明啓の言葉は、耳に優しい。蔑《さげす》みや偏見が含まれていないせいだろうか。

こちらも、真摯《しんし》に答える気力がやっと戻ってくる。

「たとえば天算術《てんさんじゅつ》などは、生まれた年月日から占いますので、本人がその場にいなくとも成立します。ですが、糸を使った蚕糸彩占《さんしさいせん》や四神賽《ししんさい》は、気に触れねば答えが出ません。気は、触れて通します。呪詛は必ずしも触れずとも成立しますが、呪詛とは気を乱すもの。気に関わる以上、距離の影響は避けられません」

明啓は茶をひと口飲み、翠玉にも勧めた。

恐る恐る、淡く緑がかった液体をひと口飲めば、爽やかな芳香《ほうこう》が鼻に抜けた。美味しい、とは思わないが、心地いい感覚である。

「下馬路から天錦城ほど離れては、呪詛などできんのだったな？」

「はい。距離もそうですが、柱、屋根、道、塀、といった建造物は、気を遮る遮蔽物《しゃへいぶつ》です。内城はぐるりと塀で囲われておりましたので〝蟲《むし》〟は——あぁ、蟲というのは、呪詛の根源のようなものです。大抵は壺や箱に、虫、鼠《ねずみ》、蛇、蟇《ひきがえる》といった生き物を入れて埋めるのですが——この内城の内部にあると思われます」

「なぜわかる？」

「気は、建物の壁は越えられても、塀を越えられません。塀は、内と外を隔てるまじないでございますから。——あぁ、だからといって呪詛にかかった者を急に塀の外へ移動させますと、これも気が乱れますのでかえって命を縮めます」

ふむ、と唸《うな》って、明啓は腕を組んだ。

「そういうものか……」

翠玉にとって、気の扱いは日常だ。だが、明啓にはそうではないのだろう。納得しかねている様子だ。

ここは、かみ砕いて説明する必要がありそうである。

「たとえば、琴都一の剛力の男がいたとします。抱えられる人の数は、何人程度だと思われますか？」

「なんだ、急に。……まぁ、そうだな。片腕にひとりずつ、肩車でもすれば、三人は抱えられるか」

「人の為すことですから、おのずと限界があります。塀を越える呪詛は、人を百人抱えるような、人の為し得る範疇《はんちゅう》を超えたことなのです」

明啓は「なるほど」と納得した様子だ。理屈が通じたことに、翠玉はほっとする。

「では、二百年続く呪いも、人には為せぬか？」

「死者は呪いを保てません。有効なのは、呪う方も呪われる方も生きているうちだけ。三家を滅ぼした高祖様は、長命《ちょうめい》であったはずです」

明啓は、小さく苦笑した。

「たしかに。建国当時、青年だった高祖が九十六歳まで生きている。高祖本人さえ呪い殺せなかった三家に、二百年後の子孫までは殺せぬか。……ますます、これまで信じてきたことがバカバカしくなるな。弟にも教えてやりたい」

「子孫なり縁者なりが、代を重ねて強い怨恨《えんこん》と、正しい呪詛を一日も欠かさず続ければ可能かと思います。しかし今、江家で異能を有するのは私のみ。私が琴都に住みはじめたのは三年前。それ以前に入ったのは、葬儀の際だけです。琴都で廟を守る伯父に、異能はございませんし……代を重ねて呪いを保つのは不可能です」

翠玉の頭の中で、結論は出ている。

――三家は、この呪いに携わっていない。

「偶然ではないか――とも思うのだ。弟を蝕んでいるのは、三家の呪詛と時期が一致しただけの、ただの病ではないか、と」

呟くように、明啓が言った。

翠玉は、とっさに返事をしかねて、茶を口にした。

（……ご自分でおっしゃるなんて）

人が倒れれば、病だと思うのが普通だ。いきなり呪いのせいに違いない、とは思わないだろう。

三家を滅ぼした高祖本人が、呪いに倒れたと噂されていたならば、まだしも理解できる。実際、高祖の手は血にまみれていたのだから。

だが、もはや宋家の皇帝は、代を十以上も重ねている。新皇帝が即位した直後に倒れた――という事実のみから、呪いを連想するのは難しい。

「薬師《くすし》の診立《みた》ては、いかがでしたか？」

「原因はわからぬそうだ。……だが、原因のわからぬ病などいくらでもある。このまま加冠を待たずに――弟は死ぬかもしれない」

二百年続く、三家の呪い。

三十三番目の子。

加冠を前に殺される。

幼い頃から繰り返し聞かされ、呪いに備えた特殊な暮らしを送ってきたのだから、先帝や祈護衛の言葉を疑う余地はなかったのかもしれない。

翠玉にとっては、人が人を百人抱えるような話だ。だが、先帝や、離宮にいた腹心たち、祈護衛、そして当の双子にとって、三家の呪いはたしかに存在していたのだ。

そして明啓以外の人は、今も呪いを信じている。

（このまま陛下——洪進様が身罷《みまか》られたら、三家の呪いと断定されてしまう）

後宮に来るまでは、どこかで楽観していた。

三家を皆殺しにしたところで、宮廷が得るものなどなにもないのだ。あり得ない。バカバカしい、とさえ思っていた。

だが、違う。それでもなお、疫鬼は殺すに値する、と判断する者がいるのだ。

「勝手を申しますが、もし洪進様が病でしたら、三家の冤罪は晴らせません。祈護衛の人たちに、どんな目にあわされるやら……」

「必ず守る」

思いがけない言葉に、翠玉はパチパチと睫毛《まつげ》を忙しく上下させた。

「……え……」

「三家の末裔は、不当に我らを狙っていると思いこみ、ずっと怨みさえしてきた。だが、言われるままに世迷い事を信じていた己を、今は深く恥じている。貴女に会って、話して、認識は変わった。礼を言いたい。先祖を酷《むご》く殺した一族の城に入るのとて、さぞ勇気がいったろう。俺は身代わりに過ぎないが、必ずや約束を果たす。――改めて、よろしく頼む」

明啓が、頭を下げる。

翠玉も、慌てて頭を下げた。

「も、もったいないお言葉です」

「面《おもて》を上げてくれ」

「明啓様がお先にどうぞ」

「頼んでいるのは私の方だ」

「そうは言っても、はい、そうですか、と言えるわけがありません」

頭を下げたまま言いあいをした挙句、

「では、一、二、三、で上げよう」

と明啓が無茶なことを言いだした。

だが、逆らうわけにもいかず、

「一、二、三」

と声をそろえ、同時に顔を上げる。

目があった途端に緊張が解け、翠玉は小さく笑った。明啓も、笑んでいる。

今、三家の無実を信じてくれるのは、目の前にいる身代わりの皇帝ただひとり。実に心もとない。

（いえ、どんなに小さな灯りでも、真っ暗闇よりずっとマシ）

初対面の印象どおり、明啓は生真面目な人である。理屈も通じ、会話も成立する。宋家の人間であるにもかかわらず、三家を不当に蔑んではいない。守る、と約束し、罪と則を撤廃するとまで誓ってくれたのだ。

（罪と則から解放されるには、この灯りにすがるしかない）

翠玉は、気を取り直して茶杯《ちゃはい》を干した。

「私だけでなく、劉家の末裔も参っております。よほどの覚悟だったでしょう」

「そうだな。若いながら大した度胸だ。彼女は成功の報酬に入宮を希望している」

劉家の娘が入宮すれば、罪と則の撤廃を、世に広く知らせるだろう。名誉が一挙に回復できる。良案だ。

「あくまでも、我らが呪いを明らかにできれば……という話ですね」

「そのとおりだ。期待しているぞ」

コンコン、と鳴った扉の向こうから「準備が整いました」と清巴の声が聞こえた。

（いよいよだ）

三家の冤罪を晴らし、自由を得るための大きな一歩である。

呪いは、あるのか、否か。絹糸が教えてくれるはずだ。

明啓が立ち上がったのに続き、右鶴の間を出る。

央堂を経て、廊下の角を曲がった。

対の青い壺の辺りで、李花が待機している。彼女の表情も、硬い。

(李花さんも、一族の命運を担っているんだ。……私と同じに)

その両手に、大事そうに持っているのは護符のようだ。

裁定者の江家が、占術という形で裁定者の異能を継いでいるのだから、劉家も守護者の名に相応しい異能を持っているのだろう。

(なるほど。守護者は護符を扱うのね)

対の壺の間の扉から、中庭に出た。

外はすでに暗く、吊るされた灯籠が明るい。

渡り廊下の向こうに、小さな廟のような建物があった。

(これが、桜簾堂……ここに、洪進様がいらっしゃるのね)

堂の形は六角で、屋根の端は反り上がっている。廟と同じ造りだ。

衛兵が、重い扉を開ける。

「あ」

驚きに、翠玉は小さく声を上げていた。

目の前に、淡い紅色の珠《たま》を連ねた簾《すだれ》が垂れている。内部の灯りをキラキラと弾く様は、夢のように美しい。

(あぁ、そうか。これは魔除けなんだ)

枝垂桜は、破邪の力を持っている——と聞いている。

この堂の桜を模した簾は、そのために用意されたのだろう。

まず明啓が簾をくぐる。翠玉と李花も続いた。

簾はぐるりと堂の内部を一周していて、内部に入ればいっそう幻想的に見える。

「大康国第十五代皇帝・宋啓進様——明啓様の弟君にあたる、洪進様でございます」

翠玉の後ろにいた清巴が、厳かに言った。

(康国の皇帝——この人が……)

緊張が、翠玉の足を強張らせた。

堂の真ん中に、天蓋《てんがい》のついた牀が置かれている。枕頭《ちんとう》には、薬師らしき男と、桜色の袍の女官が侍《はべ》っていた。

「陛下のご様子は?」

明啓が尋ねれば、薬師が「お変わりありません」と答えた。

「翠玉、李花。こちらへ」

明啓に手招かれたものの、足が動かない。

名状しがたい恐怖に、翠玉の身体が抗《あらが》っている。

（動け！　こんなところで怯んでいられない！）

怖気づく身体を、心で叱咤《しった》する。

重い足を一歩、二歩と動かせば、牀の上に横たわる人の姿がはっきりと見えた。

天蓋の薄絹の向こうで、真白い寝間着が上下している。

（生きている）

呪いに倒れた皇帝――という、物語めいた存在が、はじめて生身の人間として認識できた。

薬師と女官が、一礼して下がっていく。

もう一歩、翠玉は牀に近づいた。

青ざめた顔。額には汗が浮いている。

その形よく通った鼻梁と、薄い唇。秀でた額には見覚えがあった。

（似ている……驚いた。本当に、瓜二つ！）

翠玉は、横たわる洪進と、牀の前に立つ明啓を見比べていた。

不思議な感覚だ。横たわる人の身体から、魂《たましい》だけが抜け出たかのようである。

何度か視線を行き来させるうちに、明啓が、

「見分けがつくまい？」

と苦く笑って言った。

「はい」

素直に、翠玉は認めた。

今は同時に視界に入っているので困らないが、別々の場所で会ったならば、まず見分けられないだろう。

「声も、所作も、喋《しゃべ》り方も、似ているはずだ。父――先帝も、離宮で我らを育てた者たちも、誰も見分けがつかない。我々は、そのように育てられた。どちらがどちらでも構わないように」

だが、いかに鏡映しのようであっても、ふたりは別々の人間だ。どちらがどちらでも構わないように――とは行きすぎではないか。

「どちらがどちらでも……とおっしゃいますが、明啓様が兄君で、三十三番目のお子のはずだった、と聞いております」

「父も、弟も――いや、俺もそう思っていた。だが、双子の、どちらを兄とし、どちらを弟とするかは、地方によって認識が違うのだ。宋家では、母の腹から先に出た方を兄とする。だが、南では逆に、母の腹から先に出た方が弟なのだそうだ」

どきり、とした。

翠玉は、後に出た方が兄、先に出た方が弟だと思っている。

（私がそう思うのは、江家が南方の出身だからなのね）

翠玉の知る神話にある。双子の神が、どちらを兄とし弟とするかを争い、地を割る騒動になった。そこで天の神が介入し、母の腹から後に出た方を兄と定める。それを聞いた双子の神は和解し、割れた地は修復される――という話だ。

「父から聞いた神話にございます。わずかな長幼を争う双子に、天の神が言うのです。兄は先に生じ、弟に場所を譲り、弟の無事を確かめてから外に出る。それゆえ、後に出た方が兄だ、と」

明啓は「そうか。たしかに理がある」と言って、少しだけ笑んだ。

「宋家は北の出身。だから私が兄とされた。しかし、呪詛を行った三家は南の出身。双子のうち、呪いがどちらに降りかかるか――誰にもわからなかった」

三十三番目と、三十四番目の子。どちらかが加冠を前に死ぬ。

ならば、どちらでも構わぬように育てよう――

(いや、それでもやはり、乱暴な話だ)

半ば呆れつつ、翠玉はまた一歩、牀に近づいた。

「けれど明啓様は、ご自身が呪いに倒れるものと思っていらしたのですよね?」

「同じ日に生まれたとはいえ、兄と弟。物心ついた時には、自然と自分が死ぬと思っていた。まさか、倒れるのが弟だとは……」

明啓は、苦しそうに眠る弟を見つめたまま言葉を詰まらせた。

そんな乱暴な計画だが、奇《く》しくも功を奏している。洪進の身体を蝕むものが、病であれ、呪いであれ、康国の政治は滞りなく行われているのだ。

(もっと怒りが湧くかと思っていたのに……)

二百年、冷や飯を食わせた宋家の主。目の前に立った時、冷静でいられる自信がなかった。それなのに——

(腹の立てようがない)

眉を寄せ、額に汗を浮かせる青年の姿には、同情しか湧かなかった。

翠玉は、懐から絹糸を出す。

できることは限られているが、できる限りのことをしたい。

「では、失礼いたします」

「頼む」

明啓が天蓋の薄絹を開ける間に、絹糸をスッと引き、鋏で切る。

糸束と鋏を懐にしまって、翠玉は床に膝をついた。

そっと洪進の小指に糸を結ぶ。

幸い、この部屋は薄暗く、蚕糸彩占には適した環境だ。

翠玉は左手に絹糸の端を持ち、右手を上げた。

その手が、知らず震えている。

（落ち着いて。いつもどおりにすればいい。いつもどおりに……）

睡眠中の人の気は、たしかな色彩を持たない。その曖昧さは、淡い玉虫色、といったところか。

江家に伝わっているのは占術だ。呪詛に精通している、とは言いがたいが、呪詛とは気を乱すもの。糸を通る気で、呪詛の有無は判別できる――と翠玉は思っている。

（呪詛ならば、その証しが見えるはず）

呼吸がやや落ち着くのを待ち、翠玉は糸を撫でた。

その途端――

「あッ！」

糸が、燃え上がった。

白い炎が、視界を覆う。

翠玉は、ぺたりと尻餅をついていた。

糸が――切れている。

「どうした。糸が……これは、どういう意味だ？」

糸の色彩は、余人には見えない。あの炎が、明啓には見えていないのだ。

「炎が……糸が、焼き……切られました」

明啓が、翠玉を助け起こす。

恐怖のあまり、手どころか足まで震えていた。糸を焼き切るほどの強い気など、翠玉は知らない。

「焼き切れる……？」

明啓は、切れた糸の端を拾い上げ、「焼けてはいない」と言った。

「鋏で断った部分と、見比べてくださいませ。刃物の断面とは違うはずです」

断《だん》、斬《ざん》、裂《れつ》、融《ゆう》、蝕《しょく》。糸に限らず、気がもたらす損傷には種類があり、それぞれに意味が違う。

翠玉も、糸の断面を確認する。たしかに焦げはしていないが、その先は丸まっていた。融。強い気の力が、糸を融かしたのだ。

「……たしかに、違っている。では、弟の身体を蝕んでいるのは――」

「呪いです。とても……強い呪詛です」

呪詛が、これほど凄《すさ》まじいものだとは、想像もしていなかった。

「――翠玉様、そろそろ。祈護衛の者が戻って参ります」

清巴に促され、翠玉は洪進の小指から糸を外す。

（このまま引き下がるしかないの？　まだなにもわかっていないのに！）

先ほどは必死で気づかなかったが、ほんの少し指に触れただけでもわかるほど、洪進の体温が高い。

これほど苦しんでいる人に、なにもしてやれないのが心苦しかった。

（……負けてたまるか！）

ここで、翠玉の意地が頭をもたげる。

「すみません！　明啓様、時間をください！」

懐に入れていた小箱を出し、翠玉は洪進の掌に四神賽をのせた。

呪いは、意識のない洪進の身体を巡っている。触れられる今ならば、呪詛の蟲の位置がわかるはずだ。

「この呪詛の、蟲はいずれに？」

賽に向かって口早に問い、ころりと転がす。

出た目は、黒が【一】、青が【三】、白も【三】。

そして赤が――【五】。

「翠玉、急いでくれ！　祈護衛の者が戻ってくる！」

扉の前で、明啓が呼んでいる。

「はい！」

翠玉は賽を握り、駆けだした。

お急ぎを、と清巴の声がし、急げ、と明啓の声が重なる。

夢中で、桜簾堂を出、渡り廊下を走る。

「ここに隠れろ」

明啓がそう囁き、手近な部屋に、李花ともども翠玉を押しこむ。

目の前で、格子の戸が閉まった。

慌てて走ったせいで、呼吸が荒い。翠玉は袍の袖で口を押さえた。

格子から外をのぞけば、深緑の袍の女が、渡り廊下を歩く姿が見える。

（祈護衛の人だ。あぁ……危ないところだった）

祈護衛の者は、深緑の袍を着ている、と清巴が言っていた。斉照殿の女官であれば、着ている袍は桜色のはずである。

呼吸のたびに、音が立つのが恐ろしい。

なにせ三家皆殺しを叫ぶ者たちだ。こんなところで鉢あわせしては、なにをされるかわかったものではない。

冷や汗が、背筋を伝った。

深緑の袍の女は、桜簾堂に消えていく。

ぎぃ、と扉の閉まる音が聞こえた。

やっと、まともな呼吸ができる。翠玉は「はぁ」と思わず声を漏らした。

「いいぞ。もう出てきても大丈夫だ」

明啓の声が聞こえ、格子の戸が開かれる。

李花が、また翠玉を押しのけてくるかと身構えたが、一向にそんな気配はない。振り返って見れば、あるべき場所に顔がなかった。李花は驚くほど深々と頭を下げて「すまん！」と翠玉に謝りだす。

「李花さん……？　どうしたんです？」

翠玉には、李花に謝られる理由がない。

謝るとすれば、祈護衛の者が戻ってくる、急げ、と言われても四神賽を振るべく粘ったこちらの方だ。祈護衛の脅威に晒《さら》されているのは、李花も同じなのだから。

戸惑っているうちに、李花は、頭をガバッと上げた。

「私が間違っていた。罪と則は、江家がもたらした、と父から聞いて育った。三十三番目の子を殺す呪いの話を聞いた時も、江家がかけたに違いないと……なんの疑いも持たず、そう判断して貴女にあんな無礼な態度を取ってしまった。すまない。だが、違う。あれは江家の呪いでも、三家の呪いでもない」

李花は、桜簾堂に入る前から持っていた護符を、スッと差し出した。

なにやら飾り文字のようなものが書かれているが、翠玉には読み取れない。

その護符の端が、握り拳ほどの大きさで欠けていた。

「――これは……」

ざわり、と寒気がする。

切れた糸があるだけ。欠けた護符があるだけ。傍目《はため》にはわからないだろう。だが、三家出身の翠玉には、推測ができる。

「そちらの糸が切れたのと、恐らく同じだ。焼けた。いや、融けた、というべきだな。護符の変化には、長い時間がかかるものだ。数日――場合によっては数ヶ月。一年かかる場合もある。これだけの短い時間で、これほどはっきりと変化を示すなど……信じがたい。人の為したこととは思えん」

翠玉は、コクコクとうなずいた。

そうだ。そのとおりだ。とんでもない事態が起きている。

まだ掌の中にある四神賽を、翠玉は握りしめた。

「ご両者、続きは中で」

清巴に促され、一行は右鶴の間に戻った。

明啓が座る長椅子の向かいに、翠玉と李花が座る。

ふたりはそろって卓の上に、切れた絹糸と、四神賽と、護符を置いた。

「呪いは存在する――と言うのだな？」

明啓に問われたふたりは、声をそろえて、

「「はい」」

と答えた。

半日前には角突きあわせていたふたりが、今は声をそろえている。

明啓と清巴は、ちらりと目をあわせてから、視線を卓の上に戻した。

「そなたらの話を聞く限りで――呪いは存在し、かつ、その呪いは強力で、人が為したものとは思えぬ。そうだな？」

また、ふたりはそろって「「はい」」と返事をした。

「そのとおりです。私は、これほど強大な力に触れたことがございません」

まだ、翠玉の身体には、恐怖と緊張が残っている。

明啓は「ふむ」と唸って、腕を組んだ。その眉間には、深いシワが寄っている。

「俺は、人が為すとも思えぬ力を、異能と呼ぶものと理解している」

「……はい」

「異能を持つ者は稀《まれ》だ。俺は、三家の者しか知らぬ」

卓の上に向けられていた明啓の視線が、こちらに移る。

ひたり、とあった目の鋭さに、翠玉は慌てた。

「……お、お待ちください」

話が振り出しに戻っている。――これは、三家の呪いだ、と。

「それほどの強い呪詛を行い得る者など、他に誰がいる？」

翠玉は、李花と顔を見あわせてから、首を横に振った。

「『存じません』」

また、声がそろう。他に答えようがないのだ。いかんともしがたい。

「翠玉。貴女の言葉で言えば、百人を抱える剛力の者が存在していたのだ。そなたらが明らかにしたのは、祈護衛の出した結論と変わらない」

明啓の言葉を、ふたりはそろって、

「『違います』」

と否定した。

「あの呪詛は、新しいのです。白い炎は、呪詛のかけられた時期の新しさを示しています。せいぜい、十日、半月……その程度です。呪詛は、五十年も経てば墨より黒くなるもの。しかし、あの炎は白かった。到底、二百年も前のものとは思えませぬ。それに、洪進様がお倒れになった時期、私どもは天錦城にいませんでした」

翠玉がそう断言すれば、次に李花も、

「新旧で言えば、明らかに新しいものです。二百年どころか、どれだけ古くても一ヶ月以内でございましょう。断面に色がなく、つるりとしております。古い呪いは断面が黒くなり、裂けたように紙が毛羽立つものです」

と言い切った。

「わかったのは呪詛の時期だけではありません。私の四神賽によれば、蟲はこの内城の中にございます。いえ、もう少し範囲も絞れました」

翠玉は、先ほど桜簾堂で出た目のとおりに、四神賽を卓の上に置いた。

黒が【一】、青が【三】、白も【三】。そして赤が【五】。

「この賽を、どのように読む？」

「賽は、近い距離しか示しません。六の目は地の果てを含みますが、出たのは幸い、五の目まで。具体的な距離を示しています。――後宮の、地図はございますか？」

「清巴」

明啓が呼べば、短く返事をして、清巴が右鶴の間を出ていく。

「一が示すのは、今いる屋根の下。この斉照殿の内部にあれば、四つの賽の目はすべて一、と出ます」

「あぁ、そうだったな。昨夜、たしかにこの目で見た」

昨夜、翠玉は、自身の居場所を四神賽で占っている。

ぴたりと目のそろった賽を、明啓に見せておいてよかった。話の通りが早い。

「二は屋外に出て八十歩以内。三は百六十歩。四は三百二十歩。五は六百四十歩。六は、六百四十歩より遠く地の果てまで。つまり――」

翠玉は立ち上がって北を手でぴしりと示し、「北限は斉照殿の屋内」と言った。

次に東を示して「東に百六十歩」。

さらに西を示し「西に百六十歩」。

南を示して「南に六百四十歩」と説明をして、腰を下ろした。

「ふむ……北はともかく、それ以外は見当がつかんな」

「東西には九殿《きゅうでん》を含み、南限は九殿のうちの北側の六つです」

具体的な数を出すと、明啓は驚きを顔に出した。

「わかるのか？」

「今日、後宮の南端にある倉庫まで歩きました」

「歩数を……数えていたのか？」

「もちろん数えました。四神賽を持ってきておりますから」

翠玉は、簡単に答えた。

ここで清巴が地図を持って戻り、内城の地図が壁にかけられた。

最も北にあるのが、皇帝の住まいである斉照殿。

斉照殿の南隣が、未来の皇后が住む月心殿。

ふたつの建物の南が、妃嬪らの住まいである九殿。南北に三列。東西に三列。

南北に隣りあう殿と殿の間には、それぞれ小ぶりな庭が、合計六つ。

「つまり呪詛の範囲に入るのは、斉照殿と、月心殿。──北側の六殿《ろくでん》と、三苑《さんえん》か」

南列の西端にある万緑殿は、範囲から外れる。万緑殿は、太妃たちの住まいだ。

翠玉は、九殿のうち、北列の東端を指さした。

「この六殿にお住まいなのは――紅雲殿の、徐夫人」

次に、九殿の中央を。

「菫露殿の、姜夫人」

最後に、北列の西端を示した。

「白鴻殿の、周夫人。以上の三夫人です」

江家の人間として、口伝だけで膨大な占術を修めてきた。記憶力には自信がある。

翠玉は「あっていますか?」と問うべく、清巴を見たが、あまりに彼が青ざめていたので、聞きそびれてしまった。

「翠玉様。もしや、夫人がたをお疑いになっておられるのですか……?」

この清巴の態度と問いには、さすがにいら立ちを感じる。

(三家への疑いは簡単に受け入れるのに、入宮した姫君を疑うのは躊躇うのね)

当たり前といえば当たり前だが、もやもやする感情はいかんともしがたい。

「当人か、実家か、侍女か……外部の者によって蟲が埋められただけなのか。それは調べねばわかりません」

極力、感情を押し殺して翠玉は言った。

「しかし……」

「夫人がたの入宮の時期は、おわかりになりますか？」

「……入宮の時期……少々お待ちを」

清巴が額の汗を押さえつつ、記憶をたどろうとするのを、明啓が止めた。

「よい。俺が覚えている。――徐氏が五月四日。姜氏が五月五日。一日空いて周氏が五月七日だ。そのすぐ翌日に弟は倒れた」

右鶴の間は、しん、と静かになった。

沈黙の中、清巴が「なんと恐ろしい」と呟く声が、やけに大きく響く。

彼は洪進を蝕む呪いを恐れているのではない。入宮した姫君を疑うこと自体を恐れているのだ。

「なにかの間違いでは？　せめて、もう一度占うことはできませぬのか？」

青い顔で清巴が言うのに、翠玉は「今は無理です」と答えた。

「四神賽は、呪詛を受けたご本人の手に触れねば使えません。――それに、気を通すのは一日に一度のみ。仮にもう一度行うにせよ、明日を待たねば」

翠玉が答えるのに、李花が横でうなずく。

「一日に書ける護符は、十枚までです。私はあと九枚書くことができますが、結果は同じだと思います」

江家と同じで、劉家にも異能を用いる上限が決められているらしい。

翠玉はさして驚かなかった。人が一日に気を通し得る量には限界がある。それは日が昇り、沈むのと同じで、当然の理屈だったからだ。

再び沈黙に包まれた右鶴の間に、コンコン、と扉を叩く音が響く。

誰ぞが、明啓に報告を持ってきたらしい。

それを機に、ふたりは部屋に戻るように指示された。

部屋に戻ると、卓の上に酒器が用意されていた。

「お疲れ様でした。せっかくですから、いただきましょうか」

翠玉が明るく誘えば、李花は「そうしよう」と笑顔で乗ってきた。

さっそく、互いに酒を注ぎあう。下町では見かけない澄んだ酒は、杯《さかずき》に注ぐと豊かな香りが立った。

「明啓様は、どう出ると思う？」

くい、と杯を空けた李花が問うてくる。

「さぁ。弟君の妻になる姫君を、強く疑うわけにもいかないのでしょう。姫君のご実家も、政治の実権を握る貴族でしょうし。呪い云々よりも、政治の問題です。我らの出る幕はありませんよ」

翠玉も、くい、と杯を空けた。美味しい。

互いに、また瓶子《へいし》から酒を注ぎあう。

「政治的に判断した結果、三家の呪いだ、と明啓様が言いだしたらどうなる？」

「どうしようもないですね。……残念ですが」

二杯空けたのを機に、ふたりはお互いの話を簡単にした。

翠玉が十八歳で、李花がひとつ年上であること。そして、互いに江家、劉家において唯一異能を継ぐ者であること。しかしながら、独り身であること。

「そうか、貴女もか。父とは生まれてすぐ死に別れ、祖父が二年前に死んでからは、異能を継ぐのは私だけになった。弟たちも、妹も、異能を持たない。……早く嫁げと急《せ》かされてばかりだ」

「私も同じです。三年前、父を亡くしてからは、ただひとりになりました。……私の伯父も、早く嫁げ、早く子を産めとうるさいです」

似た境遇のふたりだ。話は尽きなかった。

翠玉には義弟がいて、郷試に向けて勉学に励んでいること。琴都内にある廟は伯父と従兄が守っていること。

李花には弟がふたりと、妹がひとりいて、成功の報酬に妃嬪の座を求めたこと。母と叔父が、江家と比較的近い場所にある廟を守っていること。

家族の話をしているうちに、ため息が出た。

今話題に出た家族や親族も、ここからの展開次第では皆殺しにされてしまう。

「あとはお上《かみ》の判断次第か。……儚《はかな》いな、我々の運命も」

「宮廷の人たちは、我々を人と思っていないですからね。鼠を殺すのに、人は躊躇わないでしょう」

「……ただの人なのだがな、こちらも」

はぁ、とそろってため息をつく。

「私の住んでいた長屋は、賊に襲われかけました。劉家も、襲われたのですか?」

「未遂で済んだ。清巳さんが連れてきた兵士が、賊を捕らえてくれたのだ」

このまま天錦城を出れば、またいつ命を狙われるかわからない。

もう一度、ふたりはそろってため息をついた。

手の届く場所にある棚には、祈護衛の書庫から借りた竹簡が置いてある。

翠玉はそのうちのひとつを手に取り、カラカラと開いた。

【宇国の僭帝《せんてい》が死しても抵抗を続けた三家への処罰は、族誅と決した。隆盛《りゅうせい》を極めた三家に連なる者は、二百を超える数であった。まず女子供の処刑が、男子らの目前で行われた。のちに男子らは市中を晒《さら》し者にされた上、斬首されていった】

凄惨《せいさん》な処刑の様が、竹簡には記されている。

(なんと酷い……)

脳裏に浮かぶ。か細い嘆き。生々しい悲鳴。血なまぐさい風。血に染まる大地。

カラカラと、また竹簡を広げていく。

【すべてを見届けた当主らが、最後に残った。『三十三番目の直系の子孫を、加冠を前に呪い殺そう』と執行者たる陶《とう》家の当主が呪った。『簒奪者《さんだつしゃ》の血はその男子をもって絶え、呪いは天を覆うであろう』と守護者たる劉家の当主が呪った。『呪いを免れる道はただひとつ。この無念を我らが子孫に慰めさせよ』と裁定者たる江家は言った。このため高祖は、三家の血筋をわずかに残し、祈りを続けさせた】

端まで竹簡を読み終えた翠玉は、竹簡をくるくると巻いて、棚に戻した。

(三家を皆殺しにするのは、理屈にあっていない)

呪いを免れるには、祭祀を三家の子孫に行わせるのが正しいのだ。

(ずっと、二百年も守ってきたものを、なぜ急に覆《くつがえ》したの？)

手酌で酒を注ぎ、翠玉は眉を険しく寄せた。

「……誰が三家を皆殺しにすべき、などと最初に言いだしたのでしょう？　資料のどこにも、そんな話は書かれていません」

「わからんが……祈護衛ではないのか？　他にいないだろう。なんにせよ、我々がここで退《ひ》けば、皆殺し派が勢いを増すだろうな。――無念だ」

李花は、立て続けに手酌で二杯あおった。

（まったく、やり切れない）

翠玉も、くい、と杯を空けた。

罪と則の撤廃を願い、勇んで天錦城の真ん中まで来たというのに、人任せの幕引きとは後味が悪い。

「まだ、やれることはあります。だって、ここには異能の持ち主がふたりもいるのですよ？」

「まったくだ。占術と護符があれば、もっとできることはある」

今度は、また互いに酌をしあう。うまい酒は進みが早い。

「このままでは、家族を守れません」

「あぁ、こんなところで引き下がれるか」

杯を空け、ふたりはうなずきあう。

「夫人がたを刺激せずに、蟲を捜す方法があれば……」

「彼女たちの殿に、護符さえ貼れれば……」

空いた杯を置き、ふたりは腕を組んで考えこむ。

（話を聞いてくれるのは……きっと、明啓様しかいない）

足掻《あが》くのをやめた者から沈んでいくのが世の定めだ。

せめて、やれることをすべてやり尽くしてから沈みたい。

要は、真犯人を見つければいい。それで万事解決する。

問題は手段だ。あくまでも、姫君たちと、その実家の顔を潰さずに――

すくっと翠玉は立ち上がった。

「どうした？」

「名案が浮かびました」

「……名案？　おい、翠玉。酔ってるのか？」

「いいえ。いたって正気です。私、明啓様にお会いしてきます」

「落ち着け。やはり酔っているな。相手は、身代わりとはいえ皇帝だぞ？」

だが、翠玉は部屋を飛び出していた。背で「明日でいい」と李花が言っていたが、足は止まらなかった。

なにも、酔った勢いでの暴挙《ぼうきょ》ではない。

明日まで待てば、明啓は身代わりの政務を果たすべく、外城に行ってしまう。次に面会できるのは明日の三夕の刻。待機時間が長すぎる。

細い廊下に出、角を曲がって、対の青い壺がある広い廊下に出る。

途中で翠玉は足を止めた。向こうから、衣ずれの音が聞こえたからだ。

端に寄らねば――と頭の隅で考えているうちに、人の姿が見える。明啓だ。

「翠玉――どうした？」

会いに行こうとした相手が、運よく向こうから来るとは思っていなかった。

動揺して、翠玉は「お、お話が――」と上ずった声を出してしまう。

「あの――」

「ちょうどいい。話があった」

都合のいい偶然である。明啓の方も翠玉に話があったようだ。

「なんでございましょう」

雰囲気から察して、大声で話す内容でもなさそうだ。翠玉は明啓に近づく。

(なんというか……眩いお方だ)

自分から一歩近づいておきながら、翠玉はすぐに一歩下がった。

この端正な顔に正面から見つめられると、どうにも落ち着かない。

「貴女の邸を襲った賊がいたな?」

そわそわと落ち着かなかった気持ちが、スッと温度を失う。

翠玉が住んでいたのは、長屋の一部屋だ。もしかするとあの長屋全部を、翠玉の邸、と呼んでいるのかもしれないが、確認の手間は省いた。

「はい。姿は見ていませんが、数人はいたかと」

「あの場で捕らえて牢《ろう》に入れていたが――殺された」

「え……!?」

昨日の夜、長屋の裏から侵入しようとした賊のことだ。

明啓が、連れてきた黒装束の兵士たちに、捕らえて情報を聞き出すよう命じていたのを覚えている。

「劉家を襲った者たちと、あわせて十三人。何者かに殺された」

「どうして……どうして、そのようなことに……」

「口封じだろう」

「い、一体誰が——まさか、祈護衛が……？」

いや、と明啓は首を横に振る。

「祈護衛は、内城のみを祈祷で護る小さな機関だ。それほど大胆な真似ができるとも思えん。裏で糸を引いている者がいる。もはや弟の妻になる姫君だからと躊躇《ちゅうちょ》している暇はなさそうだ。手を貸してくれ。なんとしても、呪いを暴《あば》きたい」

翠玉の説得を待つまでもなく、切迫した状況が明啓に決断させたらしい。

(ありがたい。そうこなくては、ここまで来た甲斐《かい》がないもの)

この千載一遇《せんざいいちぐう》の機を、逃すわけにはいかない。

「実は——私に、策がございます」

ひそり、と翠玉は囁いた。未来を告げる占師の口調で。

「聞かせてくれ、華々娘子《かかじょうし》」

くい、と明啓は形のよい眉を上げた。

「つきましては、明啓様にもひと肌脱いでいただきたく、お願い申し上げます」

「俺に？」

怪訝《けげん》そうな顔をする明啓に、にこり、と翠玉は笑んだのだった。

第二話　後宮の占師

——二宵の鐘が、遠くで聞こえる。

辺りはすっかりと闇に沈み、庭の灯篭の灯りが、池の水面に揺れていた。

ここは、後宮の一角にある槍峰苑《そうほうえん》。六つの庭のひとつである。

白い牡丹《ぼたん》が月明かりを弾く、夜でさえ華やかな庭だ。

庭の真ん中の、ぽってりした形の四阿《あずまや》に、灯りがぽつりと浮いている。

「翠玉《すいぎょく》、終わったぞ」

庭を抜け、四阿に入ってきた背の高い青年は、明啓《めいけい》だ。

「お疲れ様でございました」

手燭を持って一礼したのは、翠玉だ。

「そなたに言われたとおり、斉照殿《せいしょうでん》を出て、北列の東端の……」

「紅雲殿《こううんでん》です」

「そうだ。紅雲殿の横を通り、そのすぐ南にある庭を……」

「双蝶苑《そうちょうえん》です」

「よく覚えているな。それで、この宵の散策にどんな意味があるのだ？」

「人の耳がございますので、戻りましてからご報告いたします。念のため、まっすぐ斉照殿には向かわずに、南列をぐるりと迂回《うかい》して移動しましょう」

明啓を置いて、翠玉は先に歩きだした。

歩幅がずいぶん違うので、後ろにいたはずの明啓は、すぐ横に並んだ。

「ここに来て二日とは思えんな……俺より後宮に詳しい」

「陛下が疎《うと》いだけでございましょう」

斉照殿の外である。人の耳を警戒して、翠玉は、明啓、とは呼ばなかった。

「しかたあるまい。あえて避けているのだ。俺のものではないからな」

明啓も警戒している。この後宮は弟のものだ、とは言わなかった。

「四神賽《ししんさい》の示した範囲にあるのは、六殿、三苑。そして三夫人だけ。それくらい、覚えていただかなくては困ります」

「反論の余地なしだ。すぐに覚えよう」

槍峰苑を出て、まず南に向かう。

太妃たちの住まう万緑殿《ばんりょくでん》で角を曲がり、東方向へと進んでいく。

「夫人がたの反応は、いかがでした?」

明啓が、翠玉の指示に従って通ったのは、三つの庭だ。

紅雲殿の南にある、双蝶苑。

菫露殿《きんろでん》の北にある、百華苑《ひゃっかえん》。

白鴻苑《はっこうえん》の南にある、槍峰苑。

まっすぐに東から西に歩けば、その三つの庭を順に通過できる。

「いずれも東から、建物は、紅雲殿、董露殿、白鴻殿。夫人は、徐《じょ》夫人、姜《きょう》夫人、周《しゅう》夫人、の順です」

後宮に疎い明啓のために、翠玉は指を折りながら説明した。

「紅雲殿では、窓に姿が見えた。董露殿では、声だけが聞こえた。白鴻殿では、琴の音が聞こえていた」

琴の音は、槍峰苑で待機していた翠玉の耳にも届いている。おかげで待機時間が短く感じられたものだ。

「……なるほど」

三人の夫人は、それぞれに個性のある反応をくれたようだ。

「徐夫人に、姜夫人に、周夫人か……入宮した順と同じだな。しかし殿の名が難しい」

明啓は、指を折って復習している。

やはり生真面目な人だ。翠玉は小さく笑む。

「覚えるのは簡単ですよ」

「まったく簡単ではない。庭の名も多すぎる」

最初こそ速足だったが、明啓はやや歩みを遅くした。きっと翠玉が小走りになっているのに気づいたからだろう。明啓と翠玉では、歩幅に大きな差がある。

(明啓様は、存外お優しい)

初対面で妻になれ、と言った強引さが、信じられない思いだ。

「もとになる、神話があるのです」

「……聞かせてくれ。双子の兄弟の話も、実に覚えやすかった。参考にしたい」

「はい。六殿のうち、東列にあるのが紅雲殿と橙花殿《とうかでん》。間にあるのが双蝶苑です。暁《あかつき》の女神が、朝の参拝に遅れた番《つがい》の蝶を、橙花の陰に隠してやった、という神話がございます。そこから、暁の女神は恋人たちの守護者になったのです。夜明けの紅い雲と、番の蝶。そして蝶の安らう橙色の花。――覚えやすいと思われませんか？」

「たしかに神話を知っていれば、覚えやすいな。それも、南の神話か？」

「そうだと思います。私は父に教えてもらいましたが、北の港町出身の継母と義弟は、今の話を知りませんでした」

中原《ちゅうげん》の北と南では、崇《あが》める神の名も違う。言葉の発音、文化だけでなく、人の体格も違っている。北の人は概《おおむ》ね大きく、南の人は概ね小さい。宋《そう》家は北。江《こう》家は南。今、明啓と翠玉が並んで歩いているだけでも、その体格の差は明らかだ。

「なるほど。紅雲殿と、橙花殿。間にあるのが双蝶苑か。よし、覚えたぞ」

ぽん、と明啓は手を叩く。

明啓が笑顔で「他はないのか？」と聞くので、翠玉もつられて笑んでいた。

「では、中央列に移りましょうか。翡翠殿《ひすいでん》と菫露殿の間は、百華苑。これももとになる神話がございます。花の女神から生まれた、いずれ劣らぬ美貌の姉妹の神の名が、翠娘《すいじょう》と菫娘《きんじょう》というのです。彼女たちの暮らす世界が、百華苑といいます。彼女たちはよく喧嘩をしては仲直りをして、周りを振り回すのです」

「神々は喧嘩ばかりしているな。いや、人も同じか。兄弟姉妹というものは、喧嘩をしながら育つものだ。ふむ、面白い。翡翠殿と菫露殿。間にあるのが百華苑。もう覚えた。すると……西列にある白鴻殿と――」

「蒼湖殿《そうこでん》です。間にあるのは槍峰苑でございます」

「なるほど……さながら――雪を頂く険しい山に、豊かな水を湛《たた》えた湖。そこで安らう一羽の白鳥の物語、といったところか」

顎に手を当て、明啓は真剣な表情で推測を述べた。

「神話の舞台はおおよそ、ご想像のとおりでございます。男神《おがみ》に見初められるも、その愛を拒んだ女神が自らの姿を白鳥に変えて逃れる、という神話です」

「……無理強いはよくないな。性質《たち》の悪い男神だ」

明啓らしい感想に、翠玉は小さく噴き出した。

神話の男神が、横を歩く女に歩調をあわせられるほど優しければ、女神も逃げずに済んだだろう。

「まったくです」

そんな話をするうちに、南列の三殿を過ぎ、角を曲がっていた。ここからは北へ向かい、斉照殿に戻る。

「そなたは、若いながら知恵があるな。感服する」

明啓は、加冠直前なので十九歳。翠玉とはひとつ違いだ。

昨夜も李花に若い、と言っていたので、比較しているのは、離宮で彼の周りにいた人々なのかもしれない。

「一介の占師でございます。おからかいくださいますな」

先帝の時代から、皇太子の優秀さは下馬路《げばろ》でも知られていた。

どちらがどちらでもよいように育てられたのだから、双子はどちらも同じように優秀なのだろう。――弟は優秀な男だ、と明啓は言うが。逆の立場ならば、逆のことを言うのではないか、と思う。

そんな相手に評価されるのは、ひどく気恥ずかしい。

「老師を思い出す。……数年前、離宮を抜け出して、山の猟師と懇意《こんい》になった。身分を隠して、弓矢の扱いや、獣《けもの》のさばき方を教えてもらったのだ。猟師には猟師の知恵がある。占師には占師の知恵が。その道を専らに歩む者の知恵は尊い」

翠玉は、明啓の言葉に感心した。

（謙虚な方だ）

高貴な人は已の尊さに驕《おご》り、弱者を見下す者ばかりだろう、と思っていた。そんな明ましてニ百年も三家を赦《ゆる》さなかった宋家の皇族など、その代表のはずだ。そんな明啓の口からこぼれた謙虚な言葉に、翠玉は態度に出さずに驚く。

(もし明啓様がいらっしゃらなかったら、賊に殺されて、今頃、子欽《しきん》と一緒に廟に祀《まつ》られていたかもしれない)

いきなり、妻になってくれ、と言われた時には、その強引さに驚いたが。

しかし、彼がいなければ、この危うい賭けに挑むことさえできなかったのだ。

(間違いない。これは、得がたい幸運だ)

明啓の強引なほどの行動力と、占師の知恵を認められる大らかさが、翠玉をこの場所へと導いた。これは、僥倖《ぎょうこう》と言っていい。

「非才の身ながら、全力を尽くします」

「謙遜はいらない。貴女は俺に希望の光を見せてくれた。女神のような人だ」

見上げる明啓の表情には、明るい笑みがある。

(強引というより……屈託がないというか、邪気がないというか……)

まっすぐに向けられる信頼が、急に面映《おもは》ゆくなって、目をそらしていた。

紅雲殿の横を通り、北へ向かう。

月の明るい夜だ。

静かな石畳の上を、ふたりはゆっくりと歩いていく。

月心殿《げっしんでん》の横を経て、斉照殿の階段を上った。

翠玉はいったん裏に回ろうとしたが「一緒に」と正面に誘導された。

緑の長棒を持った衛兵が、正面の扉を開ける。

昨日と同じように、央堂《おうどう》を抜けて右鶴《うかく》の間《ま》へと入り、紅い長椅子に腰を下ろす。

「――それで、今宵の散策は、なにが目的だったのだ？」

茶を運んできた女官の衣ずれの音が遠ざかり、聞こえなくなったところで明啓が問うた。

昨夜の廊下での密談は、新たな報告が入って遮られてしまった。

三つの庭を、ゆっくり横切ってもらいたい、としか伝えていない。そんな荒い説明でも、きっちり役割を果たしてくれる明啓は、やはり得がたい存在である。

「今朝、夫人がたが万緑殿にいらしている間に、手紙を扉の前に置いておいたのです。【本日二宵の刻、庭に貴人が現れる】と。華々娘子《かかじょうし》の名前を添えておきました」

「そうか。……それで、それぞれに反応があったわけだな」

紅雲殿では、姿が。

菫露殿では、声が。

白鴻殿では、琴の音が。

「素直な反応をくださった紅雲殿の徐夫人から、順に訪ねて参ります」

紅雲殿の、徐夫人の住まいは北の房。庭は南の房に面している。占いを信じ、同じ殿内とはいえ、南の房まで移動して姿を見せた。三夫人の中で、徐夫人が最も期待どおりの反応をくれたと言えるだろう。

「貴女が、直接訪ねるのか？」

「はい。あくまで、占師・華々娘子としてでございます。姫君や、ご実家を刺激することなく蟲の在処《ありか》を見つけます」

土足で踏みこむ捜査は不可能だ。なにせ相手は、国政に関わる貴族の娘。賊の口封じの件もある。下手な刺激はしたくない。

そこで翠玉が思いついたのが、占師として彼女たちの懐に入る作戦であった。

「そう簡単に口を割るか？　時間もない。あと十日余りだ」

呪詛は大罪。明らかになれば、族誅は確実だ。彼女たちが、占いのついでに口を滑らせるとまでは楽観していない。

翠玉は懐に手を伸ばし、ひらり、と紙を取り出した。

「手紙に示された時間に、実際に陛下は庭に現れた。半信半疑だった夫人がたも、認識を改めたでしょう。今でしたら、その占師の勧める護符を貼るくらいのことは、していただけそうではありませんか？」

翠玉が卓の上に置いたのは――劉《りゅう》家の護符であった。

明けて、五月二十七日。

三夕の鐘が、遠くで聞こえる。

華々娘子の黒装束を身にまとった翠玉は、紅雲殿にいた。

頭から布を被る姿はいつもと同じ。ただ、今は顔の下半分も布で隠している。斉照殿の女官とは、別の存在として接触したかったのだ。

「啓進《けいしん》様がいらしたの。本物よ！　そこの庭にいらしたの。ちらりと目が――嘘じゃないわ。本当なの。月明かりの下にお姿が見えた。……あぁ、夢のよう……貴女のおかげよ、華々娘子」

喜色満面で翠玉を迎えたのは、紅色の袍の徐夫人である。

（お美しい方だ）

後ろ姿さえ女神のようだと思ったが、間近で見れば、いっそう思う。

ふっくらとした頬と、大きな形よい目。艶やかな髪。すらりと背が高く、百人が百人、美しい、と称えるだろう。袍の見事さも相まって、美術品でも見ている気分だ。

特に、耳の上あたりに飾った大きな花の飾りなどは、誰しもに似合うものではない。

彼女の好みなのか、調度品も、大ぶりな花の意匠が多いようだ。

焚《た》かれている香まで、心なしか華やぎを感じさせた。

「お知らせした甲斐がございました」

翠玉は、黒布の下で笑みを浮かべる。

──占師を装って、夫人たちに接触する。

──殿と庭に護符を貼り、その変化で蟲の在処を絞りこむ。

それが翠玉の作戦である。

皇帝の即位から加冠の儀まで、一ヶ月以上の間がある。婚儀はさらにそのあとだ。この空白期間の無聊《ぶりょう》を慰めるべく、斉照殿から派遣された占師──として、翠玉はここにいる。清巴《せいは》が間に立っての紹介なので、疑われてはいないはずだ。

「でも、心配だわ。啓進様は、なにやらお悩みのご様子だったの。それはそうよね。先帝陛下の急なご崩御で、さぞお心を痛めておいででしょう。私がおそばで支えてさしあげられたらいいのに……」

ほぅ、と悩ましい吐息を、徐夫人は漏らした。

中庭に面した客間の窓際の、円い卓をはさんでふたりは座っている。

小ぶりな庭に植えられた紅色の牡丹は、殿の雰囲気にも、その主にもよく似合っていた。

「徐夫人の優しいお気持ち、必ずや陛下にも伝わりましょう」

「そうだといいけれど。入宮のその日に、斉照殿でのお食事に招いていただいたきりよ。あの時は、私、緊張でなにも喋れなくて……あぁ、これ、実家から送られてきたお菓子なの。どうぞ、召し上がれ」

卓の上に、どん、と置かれているのは、脚つきの大きな皿だ。

山のように盛られているのは、真白い雪に似た干菓子であった。

「これは……」

「ご存じ？　雪糕《せっこう》というの」

徐夫人が、控えていた侍女に目をやれば、若い侍女は「米と蓮《はす》の実、上等な白い砂糖で作った菓子でございます」と説明をした。

わざわざ上等、と言うからには、相当に上等なのだろう。実際、これほど白い砂糖を、翠玉は見たことがない。

「いえ。私、はじめて目にいたしました。まことに、雪のようでございますね」

「遠慮しないで、どうぞ。父が言うの。丈夫な子を産むには、滋養が大事だって。気が早すぎると思わない？」

ふふふ、と徐夫人は愛らしく笑った。

後宮の女性の役割はただひとつ。次代に皇帝の血を継ぐこと。

先帝の遺児の中で、男子はひとり――実際はふたりだが――のみ。あとの十人は皇女ばかりだ。

(気が早い、とはおっしゃるけれど、急ぐご実家の気持ちもわかる)

新皇帝に、まだ子はいない。世継ぎ誕生を、康《こう》国全体が待ち望んでいる。

その強い望みが、皇帝の加冠にあわせて輿《こし》入れするはずの三人の姫君を、予定を前倒しにしてまで入宮させた。

清巴の話では、立后も、この三人のうちのひとりと目《もく》されているらしい。

後継ぎ。そして、皇后の位《くらい》。

その両方を、喉から手の出るほど求めているのは、夫人たちの実家も同じだろう。

(弱味につけこむのは気が引けるけれど……それもこれも、未来のご夫君のためです。お許しを!)

心の中で謝罪するうちに、茶が運ばれてきた。

翠玉は「いただきます」と会釈し、顔を隠す黒布を持ち上げ、雪糕をひと口かじる。

甘い。とてつもなく、甘い。

ほろりと口の中で崩れれば、いっそう甘さが広がった。

下町暮らしで口に入るのは、薄い粥と、肉包だけだ。菓子の類など、父の葬儀で、豆沙餡《こしあん》の饅頭《まんじゅう》ひとつを、子欽と分けあったのが最後である。継母の葬儀では、供える菓子さえなかった。

「美味しゅうございます」

思わず、笑みがこぼれる。

強い甘さを、少し苦みのある茶で流す。なんとも贅沢《ぜいたく》だ。

「それで、占いって、なにがわかるの？」

徐夫人は雪糕を口に運びつつ、のんびりと問うた。

「お生まれになった日の、二十四の大星と、四十八の小星の位置から、その方の運勢を読み解きます。人生は大きく、春、夏、秋、冬と――」

「そういうのはいいの。今は夏のはじめでしょう？　冬の話など聞きたくないわ」

徐夫人は袖で隠した手を、臭いものでも避けるように振った。

五月下旬。季節は初夏である。

占術において、夏の区切りは、加冠、あるいは結婚だ。偶然ながら、今はどちらの意味においても初夏といえる。

「では、どのような占いをお好みですか？」

「そんなこと、とうにわかっているでしょう？」

徐夫人は、柔らかに笑みつつ、目を細めた。

華やかで明るい美貌から、いら立ちが感じ取れる。

「もちろんでございます。ですが――個々の望みというのは、存外、ひとつのようでひとつではありません」

いら立ちは伝わってくる。だが、翠玉は、口調も態度も変えなかった。

「啓進様に、一日も早くまたお会いしたい。……それ以外ないわ」

ひとつのようで、ひとつではない。

似た境遇の者が、誰しも同じ望みを持つとは限らない。人の数だけ望みはある。

異能を継ぐ三家出身の、翠玉と李花《りか》でさえ望みは違う。

呪詛を解き、冤罪を晴らす。一致しているのは目の前の一事だけ。呪詛が解けた瞬間から、もう向かう方向が違っている。そして、歩きだすのはまったく別の道。その後、隔たりは大きくなる一方だ。

翠玉は、罪と則から解放されればそれでいい。欲しいのは、穏やかな暮らしだ。子欽が郷試に受かれば、養子の口も見つかるだろう。あとは我が身を死ぬまで養えれば御の字である。

李花は、名誉を回復させるべく入宮を望んでいる。

下町と後宮には、その距離以上に大きな隔たりがある。翠玉と李花の人生が、交わることはない。

望みが近しいのは、今、この一瞬だけだ。

夫人たちも同じである。

今でこそ、皇帝の愛を早く得たい、という一点に集約されている。愛を得たい。子を得たい。寺には入りたくない。実家を盛り立てたい。皇后になりたい。他の夫人らに負けたくない。――似ているが、それぞれに違う。

望みの精度を上げるのは、江家の占いの基本である。

「徐夫人のお望みと、未来へ導くものがわかる占いがございます。いかがですか？」

「いらない。私の望みは啓進様――愛する人と添い遂げること。それだけよ」

きっぱりと徐夫人は言い切って、また雪糕を頬張った。

先ほどから、ずっと口が動いている、もう四つめだ。

(困ったな。絹糸を結べれば、多少の手がかりを得られるかと思ったのに)

しかし、ここで無理を通せば、すべて台無しになってしまう。

正面から入れぬ時は、早々に裏へ回るのが吉だ。

「では――まじないを」

翠玉は、懐から護符を出した。

侍女たちの間から、小さな声が上がる。

「これで、陛下にお会いできるのね？」

「はい。大変よく効きますが――代わりに多少、煩雑《はんざつ》な手続きを要します」

「別に構わないわ」

「護符を房の四方《しほう》に貼らせていただきます。それと双蝶苑にも。一日、二日と経ちますと、この護符に変化が現れるのです」

「……変化？　護符が、どうなれば啓進様にお会いできるの？」

徐夫人の顔が近づく。華やいだ香りが、ふっと濃くなった。

「秘中の秘ゆえ、明かせませぬ。ですが、この変化を読み解きますと、次にお会いできる日がわかります」

「……わかるの？　本当に？」

「はい。念のために――もうひと手間。この糸を指に結んでいただけますか？」

徐夫人は警戒を表情に示した。

「なんのために？」

「用いる呪文が変わるのです」

あくまでも笑顔で、翠玉は適当な嘘をついた。

（お許しを！）

気は咎《とが》めるが、ここが勝負だ。

なにせ頼りの明啓は、後宮に疎い上、日中は外城にいる。

今も桜簾堂《おうれんどう》で、ひとり苦しむ洪進《こうしん》の姿を思えば、躊躇うわけにはいかない。

（少しでも多く、情報が欲しい）

翠玉は、絹糸を懐から出し、スッと引いて鋏で切る。

「その、糸?」

「はい。こういたしますと、徐夫人の陛下を思うお気持ちが、正確に呪文に反映されます。強く思う者が、より多くを手に入れるのは世の道理でございましょう」

よく回る舌だ、と我ながら感心する。

こう言っておけば、徐夫人は強く心で皇帝を思うだろう。

「強く思えばいいのね。簡単だわ」

案外あっさりと、徐夫人は翠玉の誘導に乗ってきた。

(ありがたい)

ほっと胸を撫で下ろし、翠玉は徐夫人の小指に糸を結ぶ。

辺りの暗さも頃合いだ。絹糸の彩りも、よく見えるだろう。

部屋に灯りをともそうとしている侍女に「しばしお待ちを」と頼んで止めた。

「では、目を瞑ってくださいませ」

「……いいわ」

翠玉は、左手で糸を握り、スッとひと撫でした。

わかるのは、心の憂いの遠因だ。

糸の色は、淡く変じはじめた。桃花《とうか》。薄紅《うすべに》。珊瑚《さんご》。

キラキラと輝く様に、胸の内だけで驚く。

(なんと美しい……)

色彩もさることながら、日の光を弾く朝露のような輝きは、息を呑むほど美しい。

これほど純粋な気に、翠玉ははじめて触れた。

「恋――」

口から、自然に言葉がこぼれていた。

ハッとして、顔を上げる。

「あら、どうしてわかるの?」

目を瞑ったままの徐夫人は――はにかんでいた。

翠玉は、自分の不用意な言葉を悔いる。

(陛下とは、入宮した日にお会いしたきりだと言っていた。一目で恋に落ちた、とも考えられなくはないけれど――)

徐夫人が思う相手まで、糸の彩りから読み取ることはできない。

もし未来の夫以外の相手だったならば、その恋は許されぬものである。

「失礼いたしました。不躾《ぶしつけ》なことを」

翠玉は、静かな声で謝罪した。

「いいの。謝らないで。……本当ですもの」

「え――」

「私、啓進様にお会いしたことがあるの。お話もしたわ。……お花をいただいたの。大きくて、綺麗な、紅い花。あれは十二歳の頃……あの日からずうっと……啓進様の妻になりたいと願ってきた。その願いがやっと叶《かな》うのよ。ふふ。夢みたい！」

目を閉じたまま、うっとりと言う徐夫人の様子に、ひやりとする。

（まさか、面識があったなんて！　どちらと？　洪進様？　明啓様？）

双子は、外では啓進、と名乗っている。

徐夫人が会って話したのが、兄弟のどちらなのか、今の話からは判断できない。

（蚕糸彩占《さんしさいせん》をした甲斐があった）

ひやりとはしたが、反面、ほっとする。徐夫人が、なにをどの程度知っているかはわからないが、今の段階で知れたのは幸いだ。

（斉照殿の人たちにも、早く報せないと）

ドキドキと落ち着かない鼓動を、深呼吸で落ち着けて、もう一度糸を撫でる。

糸の色は、触れた箇所から変じていく。

山吹。稲穂《いなほ》。柚子《ゆず》。

黄色は、商人の客に多く見られる色だ。契約を伴う関係に現れる場合がある。

「今、ご実家とは――」

「まぁ、本当になんでもわかるのね！　そうなの、それが悩みの種。実家がせっつくの。早く早くって。わずらわしいわ」

目を閉じたまま、徐夫人は肩をすくめた。

最後に、ひと撫で。

糸の色は――濃紫《こむらさき》に変じた。

現れる色彩は、必ずしもひとつの事柄を示すとは限らない。

濃紫は、高位に上る兆しとも読めるが、その反面、深い喪失を示す色でもあった。

皇帝を慕う徐夫人にとっては、不吉な兆しになり得る。

（……言わずにおこう）

翠玉はそう判断し、糸を解いた。婚儀を控えた姫君には、余計な情報だ。

「以上でございます。では、これより護符を貼らせていただきます」

ぱちりと瞼を上げた徐夫人に会釈をし、翠玉は、パン、パン、と手を叩いた。

それを合図に李花が入ってきた。彼女も翠玉と同じ黒装束に、布を頭から被り、さらに顔を半分隠している。

ここからは、彼女の出番だ。

護符の貼り方にも作法があるらしい。書いた本人が貼るのが望ましいらしく、部屋の外で待機していたのだ。

当初は、同席するよう頼んだが、断られた。曰く、融通《ゆうずう》のきかない性質《たち》だから——

とのことだった。

「呪文は〝太栄繁興《たいえいはんこう》〟で頼みます」

ひそり、と翠玉は李花の耳元に囁いた。

ところが——なんのことやらさっぱりわからない、という顔を李花はしている。

当然だ。そんな呪文はない。適当に景気のよさそうな文字を並べただけ。蚕糸彩占に誘導するための方便だった。

翠玉は、目を片方瞑って合図を出したが、

「〝太栄繁興〟？」

李花は、なんの話だ？　とばかりの大きな声で聞き返してきた。

さすが、自分で融通がきかないと言うだけのことはある。

（……まずい。通じてない！）

ひやりとした。

しかし李花は、翠玉の表情を見て、自分の間違いに気づいたようだ。

惜しい。一瞬だけ早ければ、あんな大きな声で聞き返したりはしなかったろう。

「そ、そうです。徐夫人は特別なお客様ですから。手間はかかっても〝太栄繁興〟を行うべきです」

李花は「承知しました！」と一礼して、てきぱきと準備をはじめた。

「あれを持ってきて」

徐夫人が、つごう六つめの雪糕を口に入れつつ侍女に命じる。

運ばれてきたのは、大きな翡翠の指環だった。

「これは——」

「私は、特別な客なのでしょう？　しかるべき品を、お礼に差し上げようと思ったの」

ふふ、と徐夫人は、朗らかに笑んだ。

「もったいのうございます。このような素晴らしいお品を」

「いいの。私の望みは、美しい指環をすることではないのよ。ただ、愛する方の妻になりたい。それだけなのだから」

徐夫人は、白魚のごとき指を飾る、珊瑚の指環を撫でた。

欲しくはない、と言いながら、耳飾りも、腕飾りも、それぞれに翠玉が一生触れる機会さえなさそうな品々ばかり。実家の裕福さが一目でわかる。

「では、ありがたくいただきます。必ずや、この護符が報いましょう」

翠玉は、恭《うやうや》しく指環を受け取った。

金目のものを欲しがらない占師は、怪しまれる。いったん受け取って、ほとぼりが冷めた頃に、斉照殿の者にでも謝罪つきで返却してもらえば済むだろう。

作業を終えた李花と共に、翠玉は紅雲殿から退出した。

三夫人のうち、ひとりを訪ね終えただけだというのに、どっと疲れた。

ちょうど夕食がはじまる時間だったようで、行列がこちらに向かってくる。

（徐夫人の食事？　……すごい行列）

列は、二十人に近い数だ。山盛りの甘い菓子に、長い列で届く食事。まったくもって雲の上の暮らしである。

端に避けていたふたりは、行列を見送ってから、深く息を吐いた。

「すまない。まったく気が回らなかった！　どうも私は融通がきかなくていかん。昔からそうなんだ」

李花の謝罪に、翠玉は首を横に振った。

「いえ、こちらこそ無茶な振り方をしてしまいました。ごめんなさい」

「貴女は、本当によく知恵が回るな。私には到底できない芸当だ。おとなしく庭に護符を貼ってまわるとしよう。性にあっている」

李花は、護符と糊《のり》の壺が入った竹籠を、ポン、と叩いた。

「では、お願いいたします。私、急いで斉照殿に報告せねば。まさか、おふたりのどちらかと面識がおありだったとは、予想していませんでした」

「あぁ、話は聞いていた。急いだ方がいい。――では、のちほど」

翠玉は斉照殿へ。李花は双蝶苑へ。ふたりは道を分かった。

――徐夫人は、皇太子時代の双子の、どちらかと会っている。

明啓なのか、洪進なのか。

双子はよく似ており、父親でさえ見分けがつかなかったそうだ。

しかし、型通りの挨拶と、雑談では条件が違う。

ふとした仕草、話し方、話題、物の見方。そして笑い方。恋する娘ならば、他の誰より違いに敏感なはずだ。

彼女には双子の見分けがつく、という可能性を考える必要があるだろう。

(早くお知らせして、確かめておいた方がいい)

二百年の呪いを前提に、双子をひとりの皇太子として育てるなど、そもそも薄氷を踏むがごとき危うさである。ヒビの入った箇所を知らせぬわけにはいかない。

(今は一蓮托生《いちれんたくしょう》だ)

頼みの綱の明啓が躓《つまず》けば、翠玉だけでなく、李花ももろとも倒れる。

斉照殿の階段を、息を切らせて上がっていく。

裏に回って部屋に入れば、卓に食事の用意がしてあった。だが、報告が先だ。

ひとまず頭と顔の黒布を外す。髪は、朝に整えてもらったまま形を保っている。黒い袍から桜色の袍に着替えれば、すっかり斉照殿の女官の姿に戻った。

髪の乱れを直しながら、部屋を飛び出す。

「あ！」

部屋を出てすぐ、清巴と鉢あわせになった。

さすがは宮仕えだけあって、清巴は声を上げずに驚いていた。

「お戻りでしたか。明啓様が、お食事が終わりましたら、翠玉様から直接報告をお聞きになりたいとおおせです」

徐夫人の件の報告は、清巴にするつもりでいた。だが、呼ばれているならば、明啓に直接伝えるのが筋だろう。

「すぐで構いません。急ぎご報告すべきことがございます」

では、と清巴が先に歩きだす。

昨日と同じ、書画骨董のある部屋に向かうのかと思えば、清巴は対の青い壺の間の扉を開けた。

(中庭？　どうして中庭に……あぁ、明啓様は、桜簾堂にいらっしゃるのね)

中庭の渡り廊下を通り、桜簾堂の前に立つ。

「……大丈夫、なのですか？　その、三家の私が入っても」

桜簾堂には、三家の天敵とも言うべき祈護衛《きごえい》が常駐しているはずだ。

扉は開いたが、次の一歩は躊躇わざるを得ない。

「人払いは済ませてあります。私が、ここで見張りをしておりますのでご安心を」

清巳がそう言うならば、安全だと信じるしかない。

恐る恐る、淡い紅色の簾をくぐった。

（あ……よかった。おふたりだけだ）

内部にいるのが明啓と洪進だけだとわかって、翠玉はほっと胸を撫で下ろした。

牀に横たわる洪進と、牀に突っ伏している明啓。

以前と変わらず、苦しげに眠る洪進の横で、明啓は転寝《うたたね》をしているようだ。

（……お疲れに違いない）

双子の弟とはいえ、他人の身代わりを半月以上続けて、疲れぬはずがない。

明啓は、闘っている。

自分たちの理不尽な運命と。そして、弟を蝕む呪いとも。

「……あぁ、すまない。来てくれたのか」

すぐに、明啓は転寝から目覚めた。

ふっと明啓が笑んだが、疲労のにじむ顔が痛々しい。

「お休みのところ、申し訳ありません」

「いや、ここに呼んだのは私だ。――首尾はどうだった？」

「はい。徐夫人は、殿内に快く護符を貼らせてくださいました。今は、李花が庭で作業中です」

「紅雲殿と、双蝶苑だな」

明啓が少し得意げに言うので、翠玉は「ご名答です」と言って微笑んだ。

「お疲れのところ恐縮ですが――お伝えしたいことがあり、急ぎ戻って参りました。その前に、ひとつ。少しだけ、お時間をくださいませ」

「なんだ？　言ってくれ」

翠玉は、その場に膝をついた。

「私は、江家の占師です。占いの内容は余人にもらさぬのが掟《おきて》。ですが、明かさねば洪進様は救えませぬ。掟の唯一の例外は、お仕えする方に必要な場合のみです」

「……宋家に仕えるのは、難しいか」

翠玉の表情の硬さから、明啓も話の種類を察したようだ。

「父は、鉱山で死にました。継母の腹には子が宿ったとわかって……危険を承知で鉱山に入ったのです。その継母も、腹の子も、その後病で死にました。私の知る限り、私の一族の者は、満腹になるまで物を食べたことがありません。それでも、一族は宋家に逆らうことなく、罪を償うと言い続けていました」

「痛ましい。宋家の人間として、責任を感じている」

「どれほど貧しても、礼儀や学問を怠るな、と父は言っていました。待っていたのです。いつか罪を赦される日が来ると。──私は違います。飢えも貧しさも、宋家が強いたものだと思ってきました。この罪と則の下で、宋家には仕えられません。ですから──私は、明啓様にお仕えしたい。貴方様だけは信じられます。──わずか十日余りではございますが、私、江翠玉は宋明啓様にお仕えいたします」

作法に従い、翠玉は拱手をして深々と頭を下げた。

衣ずれの音がする。明啓が、翠玉の前で膝をついたのがわかった。

驚いて顔を上げれば、ひたと目があう。

「私は、弟の影に過ぎぬ。仕えるならば、弟に」

「いいえ。三家を赦すとお約束くださったのは、明啓様です。他のどなたでもございません」

長屋まで来たのも、賊から救ってくれたのも、子欽の安全を確保したのも、すべて明啓だ。二百年の間で、三家を罪と則から解放すると約束したのも彼だけである。

「……俺に、仕えてくれるというのか。影でしかない俺に」

「他の方にはお仕えできません」

きっぱりと翠玉は言った。

この宮廷の人間で信頼できるのはただひとり、明啓だけだ。

「わかった。わずかな間だが、貴女の忠誠を受けよう。光栄に思う」

明啓は、大きくうなずいた。

だが、まだ目の高さはさほど変わらない。

「こういう時は、こちらが跪《ひざまず》くものでございましょう？」

たまりかねて、翠玉は訴えた。

「いや、これでいい。宇《う》国の祖は、二千里の旅を経て異能の三家を厚遇で召し抱えたそうではないか。私も倣おう。貴女に、敬意と感謝を決して忘れぬと約束する。望む褒賞も与えよう。――どうか、弟を……私の半身を助けてくれ」

その言葉の真摯さに、翠玉は胸打たれる。

敬意と感謝。そんな言葉を、宋家の人間にかけられる日が来ようとは。

父に、祖父に、伝えたい。二百年の忍耐には、意味があったと。

涙をこらえ、翠玉は「ご報告します」と膝をついたまま、本題に入った。

「徐夫人は、陛下と面識があると――離宮で、十二歳の頃にお会いした、とおおせでした。お心当たりはございますか？」

明啓は先に立ち上がり、翠玉の手を取ってぐっと引いた。

身長に差があるせいで、向かいあうと顔の位置はずいぶん遠くなる。

「……徐夫人は、我らより一年年少。すると我らが十三歳の頃だな。離宮の我らの住まう一画には誰も近づけぬように……いや、彼女は徐家の養女だ。貴族以外の身分であれば、接触の機会はある。――俺には、まったく心当たりもないが」

明啓は、牀の上の洪進を見た。

当然ながら、眠り続ける洪進から聞き出す術などありはしない。

「女官や、離宮で働く者……なんでも構いません」

「親しく言葉を交わした若い娘など、そもそもこの世におらぬ。――貴女くらいだ」

翠玉は目をぱちくりさせてから「会ったのは三日前です」と言った。

話が飛びすぎだ。だが、それだけ彼らの日常は厳しく管理されてきたのだろう。

「先帝の方針は、それほど徹底していたのですね」

「徹底できぬくらいならば、しない方がマシな計画だからな」

「……左様でございますね」

とんでもない計画だ。だからこそ慎重に、徹底して事を進める必要がある。

きっと翠玉には想像もつかないような日常が、離宮では行われていたのだろう。

「別々の記憶は厄介なのだ。のちのち困らぬように、あらゆる記憶が共有できるよう配慮されていた。とはいえ……ほんの一時期、互いに単独で行動した時期がある。喧嘩の勢いでな。私は山に入って老師のもとへ何度か通った。ひと夏だけ――あれは、たしかに十三歳の頃だ。だが……老師は六十過ぎの男で、妻も子も、孫もいなかった。

洪進は、離宮内で剣の稽古をしていたはずなのだが……」

明啓は、腕を組んで記憶をたどっている。

「入宮された徐夫人に、直接お会いしたことはございますか？」

「肖像画で見ただけだ。あとは昨夜、双蝶苑から、影を見ている」

「美しい人です。こう……華やかで……女神のようと言いますか……」

「貴女のようにか？」

この時、翠玉は、先ほどの李花と同じような表情になっていた。

——なんのことやらさっぱりわからない、という顔に。

それから、顔が真っ赤になった。

「ま、まったく違います！」

「そうか。違うのか」

言われたこちらは、恥ずかしさで消え入りたい気分になっているというのに。明啓は、涼しい顔のままだ。

(なんなの、この人は！)

徐夫人と翠玉では、鶴と雀《すずめ》ほども違う。

肖像画を見た上で似たようなものと判断したのなら、分類が荒すぎる。鶴も雀も鳥ではあるが、誰も似ているとは言わないだろう。

「背が高く、すらりとしていて、本当にお美しい方なのです」

「紅雲殿の主だ。紅の袍を着ているのだろう?」

学習の甲斐あって、明啓は夫人の情報にやや詳しくなったようだ。

だが、まったく有益な情報ではない。

「十二歳の頃は、まだ紅色の袍は着ていません。あの紅色の袍は、入宮する際に、殿の名にあわせて誂《あつら》えられたのでしょう」

あれだけ美しい人だ。どんな身分であっても、記憶には残るだろう。

すると――面識があるのは、洪進の方か。

「やはりあの夏――我らが十三歳の頃の話だろうな。他の時期では起こり得ない」

「昨夜は、それと知らずに庭を歩いていただきましたが、迂闊《うかつ》に近づくと看破されかねません。お気をつけください。望んで入宮されたそうですから、親しくお言葉を交わす間柄であったやもしれません」

恋、という言葉を、翠玉は使わなかった。その言葉だけは、占師として秘すべきだと思ったのだ。

「父の言葉に従って、兄弟ですべてを共有していれば起きなかったものを。……悔やまれるな。こんなところで足を引っ張られるとは」

忌々しげに、明啓は眉を寄せる。

字さえ共有した双子が、長ずるに従って自分だけの世界を得ようとした。ごく自然な衝動ではないだろうか。喧嘩からはじまったにせよ、そのひと夏の思い出は、ここにあるどんな書画にも勝る宝であったのだろう。

「心の求めるものには逆らえません。誰がなんと言おうと、譲れぬものくらいどなたにもありましょう」

生きるのに、容易な道はある。

父が死んだ時、翠玉は伯父に引き取られるはずだった。だが、伯父は江家の血を継がぬ子は引き取らない、と子欽を拒絶した。

譲れなかった。年若い娘がひとり、誰の助けも借りずに生きる道は平坦ではない。だが、子欽に教育を受けさせ、身を立たせる。そう決意して、翠玉は琴都《きんと》の下馬路に至ったのだ。

あの時の決意を、後悔はしていない。

「……そうかもしれん」

洪進の顔を見たあと、明啓は翠玉を見た。

「徐夫人は婚儀を待ち遠しく思っておいでです。ご実家も、早く世継ぎを、と強く望んでおられるご様子。――当然といえば当然ですが」

ふむ、と明啓は小さくうなった。

「しかし……誰が、なんのために呪詛を施したのか、皆目見当がつかん。皇帝の後継者になり得る者がいるならばまだしも、今の宋家は、皇太子選びさえ難航する有様。皇族の男子は少なく、幼い。それらしい存在といえば——俺くらいのものだ」

どきり、と心臓が跳ねた。

まるで自分が首謀者だ、と言っているように聞こえ、翠玉は慌てる。

「明啓様、それは——」

「いや、俺自身は皇帝の座など望んではいない。どちらが即位するか、弟とは話しあいで決めている。……夫人らとて、皇帝が死ねば子もないまま寺送りだ。彼女たちの実家とて、得るものはない。目的がわからん。——いや、ここで首を傾げていてもはじまらんな。今日のところは、休んでくれ。引き続き、よろしく頼む」

「はい。では、失礼いたします」

李花も、そろそろ作業を終えて戻っているだろうか。

膝を曲げ、牀の上の洪進と、明啓に会釈をして扉に向かう。

扉に手を伸ばしたところで「翠玉」と呼び止められた。

くるりと振り返れば、

「——三家を憎悪する者……と聞いて、心当たりはあるか？」

「……祈護衛くらいでしょうか。他は思い当たりません」

ひたすら祭祀だけを行ってきた、命を繋ぐので精いっぱいの一族だ。人の恨みを買う機会自体がない。

そうか、とだけ言って、明啓は視線を洪進の方に向けた。

一礼して、翠玉は桜簾堂を出る。

（明啓様は、祈護衛と距離を置いているのかもしれない）

昨夜は祈護衛の目を盗んで移動した中庭だが、今は様子が違う。急かされることもなく、警戒もいらない。どこかに隠れてやり過ごす必要もないのだ。

（ありがたい。そうそう皆殺し、皆殺しと迫られたら、生きた心地がしないもの）

安堵したせいか、急に腹の虫が鳴る。

翠玉は悠々と、冷めた食事の待つ部屋まで戻ったのだった。

そして、翌日。五月二十八日の三夕の刻である。

黒装束の占師・華々娘子の姿は、菫露殿の北の房にあった。

そして——命の危機を、強く感じていた。

（どうしてこんなことに……）

ごくり、と喉が鳴った。

翠玉は荒縄で縛られ、膝をつかされている。

目の前で、ゆったりと長椅子に座っているのは、姜夫人だ。

菫露殿の主に相応しい淡い紫の袍には、精緻な刺繍が施されていた。

細身で細面。黒く艶やかな髪を、半ばだけ上に結い、釵には揺れる小ぶりな珠の飾り。抜けるように白い肌と、黒目がちな目、薄い唇。人形めいた美しさがある。

外見は、ごく可憐《かれん》な姫君である——はずなのに。

「誰に、どれだけ積まれたのです？」

声も、鈴の音のごとき柔らかさなのに。

「……と、申しますと……」

にこり、と笑む表情も、優しいのに。

「どの夫人に、どれだけの報酬を積まれたか、と聞いているのです」

見下ろす視線は、まるで氷の刃だ。

（殺される……）

占いどころではない。今すぐ逃げ帰りたい——と思ったが、今の翠玉には、帰る場所もなかった。だが、ここでなければ、どこでもいい。一刻も早く逃げ出したい。

「いえ……私は、陛下にお仕えする、中常侍の清巴様からのご依頼で——」

「私の質問に、三度めはありませんよ？」

ちらり、と見れば、周りにいる侍女たちも、斉照殿にいる女官とは様子が違う。

なんというか——屈強だ。

刃物こそ持ってはいないが、握る拳には使い込まれた形跡がある。体格も、華奢な女官たちとは一線を画していた。

(なんで誰も教えてくれなかったの!?)

ここは後宮だ。いるのは、蝶よ花よと育てられた貴族の姫君のはずである。

そうと決まったものでもないが、そういった印象を持つのが一般的な感覚だろう。

後宮に疎い明啓はともかく、清巴ならば忠告くらいはできたはずだ。あの姫君は危険だ——と。

(このような荒々しい姫君が、どうして後宮に？　こんな手荒な扱いを——それも縛り方まで慣れている。まるで海賊じゃない！)

凍《い》てつく北の海に沈められはしないだろうが、庭に埋めるくらいはされかねない。

継母は、北の港町育ちだった。文字の読み書きはできなかったが、様々な物語を聞かせてくれたものだ。

海賊の話は、特によくねだった。なにせ面白い。恐ろしい海の獣との戦い。美しい魔物との取引。裏切り者への過酷な制裁。しかし、こちらが制裁を受ける側となれば、面白いなどと思えるはずもない。

つ、と冷や汗が頬を伝った。

「わ、私は、その——なにも受け取ってはおりません」

「池に沈みたいですか？」

「本当でございます。報酬は、すでに清巴様にお約束いただいております」

「翡翠の指環」

　笑顔で姜夫人が言ったのに、さぁっと翠玉は青ざめた。

（見ていたの？）

　昨日の徐夫人とのやり取りは、筒抜けだったらしい。

「あ、あの指環は……受け取りましたが、あとでお返ししていただきたいと清巴様にお渡ししました。私の役目は、夫人の皆様の無聊をお慰めすることのみでございます」

　翠玉は、必死に弁解した。

「一昨日、そこの庭に陛下が現れたのは、お前と示しあわせての茶番ですか？」

「ち……違います。祈護衛の示した暦ならばともかく、市井の占師の言葉などに、陛下が従われるはずがございません」

　ふっと姜夫人が笑った。

「暦を決めるのは暦方局《れきほうきょく》です。覚えておくといい」

「え——」

「祈護衛というのがなにをしているか知りませんが、どうせ小さな組織でしょう」

周りの屈強な侍女たちが、小さく笑う。

宮廷に疎い、物知らずだと笑っているのだ。

あの恐ろしい組織が、この夫人には、小さく見えるらしい。

（てっきり、祈護衛は強い権力を持っているものとばかり思っていた）

そうと言われて思い返してみれば、賊が口封じに殺されたとわかった時、明啓は、祈護衛を小さな機関だ、と言っていた。彼らの書庫とて、決して立派なものではなかった。

「それは……存じませんでした」

不審な占師が物知らずだとわかって、多少は警戒を解いたらしい。姜夫人の目から、刃のごとき鋭さが消えた。

「倍、出しましょう。姜家に便宜を図れば、徐家の倍の報酬を約束します。そなたは物知らずゆえ知らぬでしょうが、姜家は北方の海を統《す》べる誇り高き一族。その強き血は宋家を支えるに相応しい」

北方の海を統べる――という言葉が、翠玉を驚かせた。

（姜家？　北海の……？）

懐かしい響きだ。継母の声が、記憶に蘇《よみがえ》る。

「もしや、北の海賊の――」

翠玉の言葉に、侍女たちが「無礼な！」と色めきたった。

それを姜夫人は鷹揚《おうよう》な仕草で止める。

「琴都の者にしては珍しい。姜家を知っているとは、よい心がけですね。しかし、海賊だったのは遥《はる》か昔。今はそのような猛々《たけだけ》しいことはしておりませんよ」

ほほほ、と可憐な夫人は、愛らしく笑う。

今も十二分《じゅうにぶん》に猛々しい、と思ったが、もちろん口になどしなかった。

「伝説だとばかり思っておりました！　私の継母が北の港町の出身で、よく言っていたものです。北では姜家が民を守るので、餓えて死ぬ者は少ない、と。琴都の周辺は、北の港町より気候は穏やかだけれど、人が冷たい、と嘆いてもおりました」

翠玉の言に、夫人ばかりか、侍女たちまで表情が明るくなる。

うんうん、とうなずき、姜夫人は「縄を解いてやって」と侍女に命じた。

（継母上《ははうえ》に、助けられた）

縄が解かれるのを待つ間、翠玉は心の中で亡き継母に手をあわせる。

「姜家は、康国建国にあたり、一族を挙げて高祖様に助力をしたがゆえに、今も北で力を保っています。ですが、そろそろ中央にも足がかりが欲しい。宋家にも、姜家の強き血が必要。――わかりますね？」

話が、振り出しに戻っている。

姜家に便宜を図れ。そう言っているのだ。

「そのお気持ち、宋家にも必ずや届きましょう。つきましては、少しでもお力になれるよう、護符を差し上げとうございます」

「……護符に、なんの意味があるのです？」

「この殿に流れる気が護符に影響を与え、その変化を読み解きますと、最も有効なまじないを行えます」

姜夫人は、愛らしい顔を不機嫌に歪《ゆが》めた。

「それで、子が授かるのですか？」

「望む未来を得るために、まじないを行います。ちょうど、船の舳先《へさき》に魔除けを彫るのと同じでございます」

これも継母に聞いた話だ。航海に危険はつきもの。北方では、荒ぶる嵐から船を守るために、舳先には恐ろしい魔物の姿を彫るそうだ。

「……いいでしょう。糸を指に結ぶのですね？」

情報が筒抜けだっただけあって、話の通りが早い。

「左様でございます」

絹糸を懐から取り出し、鋏でぷつりと切る。

姜夫人は、たおやかな手を、ゆったりと差し出した。

翠玉は「失礼します」と断ってから、手早く絹糸を姜夫人の小指に結んだ。

「まじないで事の万全を期すのも、殿の主の務めというもの」

皇帝からの寵愛は、夫人だけでなく、仕える者にとっても誉《ほまれ》だろう。

一族の未来を背負う者として、姜夫人の態度は実に堂々として見えた。

まずは、ひと撫で。

糸は迷わず、濃い藍色を示した。

示されたのは、生まれる前から続く宿命とでも呼ぶべきものだろう。

姜家の家運を託された姫君の覚悟が、伝わってきた。

次に、もう一度撫でる。

ぱっと菫色が現れたのは、偶然だろうか。菫色。薄藍《うすあい》。淡藤《あわふじ》。

淡い紫は、自尊の心と誇りを示す。

荒々しい姜夫人の中に秘めた頼りなさがうかがわれた。故郷は遠く、後宮はこれまで彼女が受けてきたほどの敬意を得られぬ場所なのかもしれない。

そして——最後に、ひと撫で。

糸は、静かに緑へと変じた。初々しい若緑《わかみどり》だ。

「良縁でございます！」

つい、声が大きくなった。

「良縁ですって？　後宮で？　そんなこと、あるわけがないでしょう」

ぷい、と姜夫人は顔をそむけた。

入宮は政治。良縁も悪縁もないだろう、と姜夫人は言っているのだ。

「後宮だろうと下町だろうと、人と人がそこにいれば、縁が生まれます。なによりの良縁は、信頼を築きあうこと。ご夫君との信頼は、人生の荒波を凪《な》がせるでしょう」

姜夫人が、じっと翠玉を見ている。

その大きな黒目が、儚く潤んだものだから、翠玉は慌てた。

「え――」

慌てたのは、翠玉だけではない。屈強な侍女たちも、姜夫人自身さえ自分の涙に戸惑っている様子だ。

一番大柄な侍女が、前に出て翠玉に問うた。

「それで、陛下にお会いできるというまじないは？　早くなさい」

「あ……は、はい。こちらの房の四方と、百華苑――この菫露殿の北側にございますお庭に、護符を貼らせていただきます。護符の変化で気の流れを読み解き――」

侍女が「説明はいい。早く」と急かしたので、翠玉はパン、パン、と手を叩いて李花に合図を出した。――が、李花が入ってくる気配はない。

ひとりの侍女が「あぁ、忘れていた」と言って外に出ていく。

部屋に入ってきたのは、縄で縛られた李花であった。その目は虚ろだ。

（なんてこと！）

てっきり、外で待機する李花は無事だとばかり思いこんでいた。

「で、では、護符を貼らせていただきます」

縄を解かれた李花は、疾風《はやて》のごとき速度で、護符を部屋に貼りだした。

最後に、ふたりそろって膝をつき、挨拶をしたところで――

「大儀でした。まじないを、楽しみにしています。――持っていきなさい」

顔を袍の袖で隠したまま、姜夫人がか細い声で言った。

侍女が、翡翠の首飾りを持ってくる。徐夫人の指環に劣らず、立派な品である。

「このような立派なお品、私にはもったいのうございます」

「持っていきなさい。私の言葉に、三度めはありません」

「――ありがたくいただきます」

翠玉の懐に入る品ではないが、その気持ちが嬉しい。占いが人の心に届いた時の喜びは格別だ。

翡翠の首飾りを受け取り、重ねて礼を伝えたのち、ふたりは房を出た。

北の房を出れば、すぐ百華苑が見える。

スタスタとまっすぐ進み、庭に入った途端、いっきに緊張が解けた。へなへなとその場にへたりこむ。

「殺されるかと思った……なんなんだ！　あの姫君は！」

「ごめんなさい。まさか貴女まで縛られているとは思っていませんでした」

「いや。嵐が過ぎるのを待っていたのだ。余計なことをして、貴女の足を引っ張るわけにはいかない。私は、どうにも融通がきかないからな」

気を取り直し、翠玉は先に立ち上がる。手を差し出せば、李花は素直に手を握り、立ち上がった。

「なんとか、継母のおかげで乗り切れました。北方の出身だったのです」

「あぁ。なにが幸いするかわからんな。北方の話など、私はさっぱりわからない」

さて、と李花は、護符と糊の壺が入った竹籠を抱え直した。

「なにか、お手伝いしましょうか？」

「構わないでくれ。ずっとひとりで仕事をしてきた。手の借り方がわからぬのだ」

「……わかりました。なにかあったら、言ってください」

手の借り方がわからないのは、翠玉も同じだ。気持ちはわかる。これまでずっと、なにからなにまで自分ひとりの力でやってきたせいだろう。

そこで翠玉は、手近な岩に腰を下ろし、李花を待つことにした。

「しかし……恐ろしいところだな、後宮とは」

李花が、一枚目の護符を貼り終えてから呟いた。

姜夫人が規格外なだけではないか、と思うが、翠玉も腰を抜かしたばかりである。同意せずにはいられない。

「城の外とは別世界ですね。……あぁ、いえ、私も貴族の暮らしなど知りませんが」

「入宮すれば、高祖様に助力した姜家とも並び立てる。だが……」

高祖を助けた姜家。高祖に逆らった三家。その末裔が、二百年の時を経て、同じ皇帝の後宮に入る——となれば、因縁の解消を強く世間に印象づけるだろう。名誉を回復するのに、これほどわかりやすい話はない。

「そう話は簡単ではありませんよね。自分の心には逆らえません」

「まったくだ。だが、母や弟妹のためならば、私ひとりの心など、殺しても構わない、とも思う」

李花が竹籠を持って、次の護符を貼る場所に移動する。貼るのは庭の四方だ。

その後ろについて薄暗い柳の下を歩きながら、翠玉はため息をつく。

「……わかる気がします」

子欽は、郷試に受かれば道も開けるだろう。もう飢えずに済む。

あとの問題は我が身ひとつ。これまでどおり、占師として生きていくつもりだ。今回の件で名を挙げれば、客筋もいっそうよくなるに違いない。

だが、もし父や継母が存命であったならば、話は違ったように思う。父を鉱山に行かせずに済むのなら。継母も、その腹にいた子も、死なせずに済むのなら。家族の命を守るために、心を殺すのは容易《たやす》い。

「しかし……陛下は聡明な方だと聞く。お人柄も優れているに違いない。そうそう悲惨な人生にもならんだろう」

また護符を貼りはじめた李花に、翠玉は曖昧な相づちを打った。ここでなにを言っても、気休めにしかならない。

李花も返事を期待していなかったようだ。黙々と作業を続けている。

手持ち無沙汰になった翠玉は、柳の下に流れる、細い川をぼんやりと眺めていた。川にかかる小さな石橋は、飾り気もなく簡素だ。

百華苑、と名のつく庭だが、華やかな印象はまったくない。

「……名と、あっていませんね。庭の雰囲気が」

ぽつり、と翠玉は呟いた。

「たしかに。百華苑というより――そうだな、幽仙苑《ゆうせんえん》、といったところか。柳といい、自然のままの敷石といい、あの辺りの岩など、世俗の臭気を忘れさせる」

李花は、護符を貼りながら即興で庭に名をつけだした。

「あぁ、そちらの方がずっとしっくりきます。お上手ですね」

「父が詩作をする人だったからな。……そういえば、双蝶苑にも花がなかった」

菫露殿の姜夫人を訪ねる前に、ふたりは紅雲殿と双蝶苑の護符を調べている。

あの時は護符ばかりを気にして、庭の雰囲気など見ていなかった。それでも、花どころか、松の多い庭であったのは記憶に残っている。

「そうですね。たしかに双蝶苑も、まったく蝶が飛びそうではありませんでした。もっと重厚というか、渋いというか……」

「さしずめ、千歳苑《せんさいえん》だな」

「ぴったりです！」

翠玉は小さく拍手をした。李花は得意げに笑う。

「隣りあう殿の名前にあわせただけなのだろうな。ここも、翡翠殿を翠娘、菫露殿を菫娘に見立てて、百華苑と名づけたに違いない」

「李花さんもご存じでしたか！」

翠玉は、明るい声で喜んだ。美しい姉妹の神話は、父が教えてくれた。先祖は同じ南方の出身だけあって、劉家にも伝わっていたらしい。

「あぁ、知っている。いつも喧嘩ばかりで、よく飽きぬものだと思っていた。――庭を造った者と、名づけた者が別だと考えるのが自然だな」

三枚目の護符を、李花は灯籠に貼りはじめた。糊を丁寧に塗り、ぴたりとシワひとつなく貼りつける。

「たしかに。この庭の設計者が聞いたら、卒倒してしまいそうな名です」

最後の一枚を貼るべく移動しながら、改めて庭を眺める。

翠娘と菫娘は、花の女神の娘だ。百華苑は文字通り、選び抜かれた美しい花々の集う女神の居城。この庭が、そんな神話に相応しいとは思えない。

「高祖様は、北の遊牧民族の娘を母に持つ人だ。彼を支えたのは、宇国に不満を持つ北方の豪族ではなかったか？　今も彼らの子孫が国の要職を占めているはずだ」

「それを言えば宇国の関《かん》氏も、宋氏よりはやや南ですが、拠点は北でした」

康国以前にこの地を治めていた宇国は、北部出身の関氏が建てた。

宇国にせよ、康国にせよ、皇帝はどちらも北部の出身である。

三家が、当時まだ一介の豪族に過ぎなかった関氏に迎えられた逸話は、今も世に残っている。『我が財の半分を、三家に捧げる』。そう関氏は言ったのだ。

この庭の名が、宇国時代についたとすれば、不思議には思わない。それだけ三家を重く用いた証しとわかるからだ。

だが、宇国はすでに滅び、天錦城《てんきんじょう》は宋氏のものになった。建物の名はすべて改められた――というのは有名な話である。

宋家だけでなく、重臣も北の豪族ばかり。そんな環境で、南方の神話の名を誰がつけるというのだろうか。

「この天錦城に、南方の神話に由来した名は不自然だ」

李花は、また護符を貼りはじめた。

(ちぐはぐだ)

華やかな庭の名と、幽玄な趣。

北方の支配者と、南方の神話に由来した建物の名前。

得体の知れない違和感が、ひどく翠玉を落ち着かなくさせた。

康国で、南方の人を見かけるのは稀だ。国を転々としながら暮らしてきたが、自分と体格の似通った人は、ほとんど見かけない。

円らな瞳に、丸みのある頬。背は高くなく、手足の指なども短い。翠玉や李花は、南方出身の者の特徴を色濃く残している。

背が高く、総じて涼やかな顔立ちの北の人間とは、容姿の系統が違う。

容姿の隔たり以上に大きいのが、文化の違いだ。

康国の、とりわけ琴都の人々は、南のことをよく知らない。

南ばかりではない。東だろうと西だろうと、他の地域に興味や関心を持たない傾向がある。同じ康国内にもかかわらず、北の海を支配する姜家から来た夫人は、天錦城にいる人間が、北の海賊を知っていたことに感激していたくらいだ。

古くから肥沃な台地に恵まれ、他の地域との交流を必要としない豊かな文化を持っていたことがその理由ではないか、と父が言っていたのを覚えている。

琴都から北の海まで、五百里。

南方と呼ばれる地域までは、二千里以上。

康国の後宮に、南方の神話由来の名を冠した殿や庭があるのは、やはり不自然だ。

「名をつけるのも、まじないの一種ですものね。……清巴さんに聞いてみましょう。誰がこの後宮の建物の名をつけたのか」

「そうだな。些事《さじ》かもしれんが、確認をした方が——あ……」

護符を貼り終えた李花が、こちらを振り返った状態で固まっている。

「どうしました？　あ……」

翠玉も、李花の視線を追って——固まった。

——人がいる。

柳の間に、女が立っていた。

複雑に結い上げた髪や、首を傾けるとしゃらりと揺れる繊細な髪飾り。高貴さが一目でわかる。なにより、薄暗がりでも映える、その白い袍。この後宮において、白鴻殿の主以外にできる出で立ちではないだろう。

（周夫人だ）

ふたりは、とっさに膝をついて頭を下げた。周夫人の殿に護符を貼るのは、明日の予定だ。ここで悪印象を与えるわけにはいかない。

「私の父は、左僕射《さぼくや》です」

突然の言葉に、李花がこちらを見た。意味がわからず、戸惑っているのだろう。

察するに——周夫人は、不満を述べている。

徐夫人や、姜夫人よりも、父親の地位が高い。本来ならば、自分の殿を真っ先に訪ねるのが筋であろう——と。

「お目にかかれて光栄でございます、周夫人」

李花も「光栄でございます」と上ずった声で重ねた。

「面を上げなさい。……そなたは、占いをするとか」

ゆっくりと周夫人は、柳の間を歩きはじめた。

顔を上げて辺りを見れば、侍女の姿もない。ひとりで庭まで来たらしい。

すらりと長い手足の、上品な目鼻立ちの姫君だ。すっきりと切れ長の目や、理知的な高い鼻などは、北の人らしい特徴である。

「はい。市井の占師でございます。おうかがいが遅くなり、申し訳ございません。占いによりますと、東より訪ねるが吉と出ましたゆえ、順にうかがっておりました」

「……そう。占いの結果なのね」

「しかしながら、明日のお訪ねも、遠慮すべきかと迷っておりました。いかに斉照殿からのご依頼とはいえ、尊い周家の姫君のお目汚しになっては申し訳ない、と。それがこのようなところで拝謁《はいえつ》いただき、感無量でございます」

やや機嫌が上向いたらしい。周夫人は扇子を出し、ゆるゆるとあおぎはじめた。

「構わないわ。ただの戯《たわむ》れだもの。それで？　糸を指に結ぶのね？」

周夫人の耳にまで、占いの手法は届いているらしい。

（まったくもって筒抜けだ）

後宮とは、本当に恐ろしい場所だ。

「左様でございます。しかしながら、この占いは日に一度しか行えませぬ。明日のお慰みになりましたら幸いです」

「……いいでしょう。陛下の魂胆《こんたん》はわかっておりますから」

周夫人の扇子の動きが、パタパタと小刻みになる。

「と、申しますと……」

「加冠の前に、もうひとり夫人をお迎えになるのでしょう？　なんでも、陛下が見初めて、ぜひにと強く望まれた姫君だとか。誰であろうと敵ではないが、我らの機嫌を取ろうという陛下の姿勢は評価します」

もうひとりの夫人とは――初耳である。

（急にややこしくなってきた）

三人の夫人だけで手いっぱいなのに、さらに数が増えるらしい。

（それも加冠前？　あと十日余りしかないのに？）

翠玉は驚き、かつ呆れた。

仮にも翠玉は呪詛解除の協力者だ。清巴なり女官なりが、そうと教えてくれてもよさそうなものである。

それとも、斉照殿の面々より周夫人の耳が早いのだろうか。

「では、明日、おうかがいさせていただきます」

「翡翠の耳飾りでも——いえ、それも芸がないわね。もう少し、気のきいたものを用意しておきましょう」

なにからなにまで、すっかり筒抜けである。

くるり、と周夫人は踵《きびす》を返した。翻《ひるがえ》る白い袍は、薄暗さの中でも鮮やかだ。

さらさらと衣ずれの音を立て、白い袍が遠ざかっていく。

ふたりは、音が消えたのを確認してから、ゆっくりと立ち上がった。

「助かった。……貴女は、きっと舌から先に生まれたのだろう」

やはり後宮は怖い。ふたりは目を見あわせ、言葉にせずに感想を共有した。

李花が竹籠を抱えるのを待ち、庭を出る。

「そんなことはありませんよ。今の会話とて綱渡りでした」

「融通のきかぬ私が、貴女と組めたのは幸いだ」

月明かりと、まばらな灯籠の灯りの下で、ふたりは微笑みあった。

「こちらこそ。李花さんと組めて幸いです。――そういえば、もうひとつの家の末裔は見つからなかったのでしょうか」

人の耳を警戒して、翠玉は三家、とも、陶《とう》家、とも言わなかった。

李花は、一度「もうひとつ？」と聞き返してから、今度はすぐに理解したようだ。

「清巳さんが調べたそうだが、もうひとつの家は絶えたか、少なくとも康国内にはいないようだと言っていた。記録にあった廟も消えていたそうだ」

廟を継げる男子は、江家に翠玉の未婚の従兄がひとりいるだけ。劉家も、李花の弟がふたりいるだけ。今の貧しい暮らしでは、いつ絶えてもおかしくない状況だ。

（二百年は長い）

むしろ罪と則を課されながら、二百年続いた江家と劉家は幸運なのかもしれない。

ふと思った。陶家が続いていて、異能を留めた娘がいたならば――と。

（三人がそろって、宋家の皇帝を救うべく力をあわせられたかもしれない）

裁定者も、守護者も、その称号に相応しい異能を留めている。

執行者の末裔は、どんな異能を持っていたのだろう。

ふと空を見上げれば、月心殿の屋根に、明るい月がかかっていた。

――火だ。

遠く、声が聞こえる。

宦官が数人、慌てて走っていく。

ふたりはそろって、足をぴたりと止めた。

「まさか、火事か？」

「……行ってみましょう」

姜夫人の侍女たちほど屈強ではないが、下町暮らしで力仕事には慣れている。水を運ぶくらいの手助けはできるだろう。

ふたりは足早に、来た道を引き返した。

人が、次々と集まってくる。

すでに一宵の刻を過ぎ、辺りは暗い。火の輝きは、目を鋭く射た。

（紅雲殿と……翡翠殿の間……あれは、庭？）

火が見えたのは、ちょうど双蝶苑と、先ほど立ち去ったばかりの百華苑の間だ。

石畳の道の真ん中で、火が焚かれている。

後宮の規則に詳しくはないが、さすがに、こんな場所で火を焚くとは常識の範囲を逸脱している。周辺の殿は、すべて木造だ。

火を囲む数人が、紙らしきものを、一枚、一枚、と放りこんでは燃やしている。

衛兵が「なにをしている！」「火を消せ！」と言っているが、火の前の人たちは動く気配がない。

「あれは……なんだ？」

「わかりません。でも――まるで……」

頭に浮かんだ言葉を、口に出せなかった。

（まるで、呪詛だ）

火を囲む、暗い色の袍の人々。異様な光景だ。

不気味さを感じているのは、翠玉たちだけではない。

遠巻きにしていた宦官や女官らも、恐れをなして止められずにいるようだ。

「燃やせ！　燃やせ！　忌まわしい呪符をすべて焼くのだ！」

火の前にいた人が、大きな声で叫んだ。

凛《りん》とした、女の声だ。

「三家の呪符が、後宮を侵さんとしている。燃やせ！　燃やせ！」

暗さと炎の輝きのせいで、彼らの着ている袍の色はわからない。

だが――おそらく、深緑のはずだ。

祈護衛の何某《なにがし》だ、と人が囁く声も聞こえてくる。

三家。祈護衛。呪符。
そこまでそろえば察しがつく。
（呪符……燃やされているのは、李花さんが貼った護符だ！）
あの火の中に、一枚、一枚と放りこまれているのは、李花の護符に違いない。
翠玉と李花が、百華苑を離れてから、まだ間もないはずだ。
（まさか……見張られていたの？）
李花が貼った護符を、祈護衛は呪符と呼んだ。三家の仕業、と断定までして。
護符を貼ったのは、たしかに劉家の李花だ。
貼らせるよう誘導したのは、江家の翠玉である。
あくまでも洪進を助けるための作戦ながら、後宮に三家の末裔が呪符を貼った――
と彼らが言うのは、ほぼ事実なのだ。呪符ではなく護符だ、とこちらが声を上げても、
聞く耳を持ってもらえるとは思えない。
「に、逃げましょう。李花さん」
「あぁ、この場は撤退だ！」
幸いにして、風もなく、人手も十分だ。火はすぐに消し止められるだろう。
（逃げなければ――殺される！）
走りだした李花の後ろに、すぐ続こうとした。だが、足がすくんで、動きはひどく

緩慢になる。

今思えば、姜夫人の言葉は恫喝《どうかつ》であった。姜家の地元の港町ならばいざ知らず、後宮内で、斉照殿から派遣された人間を殺すつもりはなかっただろう。

だが――祈護衛は違う。本気で、翠玉たちを殺そうとしている。

翠玉の歩みの遅さに、李花はしびれを切らしたらしい。ぐい、と翠玉の腕をつかんで「急げ！」と引っ張った。

（死にたくない！）

まだ、こんなところでは死ねない。

このまま死ねば、雪辱は果たせぬままだ。

父の顔、祖父の顔――子欽の顔。伯父や従兄の顔まで頭をよぎった。

（死んでたまるか！）

必死に足を動かし、前へ、北へ、斉照殿へと進む。

「あッ！」

月心殿の辺りで、足がもつれた。

李花の手が、その勢いで離れ――視界が大きく揺らぐ。

どさり、と勢いよく石畳の上に倒れた途端、鋭い痛みが、足首に走った。

「翠玉！　大丈夫か!?」

大丈夫、と答えたかったが、首を横に振らざるを得なかった。

転んだ拍子に挫《くじ》いたらしい。痛みは強く、すぐには歩けそうにない。

「……すみません。足を挫きました。先に行ってください」

「わかった。私では、貴女を抱えられない。斉照殿で助けを呼んでくる」

「ごめんなさい、足を引っ張ってしまって」

「バカを言うな。我らは一連托生。この世で、唯一の仲間ではないか」

李花は力強く翠玉の肩を叩き、ぱっと北に向かって走りだした。

その背を追う視界が、涙でぼやける。

こぼれた涙は、ぱたりと白い石畳の上で弾けた。

仲間など、持ったことがない。——ずっと、ひとりだった。

父を亡くし、継母を失ってからは、子欽の件で伯父とも距離ができていた。

背負う荷の重さを、感じなかった日はない。

「う……」

ぽたぽたと涙がこぼれ、嗚咽《おえつ》が漏れた。

李花の気持ちをありがたく思う。だからこそ、己の不甲斐なさが悔しい。

(なにも得られなかった……なにも)

焼かれてしまっては、護符の変化も読み取れない。その上、三家の呪符と断じられてしまった。今後は夫人たちの殿への出入りも難しいだろう。
（李花に申し訳ない……明啓様にも、洪進様にも――）
一度堰《せき》を切った感情は、簡単には収まらない。
また、はらはらと涙がこぼれる。顔を隠す黒布は、涙を吸って濡れていた。
遠くで「捜せ！　ふたりいるはずだ！」「黒装束の娘を捜せ！」と声が聞こえる。
あれは、翠玉と李花を指しているに違いない。
捜せ！　と叫ぶ声と足音が、どんどん近づいてくる。
（殺される……！）
逃げなければ。手で這って、身を隠そうと思った。その時――
「翠玉！」
李花の声が聞こえた。
涙を拭おうと思った。仲間と呼んでくれる李花に、泣き顔は見せたくない。
そして、顔を上げ――
翠玉は、白昼に龍を見たかのように口をぽかんと開けていた。
そこに――明啓がいる。
「あ……」
幻か、と思った。

いっそ幻であってくれた方がありがたい。

（どうして明啓様が……？）

ここは後宮だ。すぐそこには斉照殿がある。距離の点では不思議はない。

だが――彼は皇帝の兄だ。皇族だ。なにも、自ら駆けつけずとも済んだろう。衛兵は、斉照殿にいくらでもいるのだから。

「無事か？　翠玉！」

問われても、答える口がない。

命に別状はないが、足を挫いてはいる。はい、とも、いいえ、とも返せなかった。

戸惑っているうちに、ぐい、と明啓に抱え上げられていた。

「え――へ、陛下!?」

明啓様、と翠玉は発声しなかった。

これほど動揺していながら、実に冷静な判断だ、と自画自賛する。

だが、それ以外は混乱しっぱなしだ。今、翠玉は皇帝の兄に、抱えられている。

「怪我は、足だけか？」

「は、はい」

「急ぐ。つかまれ」

もう、なにがなにやらわけがわからない。つかまるのが不敬やら、つかまらぬのが不敬やら。だが、きっと逆らわないのが一番無難だろう。

「し、し……失礼します！」

翠玉は、ぎゅっと明啓の首に手を回し、しがみついた。

途端に歩みの速度が上がり、頭はいよいよ真っ白になる。

緑の長棒を持った衛兵が、こちらに気づいてぎょっとしていた。当然だろう。翠玉とてその場所に立っていれば、ひどく驚いたに決まっている。

「薬師を呼んでくれ。至急だ」

「あ、いえ――大丈夫です。ただ足を挫いただけで……」

「なにを言う。――いいから、呼んでくれ」

衛兵は扉を開けたのち、急ぎ足で出ていった。そのまま、明啓は央堂の奥に向かっていく。

翠玉が運ばれたのは、皇帝の寝室だ。

（え？　待って、こんなところに？　嘘でしょう？）

明啓の横にいる李花も、戸惑い顔である。

混乱している間に、翠玉の身体は牀の上にそっと下ろされていた。

「お、恐れ多い！」

「足の怪我を侮《あなど》ってはならん」

「しかし──」

「貴女は、私を主と呼んだ。仕える者を守るのが主の務めだろう」

なんと真摯な言葉か。驚きのあまり、明啓の瞳をまっすぐに見つめてしまった。

まだ目は、涙で濡れたままだというのに。

「陛下……」

目があった途端、明啓の涼やかな目元には、明らかな狼狽《ろうばい》が現れた。

「な、泣いているのか？　足が痛むのだな？」

違う。違うけれど、違わない。

なんとか慰めようと思ったのか、明啓は翠玉の髪を撫ではじめた。

「あ……あの……」

「泣くな。怖い思いをしたな」

明啓の態度は、まるで泣いている子供を慰めるようだ。

（あぁ、もう！　なんと言ったらいいの！）

占い、呪詛、神話。知識を人に教えるのは得意だ。そうして子欽も育ててきた。

だが、自分の気持ちを伝えるのは不得手である。

足の痛みに泣いたのではない。失敗続きの情けなさで涙が出た。そこに、李花や明啓の優しさが重なって、いっそう泣けてきたのだ。

言葉に迷っているうちに、薬師が駆けつけた。

「手当は丁重に頼む。大切な人だ」

明啓がそんなことを言うので、翠玉は消えてなくなりたいような気持になった。

薬師は、宮仕えらしい冷静さで「かしこまりました」と言ったあと、翠玉の足首に軟膏《なんこう》を塗り、ぐるぐると包帯で巻いていく。

報告が届き、明啓は央堂に移動した。扉は閉められていたが、話し声ははっきりと聞こえる。

「消火は完了いたしました。延焼はなく、怪我人も出ておりません。祈護衛の衛官は全員拘束しておりますが、いかがいたしましょう?」

「あちらにも言い分はあるのだろう。話を聞いた上で、六月九日まで謹慎処分とする。宿舎から一歩たりとも出ぬよう伝えよ」

衛兵は、短く返事をして、央堂から出ていく。

(六月九日といえば、加冠の日の翌日だ)

つまり明啓は、祈護衛を呪詛対策から外したのだ。

手当を終えた薬師が下がり、明啓が寝室に戻ってきた。他に人はいない。翠玉と李花の三人だけになる。

「申し訳ありませんでした」

翠玉は、忸怩《じくじ》たる思いで明啓に頭を下げた。

「謝罪はいらない」

「いえ。作戦は失敗です。護符は焼かれ、呪詛の手がかりを失いました」

作戦の発案も、実行も、翠玉が主導していた。

人の命がかかった作戦に失敗したのだから、謝罪は当然だ。だからといってなにが変わるわけでもないが。

「先ほどの件、詳しく教えてくれ。祈護衛は、護符を呪符と呼び、三家の仕業と断定した。――それだけか？」

「黒装束のふたりの娘を捜せ、という声が聞こえました。我らの存在を把握した上で捜していたようです」

「貴女がたの存在は、祈護衛の目から隠していたはずだ。なぜ、彼らはそこまで知っていたのか……」

翠玉と李花は、互いの顔を見て、一緒に首を横に振った。

「わかりかねます」

ここは後宮だ。秘密はあってないようなものである。

「……斉照殿から漏れたのだろうな」

明啓の推測に、簡単な同意はできなかった。

桜色の袍の女官と、深緑色の袍の宦官。そして緑の柄の長棒を持った衛兵。彼らから漏れていたとすれば、信頼する腹心の裏切りだ。明啓にとっても痛手だろう。

「私は蚕糸彩占を、徐夫人と姜夫人の前で用いております。三家の異能を知る者が推測した可能性もあるかと。劉家の護符とて、人の目に入る場所に貼ってありましたし……」

「直接聞くとしよう」

「え⁉」

驚いて、李花と一緒に大きな声を出してしまった。

「内城で焚火まではじめたのだぞ？　相当な覚悟だ。問えばさぞ大きな声で吐き出してくれるだろう」

ごく気軽に、明啓は言った。

「……彼らと会話が成立するとも思えません」

「貴女は作戦に失敗したと言うが、失敗は俺も同じだ。過ちは改めるまで。弟の身代わりを務める間は、何事も穏便にと思ったのが失敗の原因だった」

すぐに明啓は衛兵を呼び、「呂《りょ》衛長を、ここに連れてきてくれ」と頼んだ。

そして――

祈護衛の衛長が央堂で明啓と対面したのは、四半刻後だった。

翠玉と李花は、扉の前に椅子を置いて座り、息を殺して耳をそばだてている。

「足労《そくろう》だったな。呂衛長」

「は。内城で騒ぎを起こしましたこと、深くお詫び申し上げます」

扉の向こうにいるのは、あの護符を焼いていた女のようだ。凛とした美声である。

「この際だ。腹を割って話したい。――こちらのやり方も急であったからな。反発は覚悟の上だった。しかし、後宮内での許可なき火焚きは、死罪が相当だぞ」

「非常時でございました。先帝陛下であれば、お認めくださったことと思います。恐れながら、明啓様のなさりようでは、洪進様をお守りできませぬ。三家の娘たちが夫人の殿に貼ったのは、呪符でございます。急ぎ取り除く必要がございました」

「彼女たちは、俺が秘かに招いた。衛長は、誰の口から彼女たちの存在を聞いた？」

悪びれる様子もなく、呂衛長は答える。

「陛下が誑《たぶら》かされるのを看過しかねる者たちが、教えてくれました」

ふぅ、と明啓はため息をついた。

「……なるほど。斉照殿に、複数人いたわけか」

呂衛長は否定しなかった。やはり斉照殿から情報が漏れていたようだ。

「洪進様の呪いを解くには、三家皆殺し以外に道はございません。三家の邪《よこしま》な誘いを退け、なにとぞ、正しきご判断を！」

ごん、と音がした。呂衛長が平伏して頭を床につけたらしい。

なにとぞ――と繰り返す必死さが、心底恐ろしい。

「物心ついた頃から、三家の呪いが三十三番目の子を殺す――と何度も繰り返し聞かされてきた。俺も、弟も、父でさえ、呪いに人生を支配されてきた」

「三家の呪いは禍々しいものでございます。先帝陛下はご理解くださいました」

「結論から言おう。――三家に罪はない。洪進を襲っているのは、別種の呪いだ」

「我ら呂一族は、二百年にわたり宋家にお仕えして参りました。なにゆえ我らの言をお疑いになられるのか、わかりかねます。やはり、三家の小娘どもに――」

翠玉と李花は、どちらからともなく、互いの手を握りあっていた。

「違う。誑かされたのではない。これは、俺自身の判断だ。――これを読んでくれ」

なにかを、明啓が渡したようだ。カラリ、と音がしたので、竹簡だろう。

「これは、三家の呪詛に関する、祈護衛の資料でございます。これが、なにか？」

また、カラリ、カラリ、と音がする。

（あの、書庫にあった竹簡か）

三家の呪いが、いかにはじまったかについて書かれたものだ。

「三家皆殺しは、高祖の遺志に反するばかりか、国をも危うくする。角が生えているだの、洞窟で呪詛を行うだの、人の肉を食べるだのと、法螺話《ほらばなし》はもうたくさんだ。どちらが疫鬼か考えてみろ。邸に押し入り、罪と則を背負って謙虚に生きる者を殺害しようとした。これが疫鬼の仕業でなくて、なんだというのだ」

「お、お待ちください。わ、我らは決してそのような……いえ、もちろん、ご許可をいただければ、正義の鉄槌《てっつい》を振るうに迷いはございませんが、お許しもないのにそのような真似は決していたしません」

声が、動揺している。

扉の向こうの呂衛長の顔は見えないが、額に冷や汗が浮く様が想像できた。

「関与していない……と言い張るのか？」

「もちろんでございます。我らの総数は二十一名のみ。人殺しを雇うような力はございません。不可能でございます」

呂衛長は、震える声で「不可能です」と繰り返した。

「三家のふたりも、そう言った。――呪詛は不可能だと。そして、潔白を証明するために、宋家の城まで赴き、力と知恵を尽くしている。彼女たちはひとつひとつ理を示し、それらを疑う余地はなかった」

「三家の者でございますよ？　忌むべき異能の――異形の者です！　人を簡単に誑かし、意のままに操っているのでしょう」

スラスラとなめらかに悪口雑言が流れていく。その言葉ひとつひとつが鋭利で、皮膚を破るほどに痛い。

　翠玉は、ぐっと唇を引き結んで耐えた。

「では、証しを見せてくれ。洪進を襲った呪詛が、たしかに三家の呪いだと、祈護衛の力で示してもらいたい。先帝は厚く祈護衛を信頼し、多くを任せたが、私は違うぞ。証しを示さぬ限り、宋家が祈護衛を信頼することは永遠にない」

　呼吸を躊躇うほどに、寝室は静かになる。

　長い沈黙ののち、

「三家は……悪です。悪そのもの。滅ぼすしかありません」

　また呂衛長は、三家への憎悪を口にした。

「謹慎は、六月九日の夜明けまでとする。それまでに三家襲撃の件を自ら明らかにせよ。これは二百年の忠誠に対しての温情だ。できぬとあれば、大逆罪に問う」

　呂衛長は、返事らしき音を発していたが、聞き取れなかった。

　衛兵が、呂衛長を連れていったようだ。足音が遠ざかっていく。

　ふたりは重ねていた手を離し、いったん緊張を解いた。

　明啓は扉を開け、「直接尋ねた甲斐があった」と言いながら、牀に腰を下ろす。

「明啓様……大逆罪というのは……本当に？」

「脅しだ。だが、場合によっては適用せざるを得ない。火焚きだけでも重罪だ」

「呂衛長は、話してくださるでしょうか」

「そう願うが……難しいかもしれんな。呂衛長の、あの態度では……三家襲撃が祈護衛とは別口の可能性もある」

明啓が、牀の上で腕を組む。

「しかし、祈護衛以外に三家を狙う者がいる……とは考えにくいです。廟は傾いていますし、国政にも無関係。財産もない。わずかな生き残りがいるだけです」

李花も、横でうなずいている。

益がないのだ。三家を滅ぼしたところで、誰も、なにも得られはしない。別の何者かを想定するよりも、三家の呪いを妄信する祈護衛が、三家皆殺しを強引に実行しようとした、という方が、納得はできないが理解はできる。

「ともあれ、先に進まねばならん。――それとも、ここで降りるか？」

明啓の問いに、ふたりはそろって、

「「いいえ！」」

と勇ましく答えた。

このままでは、なにも得られないままだ。安全も、自由も。夢に見た穏やかな暮らしは、永遠に手に入らないことになる。絶対に退けない。

「よし、その意気だ。以降は、我ら三名だけが仲間だと思ってくれ。俺は弟を救いたい。貴女がたは三家の雪辱を果たしたい。利害が完全に一致するのは我らだけだ」

仲間、という言葉が、胸に響く。

李花にも、翠玉にも、慣れぬ言葉だ。

「とはいえ、作戦はいったん白紙に戻ってしまいました」

「時間はなく、打つ手は阻まれ、焦りはある。……だが、それはあちらも同じだ」

明啓の表情は、飄々《ひょうひょう》としている。

「あちらも同じ……ですか」

対する翠玉の眉間は、狭まる一方である。

「そうだ。三家襲撃は失敗し、我らは祈護衛の暴走も止めた。洪進の呪殺にも至っていない。あちらの目的は、いまだ正しく達せられていないのだ。焦りは必ずある。ここは挑発して誘《おび》き出す。罠《わな》をしかけるとしよう」

祈護衛は、焦りのあまり自ら罠に飛びこんだ。その要領でいけば、うまく進むかもしれない。

翠玉の眉間の憂いは晴れた。

「では、私はなにをすればよろしいですか？」

「寵姫《ちょうき》になってもらいたい」

にこり、と笑顔で明啓は言った。

「寵姫……？」

　とっさに、言葉が理解できない。

「皇帝の愛を一身に受ける寵姫。要するに、俺の妻だ」

　意味を理解して、翠玉は手を顔の前で必死に振る。

「む、無理です！」

「もちろん、偽装だ。絶対に指一本触れぬと誓う」

「そういう問題ではありません！　なぜそのようなことを⁉」

　無理だ。短期間ながら、貴族の姫君たちと接してわかった。彼女たちと自分との間には、越えがたい壁がある。

「ひとつ、敵を挑発したい。ふたつ、拠点を斉照殿ではなく、九殿のいずれかに置きたい。以上の理由から、貴女には翡翠殿に入ってもらいたいのだ」

　紅雲殿の、西隣。

　菫露殿の、北隣。

　白鴻殿の、東隣。

　それが、翡翠殿だ。護符による作戦を続行するならば、絶好の立地である。

　さらに言えば、月心殿――未来の皇后の住まいに最も近い。挑発にも適している。

「ですが……入宮というのは、簡単ではないはずです。手続きですとか、審査ですとか……私は庶民ですし、貴族の養女を装う必要もありましょう」

「もう済んでいる。貴女か、李花か、最初からどちらかに入宮を装ってもらうつもりで準備していた」

ふと、記憶が蘇る。

襲撃を逃れた馬車の中で、たしかに明啓は言った。

――俺の妻になればいい。

やっと話が繋がった。

さらに、周夫人から聞いた情報が重なる。

――加冠の前に、もうひとり夫人をお迎えになるのでしょう？

ぴたりと、情報が符合した。

「もしや……噂に聞いた新しい夫人というのは――」

「耳が早いな。ここは弁の立つ貴女に頼みたい。適任だ」

横にいる李花が、うんうん、とうなずいている。

（そりゃ、たしかに李花さんの苦手な分野だとは思うけれど……私だって、そんな、人の妻のふりなんて無理よ）

不可能だ、とまで言うつもりはない。

華々娘子として夫人たちを訪ねた際は、顔を布で隠していた。念のための用心が、ここで生きたと言える。化粧をすれば、そう簡単には気づかれはしないだろう。

（でも、気が咎める。……申し訳ない）

夫人たちは、入宮直後の食事以降、顔も見せない皇帝の訪《おとな》いを待っている。

実家からの圧もあるだろう。焦りもあるはずだ。そんな気持ちを多少なりと知った上で、皇帝の愛を独占する役目など、あまに重い。重すぎる。

挑発で敵の隙を誘う作戦は有効だろう。明啓の知恵も、信頼している。だが、葛藤が邪魔をして、答えを出せない。

（私は、どうすれば……）

翠玉が頭を抱えた、その時だ。扉の向こうで、声がした。

「陛下、緊急のお知らせが。江家と劉家の廟が――何者かに燃やされました」

くらり、と目眩《めまい》がした。

（廟が……？　燃やされた？　そんな……）

廟は、父祖の魂の眠る場所だ。なによりも尊く、替えのきかぬものである。

全財産と廟。秤にかければ廟が重い。廟がなければ、父祖の魂は行き場を失ってしまうからだ。

（そこまで……そこまで三家は憎まれているの？）

襲いかかる嵐のあまりの強さに、翠玉は呆然とするしかなかった。

第三話　翡翠殿の寵姫

翠玉《すいぎょく》を乗せた馬車が、琴都《きんと》の外れにある江《こう》家の廟に到着したのは、空の白みはじめる頃だった。

焼け跡に伯父の姿を見つけ、杖で足をかばいながら近づく。

「伯父上！　ご無事ですか⁉」

「翠玉！　お前、どうしてここに……天錦城《てんきんじょう》にいるんじゃなかったのか？」

翠玉と子欽《しきん》は、住んでいた長屋を襲われている。同様に、江家の廟も危ういとの判断で、見張りの兵士を数名つけた、と清巴《せいは》から聞いていた。その際、翠玉が天錦城で働いていることも含め、差し支えのない程度の事情を説明したそうだ。

目で探すまでもなく、すぐそこで従兄が焼け跡の片づけをしていた。ふたりとも無事だ。怪我をした様子もない。

（あぁ、よかった）

廟の横にある、少し傾いた家も無事だ。雨も降っていないのに、軒からは水がポタポタと垂れていた。

ふたりが無事であったのは幸いだが――廟は形を留めていない。それと聞かねば廟の跡だとさえわからないほどに。

父祖の魂の名を記した宝牌《ほうばい》は木製だ。燃やされれば、ひとたまりもない。

最も古い宝牌には、六百年前の先祖の名が記されていた。

宇《う》国を建てた関《かん》氏の要請を受け、二千里を越えて琴都まで来た先祖の魂が——一族誅の憂き目にあってさえ保たれてきた祈りの場が——無残にも消えてしまった。

「どうして……どうして、こんなことに……あんまりです」

「私にもわからんよ。まったくわからん。もう、潮時かもしれないな」

伯父は、崩れた塀に腰を下ろした。憔悴《しょうすい》は深い。

気落ちするのも当然だ。六百年続いた祈りが途絶えた。新たに廟を建て直すにも金がいる。食べていくので精いっぱいな暮らしから、これ以上切り詰められるものなどないというのに。

「……潮時？　なんのお話ですか？」

「琴都を——いや、この国を出よう。これ以上続ければ、命まで失うぞ。お前が死ねば、江家の異能は絶えてしまう」

翠玉は、慌てて「いけません」と伯父の提案を止めた。

「宮廷の方から、お聞きになったはずです。二百年、三家が宋《そう》家を呪い続けてきた、と信じる者が宮廷にいます。冤罪を晴らさねば」

「いいんだ。もう、いい。我らの二百年は、踏みにじられた。どこぞに腰を落ち着けて、新たな廟を構えるとしよう。南がいい。南に行こう。康《こう》国さえ出れば、もう人に誹《そし》られることもない。お前も嫁ぎ、子をなし——」

翠玉は、ぐっと拳を握りしめた。

たしかに負け戦続きだ。作戦は不発。汚名だけが増し、洪進《こうしん》も目を覚まさない。その上、廟まで焼かれた。

だが、まだ翠玉は諦めてはいない。

「伯父上、私は南には行きません。それに、継母上の葬儀の際にも申し上げましたが、私は生涯、独り身を貫く所存です」

伯父の、生気を失った目が、力を取り戻して翠玉を見た。

「翠玉、お前……どこまで勝手なことを言うのだ！　子欽の件でも好きにさせてやったというのに！　江家の異能を継ぐのは、お前しかいないのだぞ!?　目を覚ませ。そもそも、宋家に騙されたのではないのか？　お前が天錦城に行かなければ、こんな目にはあわずに済んだ！」

江家の雪辱を果たそうとした。それだけだ。

二百年もの間、踏みつけられてきた。その足を避けられたら――そう思った。

ただ穏やかな暮らしを求めただけ。そう多くを望んだつもりはない。

それなのに――この惨状はどうだ。

おかしいのは、そちらか、こちらか。問うまでもない。

「おとなしくさえしていれば、被害はなかった、とでもおっしゃるのですか？　まさか。そんなものは幻想です。二百年もの間、我々はおとなしくしていたではありませんか！　この上もなく！」

「だから、逃げるしかない、と言っているだろう！　江家の血は絶やさせんぞ。首に縄をつけてでも、お前を南に連れていく」

「私は逃げません。呪詛を暴き、得た報酬で廟を必ず建て直します」

「翠玉！　黙って言うことを聞け！」

伯父に言わせれば、頑固者《がんこもの》の姪だろう。

翠玉にとっては、石頭《いしあたま》の伯父だ。

「今しかないのです、伯父上。江家の異能が、世の役に立つ唯一の機です！」

異能は、父子、母子のみでしか遺伝しない。江家に次の異能が生まれるとすれば、翠玉の子以外に存在し得ないのだ。翠玉にその意思がない以上、江家の異能は絶える。

絶える前に、この異能をもって罪と則から解放されたい。今こそ好機だ。

「お前が子をなせば、絶えずに済むではないか！」

「異能などなければ、江家は二百年も耐えずに済みました！　こんな力は、ない方がいいのです！　私は、私の子に異能など背負わせたくはありません！」

互いに、一歩も譲らず対峙《たいじ》する。

そこに——馬車が到着した。

降りてきたのは、背の高い、濃紺の袍を着た青年——明啓《めいけい》である。

(明啓様! どうして、こんなところに!?)

影武者とはいえ皇帝が、琴都の外れまで来るとは思っていなかった。

翠玉の狼狽をよそに、明啓はゆっくりと近づいてくる。

「貴方が、江家の当主か?」

「は、はい。左様でございます」

翠玉は、伯父に「皇帝陛下です」と耳打ちした。

伯父も従兄も、悲鳴のような声を上げ、その場に平伏する。

「宋啓進《けいしん》だ。此度《こたび》のこと、遺憾に思う」

翠玉も膝をつこうとしたが「足に悪い」と止められた。

「……よ、よもや、皇帝陛下にお越しいただけるとは……恐悦至極に存じます」

「三家の末裔を狙う者がいると把握していながら、廟を守り切れなかった。許せ。下手人に、心当たりはあるか?」

明啓の言葉に、いっそう伯父は頭を下げた。

「心当たりなど、まったくございません。恥ずかしながら、廟を守る以外は、倅《せがれ》が城外へ小柴《こしば》を拾いに行き、私は鶏小屋の掃除で糊口《ここう》をしのぐ日々。酒も飲みません。賭《と》博《ばく》もいたしません。恨みを買うような行いは、ひとつも」

伯父の言葉は、嘘ではない。

その日食べるので精いっぱい。恨みを買う機会さえないのだ。

「あるのは、二百年の因縁のみか」

「二百年の因縁ならば、呂氏《りょ》が――」

伯父の口から飛び出した姓に、翠玉は目を丸くした。

「呂氏を知っているのか？」

明啓は、伯父の前に片膝をついて問うた。

（呂氏？　祈護衛《きごえい》の衛長は、呂氏だ）

にわかに、翠玉の鼓動は跳ね上がった。

「はい。呂氏は三家と共に南方から来た一族。宇国滅亡の際、三家の当主は、自身らの首と引き換えに一族を守ろうといたしました。そこで康国側との橋渡しを買って出ながら秘かに阻み、族誅を招いたのが呂氏でございます。その後、高祖様に取り入り、内城で地位を得たとか。康国において因縁があるとすれば、裏切り者の呂氏との間以外にございません」

そんなことは――呂氏が三家を裏切った、とは竹簡に書かれていなかった。

記録は、勝った側、生き残った側が書くものだ。一族の汚点は、あえて書き記さなかったのかもしれない。

「もう少し詳しく聞かせてくれ。今も呂氏は後宮にいる」

「恐れ多い……いえ、私どもも、現在の呂氏について存じません。ただ、宇国滅亡と共に、三家に従っていた他の一族は南に戻っております。康国にとどまったのは、呂氏のみ。呂氏は、地位を得るために自ら浄身となったそうでございます」

浄身とは、宦官になるための処置——つまり、去勢をした身ということである。

後宮で男性が地位を得るには、唯一の手段だ。

「そうか。……では、呂氏にも異能があったのか？　今は三家の呪いから、祈祷をもって宋家を守る部署についている」

伯父はわずかに顔を上げ、「まさか」と小さく笑った。蔑みの混じる、暗い笑いだ。

「三家以外に、異能を持つ者はおりませぬ。三家は……特殊なのです。とても。呂家とは姻戚《いんせき》でもございません。彼らが、ありもせぬ三家の呪いから宋家を守っていたとすれば……宋家を二百年、欺きとおした、ということでございましょう」

自らの一族を守るために、呂氏は三家を徹底的に悪者にした。

三家の呪い。忌むべき疫鬼。角の生えた異形。——すべて、嘘だ。

二百年、彼らはいもしない敵から宋家を守り続けてきた。三家を踏みつけ、ただ己の一族の利権を守るためだけに。

（許せない。……疫鬼は呂家の方だ）

怒りが、腹の奥からこみ上げてくる。

翠玉が憎むべきだったのは、宋家よりも、むしろ呂家だったのではないか。

明啓は「そうか……」と伯父の言葉を受け止め、大きくうなずく。

「よく教えてくれた。礼を言う。高祖の建国より二百年。数多くの悪《あ》しき因縁があったようだ。すべて私の代で終わりにしたい。三家の廟は、宋家が責任をもって新設しよう。ひとまず、我らの郊廟《こうびょう》の一角へ、仮に移すこととする」

突然の話に、伯父はぽかんと口を開けていた。横にいる従兄もだ。

郊廟とは、郊外にもうけた大規模な廟を指す。高祖はじめ代々の皇帝、皇后、妃嬪の眠る場所である。姻戚でもなければ、仮の措置であろうと他家を招きはしない。

つまり明啓は、姻戚同様の待遇を三家に示したのだ。

「お、恐れながら、陛下……その……」

「今この場で、罪と則を撤回する。三家は自由だ」

なにかが、音を立てて崩れていくのを感じた。きっと、伯父や従兄も同じように感じているだろう。

今、二百年続く頸木《くびき》が外れたのだ。

「ありがたいお言葉でございます。なんとお礼を申し上げてよいか……」

伯父は、涙ぐみながら深く頭を下げた。

「改めて、江家の異能を継ぐ者の協力を仰ぎたい。康国には――いや、国だけではないな。私にも、彼女が必要なのだ。翠玉には知恵もあり、呪詛に立ち向かうにも果敢《かかん》。どれほど励まされているか知れない。今しばらく、姪御を預からせてもらう」

明啓は拱手の礼を示し、立ち上がった。

あとを追おうとした翠玉を、伯父が「翠玉」と名を呼んで引きとめる。

「蚕糸彩占《さんしさいせん》も、四神賽《ししんさい》も、一日一度だけだ。守っているだろうな？」

「もちろんです。気は急きますが、守っております」

伯父に手招きされ、翠玉は耳を寄せる。

そして、伯父は姪だけに聞こえるように囁いた。

「必ず守れ。代償は大きいぞ。――人でいられなくなる」

ぎょっとした。

江家だけに伝わる占いは、一日に一度だけ。繰り返し聞かされ、当然のものだと理解してきた。だが、使いすぎた代償など、聞いた覚えはない。

「人でいられなくなる？　ど、どういうことです？」

「決まりさえ守ればいい。一日一度だ」

破るつもりはないが、代償は知っておきたい。なおも問おうとしたところで、断念せざるを得なくなる。

「へ、陛下……！」

明啓が、翠玉の片腕をつかみ、ぐい、と自分の肩に回させようとした。

「肩を貸す――つもりだったが、無理だな」

明啓は腰が直角になるほどかがんでいるが、翠玉の無事な方の足はつま先立ちになっていた。たしかに無理だ。肩を借りるには、身長差がありすぎる。

気づけば、ふわりと身体が浮いていた。また、翠玉は明啓に抱えられていた。

「恐れ多い！　そこまでしていただかなくとも……」

「無理は禁物だ。足の怪我は、長引かせない方がいい」

ドキドキと心臓が跳ねっぱなしだ。

この忙《せわ》しない鼓動が、明啓に伝わってしまうのではないか、と不安でならない。

（こんなところ見られたら、誤解をされそう！）

振り返れば、伯父は「でかした」と、従兄は「がんばれよ」と、口を小さく動かして言っていた。

（やっぱり……絶対誤解している！　人の気も知らないで！）

だが、誤解を解く暇がない。聞かなかったことにして忘れるしかなかった。

馬車の前にたどりつくと、そのまま席に下ろされた。

あれこれと抗議する気力もない。されるがままだ。

真っ赤になっているであろう頬を隠したくて、下を向いたまま「ありがとうございました」と礼を伝える。

「遅くなってすまなかった。先に劉《りゅう》家の方に行っていたのだ。あちらも廟は焼かれたが、幸い――と言うのははばかられるが、怪我人は出なかった」

「それはなによりの幸いです。……まさか、陛下にお越しいただけるとは思っていませんでした。気落ちしていた伯父も、おかげで励まされたようです」

「俺の失態だ。この座にいるうちに、彼らに――貴女にも直接詫びておきたかった」

明啓は、仮の皇帝。十日の間に呪いが解ければ、弟がその場に戻る。

翠玉は伏せていた顔を上げた。

今のうち。今しかない。感謝の言葉も、今のうちに伝えるべきだ。

呪詛が解ければ、明啓とは二度と会えなくなる。それは望ましい未来だが、一抹の寂しさを感じずにはいられない。

「明啓様。心より感謝申し上げます。廟の周りの建物の軒から、水が滴っておりました。見張りの兵士が、延焼から守ってくれたのでしょう。廟が焼けたのは痛恨ですが、伯父を含め、近隣の住民たちに被害が及ばなかったのは、ご配慮のおかげです」

言い終えると同時に、馬車がゆっくりと動きだした。

「いや、俺の力が及ばなかった。失態は失態だ」

「まだ負けてはおりません。次は、未来の話をいたしましょう」

「……この馬車に乗ったからには、あの作戦に協力してもらえるのだな？」

これからはじまるのは、皇帝の寵姫を装い、敵を挑発する――という、相当な度胸のいる作戦である。

「はい。覚悟はできております」

翠玉は、明啓の目をまっすぐに見て答えた。

すでに雪辱は成った。罪と則から解放されたのだ。

あのまま伯父のもとにとどまる道もあったように思う。だが、できなかった。

呪いは、まだ城内に存在している。そして三家を襲った者もつきとめねば、枕を高くして眠れる夜は来ないのだ。

父祖のため。江家の者のため。二百年後の子孫のためにも。翠玉は、戦わねばならない。

それが、異能を最後に留めた者の務めだ。

「俺は、幸運な男だな。貴女は、いつも俺に希望を見せてくれる」

笑顔で、明啓は言った。

その屈託のない明るさに、翠玉も笑みを返す。

「こちらこそ。明啓様は幸運の塊《かたまり》のようなお方です」

言葉に嘘はない。この出会いは、幸運そのものだ。

「あと十日だ。――よろしく頼む」

「はい。よろしくお願いいたします」

長い夜は、すでに明けている。

戦いの幕は、新たに上がったのだ。


馬車は、天錦城には向かわなかった。

どこぞの貴族の邸に入り、そこで明啓と別れ、翠玉だけが降りた。

「では、頼むぞ。廟の件は任せてくれ」

「はい。よろしくお願いいたします」

走り去る馬車を見送った直後に、邸から人が出てきた。

松の木が見事な前庭《ぜんてい》に、風格ある門。見るからに立派な邸だ。

出てきたのは、年配の貴婦人で「潘《はん》家の者でございます」と名乗った。

貴婦人は挨拶もそこそこに、翠玉の手を取って邸の中に入る。

どこかの部屋に案内され、有無を言わさず着替えをさせられた。さらに、化粧と髪結い。数人の侍女たちがてきぱきと事を進めていく。

支度が進む間に、李花《りか》と合流できた。

「あぁ、李花さん！　無事でなによりです」

李花もこの邸で着替えをしていたようだ。美しい空色の袍を着、髪は乱れなくまとめられている。

「江家も無事だったと聞いている。なによりだ。……廟は残念だが、今日のうちにも、郊廟で祭祀ができるよう計らってもらえた。私の家族はそちらに避難している。江家の人たちも一緒だそうだ」

呪詛が片づくまでは、琴都にとどまるよりも郊廟にいた方が安全だろう。

明啓の計らいに、翠玉は改めて感動を覚える。失敗を失敗と認め、迅速に次の手を打つ。その柔軟さが、彼の美点だ。

「まさか、この機に罪と則から解放されるとは思っていませんでした」

「そうだな。驚いた。母など腰を抜かしていたぞ」

「急でしたからね」

ふたりで「よかった」と声をそろえる。

罪と則から、三家は解放された。

だが、李花はここにいる。彼女もまた、戦場に戻る覚悟をしたのだろう。

「あとは、我らの敵を暴くだけだな」

「……はい」

さて、と言って李花は、持っていた竹籠を卓に置いた。

「貴女の部屋にあった商売道具だ。清巴さんが届けてくれた」

「あ！ よかった……！ 助かりました。ありがとうございます！」

竹籠の中には、天算術《てんさんじゅつ》の木盤や、星画牌《せいがはい》が入っている。

絹糸と四神賽を入れた箱は、いつも懐に入れているが、それ以外の占術道具は、斉《せい》照殿《しょうでん》の部屋に置いたままになっていた。

翠玉は、竹籠を抱きしめる。大事な商売道具だ。

「我々は昨夜のうちに離職し、実家に帰った――ことになっているそうだ。焚火騒ぎに、廟の放火。尻尾を巻いて逃げる方が自然だろう」

「生憎《あいにく》と、図太くできていますけれど。――では、別人として、改めて後宮に入るわけですね」

「皇帝の寵姫と、その侍女だ。よろしく頼む」

ふたりは笑顔で、固い握手を交わした。

そこに、出迎えてくれた年配の貴婦人が入ってきて、やっと「潘の妻でございます」と早口で挨拶をした。

特に説明はなかったが、ここは潘家の屋敷で、彼女は主の妻なのだろう。

「入宮は、二昼《にちゅう》の刻までに行わねばなりません。お急ぎを。潘、でございますよ。貴女様のお名前は、潘翠玉。翡翠殿《ひすいでん》に信頼できる者が待機しております。空色の袍を着た者だけは、信用していただいて結構です。諸々、こちらの紙に書いておきました。翠玉様は記憶力が素晴らしいとか。天錦城に着くまでに、すべて覚えておいてくださいませ」

慌ただしいことこの上ない。

潘夫人は、早く、早く、と侍女たちを急かしている。

支度の最後に羽織ったのは、鮮やかな翡翠色の袍だった。

いつ、どんな経緯で用意されたものか知らないが、翡翠殿の主に相応しい色彩だ。

裾《すそ》のあたりに水面の波紋が刺繍されていて、なんとも涼やかである。

「さ、さ、お急ぎを！」

立ち上がると、袍がずしりと重い。髪飾りも、頭が少し傾くだけで重さを感じる。

（美々しい装いは、こんなに重いものだったのね）

麗しい姫君たちの天女めいた姿は、努力の成果であったらしい。よくも早朝から駆け比べなどできたものである。

急かされるまま、李花と一緒に馬車へ乗りこんだ。

持たされた饅頭を移動中に食べつつ、潘夫人に渡された手紙を開く。

潘氏についての説明が、書かれている。

先帝の腹心。離宮にも出入りしており、双子とも親しい。西部の常州《じょうしゅう》の刺史《しし》から身を起こし、現在は、尚書令《しょうしょれい》の地位にある。

左僕射の周《しゅう》氏、刑部尚書の徐《じょ》氏とは政敵で、ことあるごとに反目しているそうだ。

車騎《しゃき》将軍の姜《きょう》氏とは、とりわけ接点はないという。

手紙の最後に、潘家で子欽を預かっている、と書かれていた。元気な様子で、潘家が手配した家庭教師も、覚えがいいと褒めていたそうだ。

(まぁ、子欽は同じ邸にいたのね!)

時間の都合で、会わせる時間が取れなかった、と詫びの言葉がある。

明啓が厚く信頼する相手だと想像がつく。気づかいに、翠玉は心から感謝した。

(そういえば、潘氏の邸では、角を確認されなかった)

慌ただしく準備に追われはしたが、人かどうかを疑われはしなかった。事情をすべて知っている者ならば、祈護衛が作った三家の伝説も耳に入っていただろうに。

どの段階で、彼らの感覚が改まったのかはわからない。

ただ、ほんの数日の間に、様々なことが変わったのは肌で感じる。

(恩は、呪詛を除いて返すしかない)

馬車は天錦城へと向かっていく。

向かう先をキッと見据え、翠玉は決意を新たにしたのだった。

強く決意を新たにはしたのだが——さっそく、難関が立ちはだかる。

天錦城の南大門《なんだいもん》で馬車を降りれば、用意されていた輿での移動になった。

花嫁用の輿なのか、敷かれた布は、見事に真っ赤。刺繍は金。目をみはるほど派手である。

呆気にとられた。

そして、怖気づいた。

(こんな派手な輿に乗るの？　あぁ、やっぱり私には荷が重い！)

入宮を装うのだから、当然といえば当然だ。だが、一生独り身を通すつもりでいた翠玉には、花嫁になる覚悟が欠けていた。

内城に至るまでの長い道を思い出し、気が遠くなる。

そこに一昼《いっちゅう》の鐘が聞こえてきた。

入宮は二昼まで——という潘氏の妻の声が蘇る。

(いけない。急がないと！)

急いでいるのは、翠玉だけではない。輿を担ぐ宦官たちも、鐘の音を聞いた途端に慌てだしている。

気恥ずかしい、などと言っている場合ではなくなった。

慌てて乗った輿は、ずいぶんな勢いで走りだす。

生きた心地のしないまま、三つの門を通り、翡翠殿の前に到着し――

輿を降りた途端に、二昼の鐘が鳴った。

（よかった。なんとか間にあった……）

初手から失敗せずに済んだ。輿の周りのあちこちから、安堵の吐息が漏れる。

派手な輿は去っていき、残ったのは李花と、李花が着ているのと同じ、空色の袍を着た数人の侍女だけになった。潘氏の邸で聞いた、信用できる者、というのは彼女たちのことなのだろう。

北の房の前で出迎えたのは、見慣れた深緑色の袍の清巴であった。

「お待ちしておりました、潘夫人。婚儀は先ではございますが、慣例により、夫人と呼ばせていただきます。私は、中常侍の清巴と申します。――お帰りなさいませ」

どうぞ、と清巴に勧められるまま、北の房の中に入る。

房の中央は、長椅子や卓のある、居間を兼ねた客間だ。奥の中庭に面している。

これまで占師を装って訪ねた、夫人たちの房と造りは同じだ。雰囲気が違っているのは、置かれた調度品の差だろう。

徐夫人の客間は華やかだった。花の意匠の衝立や、紅や朱色の窓布などが印象に残っている。

姜夫人の客間は入るなり縛られたので記憶が薄い。ただ、簡素でいて重厚な調度品が置いてあったように思う。長椅子には、淡い紫の布が敷かれていた。

周夫人の客間は入らずじまいになったが、白を基調とした、品のある雰囲気だったに違いない。

この、翡翠殿の北の房にも個性がある。波を思わせる、流麗な線。波紋が重なった意匠の卓などは、殿の涼やかな名に相応しい。

「この殿では、秘密が保たれているのですね？」

「はい。信用していただいて――いえ、斉照殿の者こそそうあるべきでしたが――離宮から、長らく苦楽を共にした者たちゆえ、油断があったように思います。まことに、申し訳ございませんでした」

「いえ。どうか謝らないでください」

祈護衛に情報を漏らした者にも、思うところはあったのだろう。

物語めいた二百年の呪いに怯《おび》えている最中、他ならぬ三家の者が斉照殿に招かれたのだ。不安の大きさは、多少なりと想像できる。

だが、彼らなりの忠誠心が、明啓の道を阻んだのは紛れもない事実だ。

なんにせよ、よそ者の翠玉に言うべき言葉はない。短い返事をするに留めた。

「――しかし、見違えましたな。お美しい」

清巴は、翠玉を見て目を細めた。

市井の貧乏占師が、よくぞ化《ば》けた、とでも言いたいのだろうか。

「潘家のお仕度が見事だったのです。私は、なにも」

「私は、兄君と弟君がお生まれになったその日より、おそば近くにお仕えして参りました。いずれも等しく大切なお方でございます。なんとしてもお助けしたい。なにとぞ、よろしくお願いいたします」

深々と、清巴は頭を下げた。

はじめて会った時、彼は三家の末裔に角があるかと警戒していた。あれからまだ数日。そんな人が、ずいぶんと変わったものである。

「こちらこそ、よろしくお願いいたします」

翠玉も、頭を下げた。

「足の調子はいかがですか？」

「おかげ様で、もう歩けます。手当をしていただいたおかげです」

下馬路《げばろ》で働けるほどではないが、姫君を装うのに支障はない。なにせ立ちっぱなしの店番もでもないし、重い荷運びもいらないのだ。

「それはなによりです」

「あぁ……でも、万緑殿《ばんりょくでん》にうかがうのは、難しいかと」

この足で後宮内を駆け比べするのは、さすがに厳しい。

清巴も、あの駆け比べを思い出したのか、眉を八の字にしていた。

「それはもちろん、十日の間は避けられるよう手配いたします。明啓様から、決して無理をさせぬように、と言いつかっておりますので。明啓様は、貴女様をとても大切に思われているようです……昨夜は、驚きましたが」

清巴が言っているのは、明啓が、足を挫いた翠玉を抱えて斉照殿に戻った件だろう。口にはしなかったが、今朝も同じ目にあっている。

「私もです。驚きました」

翠玉は、重なる波が彫られた長椅子に腰を下ろした。

形だけとはいえ、今は翠玉がこの殿の主、ということになっている。清巴に席を勧めたが、やんわりと断られた。

「明啓様には、ご幼少の砌より、なににつけてもどこか一歩引いたところがございました。特殊なお生まれと、将来への諦観《ていかん》が、そうさせたのでしょう。弟君への遠慮もおありだったように思います。よもや、これほど呪詛に対し、果敢に立ち向かわれようとは。――貴女と出会って、陛下は変わられた」

買い被りだ。翠玉は苦笑しつつ袖を小さく横に振った。

「弟君を思えばこそ、果敢にもなられたのでしょう。異能の者を求めて、わざわざ下馬路の長屋まで訪ねていらしたほどです」

変化というならば、角が生えているかもしれない三家の末裔を訪ねる、と決めた時点で起きている。翠玉の影響ではないだろう。

清巴は、それ以上自身の意見を通そうとはしなかった。

「言伝《ことづて》をお預かりしております。今日は、陛下はこちらでお食事をご一緒になさりたいとのことです」

入宮したその日だけ、皇帝は夫人たちと夕食を共にしている。

倒れる前の洪進と同じように、明啓も振る舞うようだ。足の怪我を踏まえて、殿を訪ねる形を取るのだろう。あるいは、特別扱いを印象づけたいのかもしれない。

清巴は、恭しく拱手の礼をして帰っていった。

残った面々は、翡翠の袍の翠玉と、李花を含む空色の袍の侍女たちだけ。

これから、共に戦う面々だ。

「潘翠玉です。十日だけの短い期間ですが、よろしくお願いいたします」

翠玉は立ち上がり、深々と侍女たちに向かって頭を下げた。

同時に頭を下げた侍女のひとりが、前に進み出る。

「申し遅れました。我々は、代々宋家に直接お仕えする者。情報の漏洩《ろうえい》などの心配はご無用です。主な業務は諜報《ちょうほう》でございます」

「諜報……ですか」

斉照殿の古参とは、また別の種類の集団らしい。

「はい。外城、内城、至るところに散っております。今後はこちらの翡翠殿を拠点として使わせていただきますので、人の出入りは多いかと存じますが、ご理解くださいませ。呪詛は門外漢でございますが、お助けできることがあれば、なんなりと」

空色の袍の侍女たちは、改めて頭を下げた。

名を尋ねると、一穂《いちほ》、二穂《にほ》、三穂《さんほ》……と五人が名乗った。

なんとも力の入っていない偽名である。

任務ごとに名は変わるそうだが、諜報に携わる者を、隠語で〝稲《いね》〟と呼ぶのに由来しているという。

「この名は今回限りなのですね。……がんばって覚えます」

「覚えていただかなくとも構いません。あえてそのようにしております。次にどこかで会ってもわからない。それが理想の稲でございますから」

わかるような、わからぬような理屈を一穂が言った。

ここで李花が、サッと手を挙げた。

「私は、この翡翠殿の四方に護符を貼ってくる。ひとり、手を貸してもらいたい。庭や殿に貼った護符は祈護衛に焼かれたが、どこかに万が一護符が残っていないか調べてもらいたいのだ」

妙案だ。もしも護符が残っていれば、変化を示している可能性もある。

私が、と四穂《よんほ》が手を挙げ、李花について出ていった。他の稲たちも、一穂を除いて出ていく。

そこで——はた、と気づいた。

(することがない)

ひとまず、長椅子に座って中庭を眺める。急ごしらえの入宮で、手入れが間にあわなかったらしく、灌木《かんぼく》がわずかにあるばかりの殺風景さであった。

次に、運ばれてきた茶を飲んだ。一穂にも勧めたのだが、侍女に茶を勧める夫人はいない、とのことで諦めた。

その茶も飲み終えると、いよいよ手持ち無沙汰になる。

(暇だ……)

物心ついた頃には、祖父や父から占いを学んできた。なにせ口伝だ。覚えるべき事柄は常に山のごとく控えていたものだ。

祖父は、足腰が弱ったのを機に荷運びをやめ、辻で占いをするようになった。五歳の頃から、翠玉は祖父を手伝っている。

父が継母と再婚をしてからは、手が空けば子欽に文字の読み書きを教えていた。父や継母が死んでからは、朝から晩まで働く日々。

明啓が長屋を訪ねて来てからの数日は、翠玉の人生の中で最も特異な期間だった。

出ていく銭と、懐の銭を必死に数えなくてもいい。食事の心配もせずに済む。

これからの数日は、いっそう特異なものになるだろう。

銭の心配どころか、美々しく着飾り、あの姫君たちと同じように振る舞うのだから。

(あぁ、もどかしい)

翠玉は、暇に慣れていない。ゆったりとくつろぐ気分にもなれなかった。

「後宮の女性たちは、普段、なにをされているのでしょう？」

近くにいた一穂に尋ねると、首を傾げていた。

「楽器をなさる方は多いようですが……すみません。私、外城の勤務が多かったものですから、わかるのは官僚の皆様の余暇くらいです。釣りですとか、盆栽《ぼんさい》いじりですとか。――調べさせましょうか？」

「あぁ、いえ。そこまでしていただかなくとも結構です」

琴だの笛だのと言われても、真似もできない。

一穂は、翠玉が暇を持て余していると察したのか、諭すような表情になっている。

「十日だけ我慢なさってください。他の誰にも務まらぬ仕事です」

「今さらですが……稲の皆さんの方が、この役に適任だったような気がします」

市井の占師と、宮廷で働く諜報部隊。どちらが姫君らしく振る舞えるかなど、おのずと知れる。

ところが、一穂は「いいえ」ときっぱり否定した。

「呪詛の知識を持つ妙齢の娘など、稲の中にはおりません」

たしかに、そのとおりだ。他にいない。三家の特殊さは、身をもって知っている。

はぁ、とため息をつき、翠玉は殺風景な庭を眺めた。

見るべきものもない。頭は怒涛の数日の出来事を反芻《はんすう》している。

(まだ、わからないことだらけだ)

そもそも、なぜ洪進は狙われたのか。

権力者の殺害は容易ではない。露見した時に被《こうむ》る罪は、どこの国でも死罪以外にないだろう。罪は親族にまで及ぶ。

それだけに、よほど得るものも大きくなければ命をかける甲斐がない。対抗勢力や、対立候補がいなければ起こり得ないだろう。

宋家の後継者不足は深刻で、それらしい候補者もいない、というのは、宮廷に来てから何度か耳にしている。

誰がなんのために呪詛を行ったのか、まったく答えらしきものが見えない。

三家が襲われた理由も、いまだわからないままだ。

（三家は、無力だ。誰に顧みられる存在でもないはず）

血の続く江家や劉家は貧しく、陶《とう》家は絶えている。

政治に関わりようもなく、財も、兵も、持ってはいない。そんな相手を憎むだの、殺すだのと考えるのは、三家を利用して地位を保ってきた祈護衛くらいだろう。

——自作自演なのでは？

翠玉の頭に、ちらちらとその推測が浮かんでは消える。

三家が強大であればあるほど、得をするのは祈護衛だ。ならず者が幅をきかせる土地では、用心棒の稼ぎもよいものである。

三家に制裁を加えれば、手柄を得るのは祈護衛だ。一兵卒の首よりも、大将の首に価値があるのは自明と言えよう。

祈護衛は強大な呪詛を看破し、三家を皆殺しにし、己の功とする。洪進が死んでも、呪詛が強すぎた。力及ばず——とでも言えばいいのだ。

祈護衛の自作自演、と考えれば、すべてがすっきりと落ち着く。

（いや、決めつけるにはまだ早い）

想像だけで罪の有無を、都合のよいように決する危うさは知っているつもりだ。実際、三家は想像だけを根拠に、都合よく呪詛の罪を着せられているのだから。

ここは、手の空いている自分が調べるべきだろう。彼ら祈護衛が、どのように日々を送り、どのように二百年の呪いが発動したその日を迎えたのか。

（でも、どうやって――）

ぼんやりとうつむいていた翠玉は、ハッと顔を上げた。

知っている。祈護衛の情報が詰まった場所を。

あの――書庫だ。

一穂が「どうなさいました？」と問うてくる。

「今は祈護衛の書庫が、無人のはず。祈護衛の資料を、なんでも構いませんから、できるだけ、たくさん、まんべんなくお借りしたいのです」

祈護衛の衛官は、火焚きの件で、宿舎で謹慎させられている。絶好の機会だ。

一穂は「手配いたします」と会釈をして出ていった。

再び、目線は庭に戻る。

（すべて祈護衛の自作自演だった……とすれば話の据わりはいい。でも、伯父上は、呂家には異能は授かっていないと言っていた。それが本当ならば、呪詛の主は別にいる……ことになってしまう）

視界の端で、灌木がかさりと動く。雀だ。

（でも、誰が？　皇帝に恋をしている徐夫人。姜家の血を引く子を帝位に就けたい姜夫人。皇后になりたい周夫人……その実家にも、皇帝を殺す理由がない）

雀が二羽、ちょこりと顔を出す。

愛らしさに、思わず目を細めていた。

下馬路で雀を見かけても、こんな気持ちになりはしない。雀など、朝からチュンチュン囀《さえず》っては眠りを妨げてくる厄介者だ。愛らしい、と今思ったのは、暇を持て余して、他にすべき仕事もないからだ。

暇だ。ものを考える以外、なにもできない
（夫人の暮らしは、皇帝が死ぬまで、こんな風に続くのね……）

暇を持て余し、一刻で音を上げた翠玉には、想像もつかない日常だ。

高貴な生まれの姫君は、時間を豊かに楽しむ習慣があるのだろうか。どちらにせよ、想像がつかない。

あれこれと頭で考えているうちに、一穂が戻ってきた。

「翠玉様、お着替えの時間でございます」

「え？　食事の前に……ですか？」

翠玉は、きょとんとしてしまった。潘氏の邸で、長い時間をかけて身支度を整えている。あとは食事をして眠るだけのはずだ。

「朝のお着替え、夕のお着替えは、高貴なお方の嗜《たしな》みでございます」

一穂は、呆れた様子もなくそう言った。

とはいえ、こちらは座っているだけ。手を動かすのは侍女たちだ。申し訳なささえ感じながら、翠玉は着替えのために部屋を移動した。

そうして迎えた一宵の刻。

着替え、と名のついた作業だったが、化粧を直した他は髪型だけを変えている。重い髪飾りからは解放され、多少は楽になった。

翠玉は、作法どおり客間の扉の前で膝を曲げ、頭を下げて待つ。

輿が止まったのが、音でわかる。

衣ずれの音が、近づいてきた。他の誰とも違う音なのは、彼の衣服の質が、この康国で最も上質なものだからだろう。

鼓動が、ひどく速い。

(あぁ、もう……バカみたい)

半刻ほども、ずっとこの調子だ。

そわそわと落ち着かず、油断すれば顔が熱くなる。

思い返せば、着替えがよくなかった。

明啓を迎えるために、化粧をしている――と意識したのが、致命的だった。

誰そのために化粧をし、美しく装う。そんな行動は、今まで経験がなかった。

仕事の一環だ。そう自分に言い聞かせても、一向に鼓動は落ちつかない。

「ま、待たせたな。すまない」

「いえ――」

顔を上げ、目がぱちりとあう。

明啓も着替えを済ませたらしく、仰々しい冕冠やら龍の袍やらは身につけていない。もう見慣れた、彼らしい姿になっている。

しかし、明啓は明らかな動揺をしていた。

（お顔が赤い）

なにかあったのだろうか――と内心首を傾げたが、答えはすぐにわかった。

「なにやら……面映ゆいな」

明啓が、自身の動揺を明かしたからだ。

数日前に知りあった未婚の男女が、新婚の夫婦を装うのだ。互いに気恥ずかしさは当然なのかもしれない。

「……私もでございます」

いつもは泰然とした明啓の、静かな狼狽に笑いを誘われたが、なんとかこらえる。

「いや、すまん。貴女の方が、よほど耐える部分が多いな」

明啓は、申し訳なさそうにくしゃりと顔を歪める。

生真面目な謝罪に、こらえきれずに笑ってしまった。

「虎《とら》の檻《おり》に入るでもなし、耐えるなどと大げさな。むしろ、こちらに着いてからなにもできず、申し訳なく思っておりました」

翠玉が笑めば、つられるように明啓も笑んだ。

「入宮したばかりの姫君だ。そう動くものでもあるまい。――その装い、貴女によく似合っている。とても、美しい」

「……あ、ありがとうございます」

食事をする場所は、客間の左側にある食堂だ。

歩きながら明啓は「ここからは、人の耳が増える」と小さく囁いた。

（そうだ。夕の食事の前後は、外部からの人の出入りがあるのだった）

むしろ、新婚の夫婦のふりは、今からはじまる。

とうに大きく波打っていた胸は、いよいよ呼吸の苦しささえ感じはじめた。

差し出された手を取り、食堂までのわずかな距離を歩く。

その間さえ、動揺を顔に出さぬよう必死である。

（落ち着いて……一穂さんに教えてもらったとおりにすれば、大丈夫）

食堂には、牀ほどの大きさの卓がある。

豪奢な椅子に、一穂から習ったとおり、ゆったりと腰を下ろす。

明啓の手が、離れた。

自分の席に向かうのかと思えば、まだ彼は椅子のすぐ横にいる。

ふっと明啓がかがみ、翠玉の耳元に、顔が近づく。

どくん、と大きく胸が跳ねた。

「心配はいらぬ。貴女は簡単に返事をすればいい。俺が勝手に話す」

囁いたあと、明啓の顔はすぐに離れたが、涼やかな香の余韻は続いていた。

(こんなに、夫婦のふりが大変だったなんて……甘かった！)

一族の命運やら、自分の命やら、義弟の未来やら、多くのものがかかっている。

たとえどんな高い壁でも、乗り越えてみせるつもりだった。

だが、想像していたものと、困難さの種類が違う。

(新たな占術を覚える方が、よほど楽だ)

義弟の子欽は、たいていのことを郷試より難しい、とか、郷試に比べれば簡単だ、と言う。今後の翠玉は、あらゆる事柄の難易度を夫人のふりをするのと比べて生きていくに違いない。

「翠玉。入宮を急がせてすまなかったな。疲れただろう」

椅子にゆったりと腰を下ろしつつ、明啓が言った。

「あ……いえ……」

緊張のあまり、答える声は小さくなる。

ここで、宦官が「皇帝陛下より、潘氏にご下賜のお品でございます」と言った。それを合図に、食堂には蓋のついた皿を持った宦官が大勢入ってくる。

卓に次々と皿がのり、蓋が取られていく。

（すごい！）

純粋に感動したのは、最初の五、六皿だけだ。

（……これを、全部ふたりで食べるの？　嘘でしょう？）

皿が十を超える頃には不安になってきた。

最終的に、皿は二十。卓の大きさに数をあわせたのか、ちょうど卓が皿で埋まったところで宦官たちは去っていった。

横に控える一穂が「お召し上がりになりたい分だけ、お好きに召し上がってくださいませ」と囁いた。

「こんなにたくさん食べるのですか？」

翠玉は、ひそりと一穂に囁く。

「お気になさらず。お好みのものを、お好みの量だけで構いません。あとは下々の者で分けあいます」

一度でいいから、はちきれるまで腹を満たしてみたい、と幼い頃から思ってきた。

飢えで眠れぬ夜などは、何度も、切実に願ったものだ。

　夢のような光景である。

　ここで、明啓が手振りでなにかを指示した。

　それに応じた二穂が、窓の簾を半ばまで開ける。

（あぁ、なるほど。寵姫との会話を、外に聞かせる作戦なのね）

　翠玉は、明啓の指示に納得した。――その寵姫が他でもない自分である点だけ除けば、いい作戦である。

　翡翠殿に現れた謎の夫人に、後宮全体が興味津々のはずだ。宦官たちも、各殿の侍女へ情報を売るのに必死だろう。

「入宮を急がせたのは他でもない。一日も早く、貴女を我が妻として迎えたかったからだ。今日この日を迎えられたこと、嬉しく思う。この内城に貴女がいると思えば、昼の政務もまったく苦にはならなかった」

　今の明啓の言葉は――演技だ。

　わかっている。わかってはいるが、平静を装うのは難しい。

「……あ、あの……恐縮です……」

　動揺のあまり、ひどく気のきかぬ返しをしてしまう。

　なにせ、翠玉は恋のひとつも知らないし、親しく異性と言葉を交わした記憶もない。

肉包の屋台の客とは挨拶だけ。舞いこむ縁談も、片っ端から断ってきた。

こうしたやり取りの正解など、まったくわからない。

「まったく、私は幸運な男だな。心から望んだ貴女を得られた。――これから、命の尽きる日まで末永く、共に手を携えて生きていきたい」

「わ、私も――同じように――」

必死に考えて、なんとか言葉を絞り出した。

顔を上げられない。目の前の艶やかな豚肉を見つめるので精いっぱいだ。

二穂は、明啓の指さした皿のものを、取り皿に移している。

自分もそのように振る舞うべきなのだが、指を動かす余裕がない。

気をきかせた一穂が「お取りいたしましょう」と卓の上のものを、翠玉の前にあった取り皿にのせはじめた。

「同じ気持ちとは、嬉しいことを言ってくれる」

声が、柔らかい。

顔を見ずともわかる。明啓は笑んでいるはずだ。

「恐れ多い……」

消え入りそうな声で答え、いっそう翠玉はうつむいた。

ひとまず、食事だ。皿に取り分けられた焼豚を一切れ口に運ぶ。甘く煮られた焼豚は、噛む前から美味しさが伝わってくる。

（美味しい！）

軽く咀嚼《そしゃく》すると、肉の旨味《うまみ》が口いっぱいに広がった。

精神的に過酷な作戦中の、唯一と言っていい利だ。

美味しい。たまらなく美味しい。

（こんな肉を、祖父も祖母も、一度も食べたことはなかった。父上も……母上も。継母上だって、滋養のあるものを食べていれば死なずに済んだのに――）

食べさせてやりたかった。山ほどの肉や羹《あつもの》を、腹がはち切れるほどに。

ぐっと翠玉は涙をこらえた。

「どうした？　翠玉」

翠玉は、首を小さく横に振った。今、声を出せば涙がこぼれてしまう。

気をそらすために、青菜をひと口。

貝の旨味がつまった餡が、素晴らしく美味しい。

欲を言えば、温かいものが食べたいところだ。この城に来てから、温かい食事を一度も口に入れていない。粥だろうと羹だろうと、すべてが冷めている。城が広大すぎて、運ぶ間に冷めてしまうのだろうか。

とはいえ、そんな不満は量と質を前にすれば吹き飛ぶ。次々と箸をのばすうちに、涙など引っこんでいた。

(……食べすぎた……)

最後にもう一度、焼豚を食べたい、と思った。思ったが、もう箸が重い。

ちらりと明啓を見れば、すでに、箸は置かれていた。

(あ……失敗した)

貴族の姫君にとって美食は日常だ。夢中になったりはしないだろう。

入宮初日の食事である。緊張で小鳥が啄《ついば》むほどしか食べられなかった――くらいの方が自然だったかもしれない。

箸を置くのが、食事の終わった合図だと聞いている。どれだけ明啓を待たせてしまったかわからないが、せめてとばかりに急いで箸を置く。

立ち上がった明啓は、来た時と同じように、翠玉の手を取って客間に移動した。

卓をはさんで、長椅子に腰を下ろす。

(綱渡りの作戦だ。気をつけないと……大食漢の夫人が来たと噂されてしまう)

茶器が運ばれてきた。茶を淹《い》れるのは、部屋の主の仕事だそうだ。

「それにしても、殺風景な庭だな。すぐに整えさせよう。入宮を急がせすぎた。すぐに貴女に相応しい、美しい花で飾りたい」

明啓は、一貫して翠玉を望んで迎えた、という姿勢を演じている。

親しく話した若い娘などいない、と言っていたはずなのに、演技が巧《うま》い。

（挽回《ばんかい》せねば）

美食に我を忘れた失敗を、取り戻したかった。

「陛下のおそばにいられるだけで、私、この上なく幸せでございます」

翠玉は、渾身《こんしん》の勇気をふり絞って演技を返した。

（……？）

明啓が、さらに演技で返してくるかと思った――が、反応がない。

茶器に注いでいた目線を、上げる。――明啓は、口元を手で押さえていた。

目を殺風景だと言った庭にやったまま、固まっている。

耳まで、真っ赤だ。

（もしや、照れて……いらっしゃる？）

さんざん人を翻弄《ほんろう》しておいて、自分は照れている――らしい。

そうと意識した途端、かあっと翠玉の頬まで熱くなる。

一穂から受けた指導どおりに淹れた茶を、どうぞ、と勧める声は、蚊《か》の鳴くほどの細さになった。

礼らしきことを述べる明啓の声まで、蜻蛉《とんぼ》の羽音ほどである。

そのうち、食堂に宦官たちが入っていき、皿を持って下がっていった。

「やっと、人の耳が遠くなった」

茶杯が半分ほど空いたところで、明啓がゆったりと長椅子の背にもたれた。

「もう、大丈夫でございますか？」

「今、合図があった。――すまなかったな。いろいろと……つきあわせてしまって」

「いえ……」

こほん、と明啓が咳払いをした。

もう演技は終わりだ。

今の咳払いは、仕切り直しの合図のようなものだろう。

「明日から、この中庭に工人《こうじん》を入れる。双蝶苑《そうちょうえん》、百華苑《ひゃっかえん》、槍峰苑《そうほうえん》は天幕で覆った上で、昼夜問わず蟲捜しを行う予定だ。庭に手を入れるのは三夫人の機嫌を取るため、ということにしておこう」

明啓は、きっちり気持ちを切り替えた様子だ。

落ち着きのなかった翠玉の心も、なんとか平静を取り戻す。

「わかりました。庭に蟲を埋めていたならば、呪詛の主も焦りましょう」

「そう願う。それと――天幕には、李花の護符を貼ってもらうことにした」

「……妙案です！」

翠玉は、膝を打って喜んだ。

余人の目を廃して、護符を貼る。天幕があれば、数日の変化もじっくり観察できるだろう。祈護衛は謹慎中。今度は邪魔をされる心配もない。

「これで、多少は進展したな」

「いえ、多少と言わず、大きな前進です」

李花とふたりで、こそこそと鼠のように探っていた時とは大違いである。

（護符ひとつの話じゃない。状況が、大きく変わってる）

大きく変化したのは、明啓の意識だ。

ほんの数日前、会ったばかりの頃はこれほど積極的ではなかった。弟の未来の妻を疑うのも躊躇し、祈護衛の方針にも従う姿勢を示していたはずだ。

だが、今は違う。

自ら作戦を立て、人を動かし、呪詛の主を暴くべく進んでいる。

――我ら三名だけが仲間だと思ってくれ。

彼自身の言葉どおり、同じ目的に向かっている実感があった。

「しかし……弟の妻になる姫君たちを傷つけるのは、遺憾だな。妻を複数持つならば、全員を等しく大切にするべきだ。寵姫、とはなんとも罪深い言葉だと思う」

翠玉の高揚とは裏腹に、明啓は気落ちした様子で茶杯を手に取った。

「それは――」

「妻を持つ暮らしを、想像したこともなかった。なにせ加冠前に死ぬと言われていたからな。……だが、妻を持つ真似事をしてみると、その罪深さがよくわかる気がする。弟には、一生をかけて夫人らを大切にしてもらいたいものだ」

この演技は、洪進を救う作戦の一環だ。

だが、事情を知らない夫人たちの目には、未来の夫と、その夫が愛を傾ける相手にしか見えない。罪深い、と思うのも当然だ。翠玉もそう思う。

「夫人がたの未来のご夫君をお助けするため、力を尽くすことこそ最大の贖罪《しょくざい》と信じております」

今は、彼女たちの夫を救うためだ、と無理やり自分を納得させている。

すると明啓は「違う」と言って、身を乗り出した。

目をそらすわけにもいかず、端整な顔と正面から見つめあってしまう。

「貴女の咎であるはずがない。……気持ちはわかるが、だからこそ、貴女の咎ではないと声を大にして言っておこう。罪は私に。貴女は弟のため、懸命に励んでくれている。感謝こそすれ、罪を負わせるつもりは毛頭ない」

「……ありがとうございます」

罪の意識は消えないが、ただ、その気持ちがありがたかった。

礼を伝え、翠玉は微かに笑んだ。

コンコン、と扉が鳴り、一穂が「失礼いたします」と客間に入ってきた。食事の間は食堂にいたはずの一穂だが、どこかに出かけていたようだ。

「ご報告をさせていただきます」

明啓は姿勢を正し、「頼む」とうなずいた。

「李花様が貼られた護符の件でございますが、双蝶苑と百華苑、紅雲殿《こううんでん》と菫露殿《きんろでん》のいずれからも撤去されておりました。――ただ……別の場所に、貼られているのを確認しております。――白鴻殿《はっこうでん》の、北の房に」

白鴻殿といえば、翠玉と李花が訪ねられなかった最後の一殿。周夫人の房だ。

「李花が貼った覚えのない場所に、劉家の護符が貼られていたのだな？」

「はい。李花様ご本人にも、確認していただきました。白鴻殿に貼られた護符にはシワが寄っていた――貼り直したようであったとのこと。恐らくは、紅雲殿、あるいは菫露殿に貼られていたものをはがした上で、白鴻殿に貼り直したと推測されます。糊の状態から推し量れば、もとは菫露殿に貼られていた護符かと」

菫露殿の姜夫人の房に護符を貼ったのは、昨日の三夕の刻。その後、百華苑で李花は護符を貼り、突然現れた周夫人と短い会話をした。

火が出た、と知ったのは、月心殿《げっしんでん》の辺りを歩いていた時だ。菫露殿を出てから半刻程度しか経っていなかっただろう。菫露殿の護符にせよ、百華苑の護符にせよ、糊は乾いていなかったはずだ。

「……そうか。周夫人の殿に、護符が……」

明啓は、腕を組んで眉を寄せた。

「引き続き、三殿の周辺は探らせます。──それと、翠玉様がご所望の竹簡は、明日届く荷に紛れ込ませます。お待たせいたしますが、ご容赦ください」

一穂が、途中で翠玉の方を見て言った。

「ありがとうございます。お手数おかけしてすみません」

会釈をして、一穂は下がっていった。

パタン、と扉が閉まると──客間に、ふたりきりになる。

あとは、明啓を送り出せば、今日の仕事は終わったも同然だ。

昨夜、廟が燃えたと聞かされてから、短い仮眠を取ったきり。今日もバタバタと潘氏の邸で支度をし、緊張続きで今に至る。ゆっくりと休みたい。姫君の使う牀だ。きっと寝心地もいいだろう。

けれど、少しだけ名残惜しい。

そんなことを考えながら、茶杯に残った茶を飲み干す。

「もう少し、ここにいても構わないか？」

突然、明啓に問われて、翠玉は「は、はい」と上ずった声で返事をしてしまった。

（これも演技？——いえ、違う。もう人の耳は遠くなっている）

演技ではない。とすると、作戦に関する相談だろうか。

「ここは皇帝陛下の居城でございます。私の許可など……」

「俺の城ではない。この後宮は弟のもので、住まっている人も弟の妻だ」

茶杯に伸ばした手を止め、明啓は肩をすくめた。

弟、と明啓が口にするからには、もう人の耳は気にしなくてよさそうだ。

「私は違います。——いえ、天下万民は、すべてが陛下のものでございますが」

「いや、たしかにそうだ。貴女だけは違うな。——どう思う？　ここで、周夫人とだけ接触すれば、護符のありがたみは示せるように思うが……」

茶杯を手に取り、明啓は「悩ましい」と言葉どおり悩ましげな表情で言った。

「後宮内の情報は、事の大小にかかわらず、ほとんど筒抜けでした。いずれ、周夫人の白鴻殿に護符が貼られていると後宮中の皆が知るでしょう。この翡翠殿にも、出入りする者の目に触れる場所に護符は貼ってあります。揺さぶりをかけるには、周夫人と接触されるべきかと」

今、護符が貼られているのは、翡翠殿と白鴻殿。どちらにも皇帝が現れれば、他のふたりも思うだろう。——護符があれば、皇帝が来る、と。そうと知った夫人たちの出方を、見たいところではある。

「周夫人に一定の情報を与え、こちらに引きこむ手もあるが……そこまでは信用できん。周夫人の父親は左僕射。俺の最大の協力者の潘氏とは政治的に対立している。立后の最有力候補は周夫人だ。波風は立てたくない」

「もう、立后は内定しているのですか？」

翠玉は、周夫人の姿を思い出す。

白い袍の姫君には、皇后に相応しい風格があったように思う。

「父親の地位から予測すれば――あぁ、周家と……徐家もか。彼女たちは養女だったな。いずれにせよ、実父なり、養父なりの地位が最も高い娘が皇后になる、というだけの話だ。周家に決まったも同然だろう。彼らは、一族を盛り立てる手段として、見目麗しい娘を養女にし、後宮に送りこむべく教育している」

「……郷試の合格発表の会場に、あちこちから貴族が集まるのと同じですね」

賢い男子を産ませるよりも、賢い男子を養子にするのが早い。

美しい女子を産ませるよりも、美しい女子を養女にするのが早い。

（別段、珍しい話でもない）

子欽が郷試を目指すのも、養子の口を得、生活の基盤を得るためだ。貧困に喘《あえ》ぐ者が、陋屋《ろうおく》を逃れる唯一の道と言えるだろう。女子の場合は、姿の美しさが鍵になる。

「皇太子ばかりは、外から招くわけにはいかないが」

「それは……当たり前ではありませんか」

突然、明啓がおかしなことを言いだしたので、翠玉は苦笑した。

康国の皇帝は、宋家の男子でなくてはならない。天命は、その一族にのみ下るもの。宋家の男子以外が帝位に就けば、康国ではない、別の国になってしまう。

「古代の皇帝は、そうしていた。禅譲《ぜんじょう》と言う」

「父に聞いたことがございます。世を治めるに足る後継者を、血縁の垣根を越えて選ぶものだと」

「残念だが、聖人たちの世は遠い。国を譲り得る人材を見抜く目が、今の俗世を治める者には備わっていないのだ。――それどころか、弟を殺そうとしている者まで見抜けずにいる。何者が、なぜ、どのような理由で呪詛を行ったのか、まったく見えん。こうしている間にも、弟の命は刻一刻と危うくなっているというのに」

明啓は、茶杯に口をつけ、すぐに卓に戻した。

吐く息が、重い。

「やはり……周夫人と接触すべきではありませんか？　打てる手を打たぬのは、悔いが残りましょう。また、扉の前に占いを装った手紙を置き、明啓様に庭を歩いていただく形でいかがでしょう？　お姿を見せれば、警戒も解けるかと」

「……そうだな。あちらも疑心暗鬼になっているだろう。ひねらぬ方がかえっていい。

同じ手で行こう。手紙を頼む。明日の一宵の刻、槍峰苑だ。──すまないな」

「いいえ。手紙一枚書くくらいのことはさせてくださいませ」

そうでなくとも、歯がゆい思いを抱えて、暇を持て余しているのだ。手紙など、何枚書いても苦にはならない。

「そうではない。貴女の気持ちを大切にしたいのだ」

「……気持ち？」

意味がわからず、翠玉は首を傾げた。

「寵姫の役回りを頼んでおいて、二日めに別の殿で夫人と接触するというのは、不義理が過ぎるだろう」

翠玉は、茶杯を卓に戻し、袖で口を押さえて笑った。

「どうぞお気づかいなく」

なんと生真面目な人だろう。

後継ぎを求めて、毎年新しい妃を迎えていた先帝とは真逆の姿勢だ。

「笑ってくれるな。自分が妻を持たぬものと思いこんで──言い訳にはならんが──考えが足りなかった。今回の作戦は、まったくの下策だ」

「明啓様ならば、奥方を複数持たれても、平等に愛を分配なさいそうです」

不吉な想像だが、もし洪進の代わりに明啓が身代わりを死ぬまで続けるとしても、きっと夫人たちを大切にするだろう。優しい人だ。

ところが、

「愛する人はひとりでいい」

と明啓は言って、殺風景な庭に目をやった。

こんな時、どんな相づちを打つべきか。翠玉は迷う。

宋家の男子は少ない。洪進だけでなく、明啓とて多くの後継ぎが求められるはずだ。彼の個人的な意思が尊重されるとも思えない。

「ひとり……ですか」

「人の春秋には、山もあれば谷もある。夫婦とは、手を携え、語らいながらひとつひとつ困難を乗り越えていくもの——ではないかと思う。よくわからんが。互いに信頼しあい、時に支えあい、励ましあえる伴侶は、ひとり見つかれば僥倖だろう」

翠玉には、伴侶と共に歩く人生など、まったく想像できなかった。

やはり、相づちが難しい。

「明啓様に愛されるお方は、幸せでございますね」

だから、当たり障《さわ》りのないことを言っておいた。

それから、ひとつ、ふたつと簡単な会話をしたあと、明啓が腰を上げる。

まだ、この時間が終わるのが惜しかった。せめて、と外まで見送ろうと思ったが、明啓は客間の半ばで翠玉を止める。

「見送りはいい。足が痛むだろう」

「お気づかい、ありがとうございます。では……」

膝を曲げて、頭を下げかけたところで――いきなり、ぎゅっと抱きしめられた。

（え……？）

なにが起きているのか、とっさに理解できない。

「人が」

明啓が、耳元で囁いた。

「は、はい」

新たな夫人を見ようと、扉の外で待ち構えていた者の目に気づいたのだろうか。

明啓は、即座に演技に移った――らしい。

理解はできたのだが、強く抱きしめられた驚きは変わらない。

（心の臓が……壊れてしまいそう）

きっと明啓にも、この派手な鼓動は伝わっている。

（……？）

ちょうど、翠玉の耳が、明啓の胸のあたりに当たっていた。

明啓の鼓動も、ひどく速い。

そして、熱い。

どのくらい、そうしていただろうか。

互いの体温が馴染んでいくのを、不思議に心地いい——と思った頃に、ぱっと身体が離れた。

翠玉は、自分が明啓の袍の背を、力いっぱい握りしめていたのに気づく。

「後宮の者は物見高いな。……疲れただろう。ゆっくり休んでくれ」

なんと返事をしたやら、覚えていない。頭が真っ白だ。

衣ずれの音は、遠くなっていった。

袍に移った、どちらのものともつかぬ熱が冷めていく。

残ったのは、涼やかな香だけだ。

扉が閉まると、翠玉はその場にへたりこんでいた。

——明日、明啓は来ない。別の夫人のところへ行く。

胸の奥が、ちり、と痛くなった。

ただの作戦だ。わかっている。わかっているのに、痛みが引かない。

(嫌だな……この感じ)

こんな粘性の感情を、翠玉は知らない。

結った髪をほどき、化粧を落とす間も、小さな嵐は去らなかった。

瀟洒な牀の上で、眠りに落ちる直前まで、ずっと。

——あぁ、これが嫉妬か。

と気づいたのが、その翌日の昼を過ぎた頃だった。

庭を整えるため、多くの工人らが殿に出入りしている。翠玉は寝室にこもり、山ほど届いた竹簡に没頭していた。聞けば、一穂は書庫にあった竹簡のほとんどを運んできたそうだ。

今日、翠玉に課された仕事は終了している。

占術を装い、【本日一宵の刻、槍峰苑に貴人が現れる】と書いた手紙は、朝のうちに三穂が白鴻殿へと届けてくれた。今頃はもう、周夫人の目に入っているだろう。

あとは、ひたすら竹簡を読んでいるが、気づけば、胸に抱えたもやもやとしたものを持て余していた。

理由は、わかっている。

今日、明啓が周夫人と会うから。——それだけだ。

実に単純な理由で、これが嫉妬なのだと気づかざるを得なくなった。

自分の殿だけを訪ねてほしい、などと、作戦の真っ最中に思う方がおかしい。

おかしいとは思うが、翠玉ははっきりと思っている。労わりや優しさを、叶うならば視線さえ、自分だけに向けてほしい、と。

（なんだってこんな非常時に……）

翠玉は、読みかけの竹簡を卓に置き、深いため息をついた。

人の心とはままならぬもの。占師として生きてきて、客から学んだことだ。

恋を語る時、頬を薔薇《ばら》色に染める者もあれば、背を丸めてため息ばかりつく者もある。あるいは、遠いどこかを見る者も。

まさか自分がそのような感情に振り回されるとは、予想外であった。

頬は時に熱くなり、ため息も出れば、ぼんやり虚空を見てしまう。

（こんなはずじゃなかった）

後宮に来たのは、三家の冤罪を晴らし、自由と穏やかな暮らしを手に入れるためだ。

因縁ある宋家の明啓にも、あまりよい感情は持っていなかったように思う。

——人と人がそこにいれば、縁が生まれます。

そう言ったのは他でもない自分だが、こんな縁など望んではいなかった。

明啓は、皇族だ。翠玉が天錦城を離れれば、それきり二度と交わらぬ縁である。

偶然が生んだ気の迷い——だとしか思えない。

暇を持て余すあまり、雀が愛らしく見えたのと同じだ。

明啓を頼もしく思い、敬意を抱いた。それだけのはずだったのに。

(バカみたい)

悩んだところで、無意味である。

作戦に支障のないよう、気を引き締めるのがせいぜいだ。

目下、すべきは竹簡を読むことだけ。翠玉は再び竹簡を手に取り、文字の海に埋もれていった。

そして――侍女が燭を運んできて、部屋がほんのりと明るくなる。気づけば、日はすっかり傾いていた。

(あぁ、もうこんな時間になっていたのね)

竹簡に没頭するあまり、時間を忘れていた。そろそろ着替えの時間だろうか。

客間に向かえば、食堂の前で、一穂がてきぱきと指示を出している。

時折、陛下――と一穂が言うのが耳に入った。

(もしかして――)

鏡の前に立っていれば、自分の頬を薔薇色だ、と表現しただろう。心が華やぎ、目も輝いていたかもしれない。

「一穂さん、つかぬことをお聞きしますが……もしや、今日、陛下は……」

「お取りこみ中でしたので、報告が遅くなりました。陛下はこちらでお食事をなさりたいとのことです。遅くなる、と伝言もいただいていおります」

嬉しい。よかった。翠玉の心は、にわかに浮き立った。はしゃいでいた、とも言えるだろう。

あまり表情豊かではない一穂が、かすかに笑んでいる。

人の笑みまで誘うほど、翠玉は喜びを態度に出していたようだ。

カッと頰に血がのぼる。だが、すぐに自己嫌悪に襲われた。

（夫人がたは、入宮されてからずっと陛下とお会いできる日を待っておられるのに。私ときたら、なんと考えなしなの）

後宮に入って、夕食を共にした日から今日まで、一日、一日が、どれほど長かっただろう。

（恋は、人を愚かにする）

なんとありきたりな言葉だ。

着替えの間も、翠玉はため息ばかりをついていた。

数え切れぬほどため息をついた頃、明啓が翡翠殿に現れた。

「どうした？　翠玉？」

挨拶のあと、明啓が翠玉の顔をのぞきこむ。

あっさりと翠玉の顔は、熱くなった。

「は、はい……いえ……」

「この殿に入ってから、なかなか以前の調子が戻らないな。ぽんぽんと威勢よく、飾らぬ言葉で話してくれる貴女が好きなのだが。体調でも悪いのか？」

胸が、ぎゅっと締めつけられる。いっそ泣きだしたい気分だ。

（人の気も知らないで……）

好きだ、などと軽々しく口にしないでもらいたい。

恨み言でも言ってやりたいところだが、それもままならなかった。

「いえ、問題ありません」

「そうか。ならばよかった」

目の前で、柔らかく明啓が笑む。

その笑顔ひとつで、舞い上がる自分の心が疎ましい。

翠玉、翠玉、と二度ほど名を呼ばれた気がして、ハッとする。

「あ……すみません、ぼんやりしていて……」

赤くなったり、ため息をついたり、ぼんやりしたり。一日中、その繰り返しだ。

明啓を前にしても、なにも変わらない。いや、いっそうひどくなった。

「食事にしよう。話は、のちほど」

「はい」

今日も、卓いっぱいに皿が並んでいる。

一穂が取り分けてくれた料理は、どれも美味しかった。

だが、ついぼんやりとして、箸を止めてしまう。会話など弾むはずもない。相づちや返事もどこか曖昧になった。

いつの間にやら食事は終わり、ふたりは客間に移動していた。

「なにかあったのか？」

茶の豊かな香りを感じながら、翠玉は伏せていた目を上げた。

明啓は、真摯に翠玉を案じている様子だ。人の耳は遠ざかっているはずなので、演技ではない。

「申し訳ありません」

「謝らずともよい」

「少し……疲れが出たのかもしれません」

適当な言い訳を口にする。だが、口にしてみれば、本当にそんな気がしてきた。

「そうか。昨日はお喋りが過ぎたな。貴女といると、つい時間を忘れてしまう。どうにも、立ち去りがたかったのだ。ああして過ごす時間を終えるのが惜しかった。それで、つい今日も足を運んでいた」

演技の時間は終わっているのに、明啓の調子は変わらない。

彼の言葉は、まるで翠玉に特別な好意を持っているかのように聞こえる。

昨夜、離れるのが惜しい、と思った。

今日、会えるのが嬉しい、と思った。

この感情が明啓と共有できていたのなら、どんなに嬉しいだろう。

だからといって、間もなく縁の切れる人に恋情を抱くのも、実に虚しい。

(もう、なにがなんだかわからない……)

感情の起伏の激しさに、翠玉の頭は、すっかり混乱している。

「……お気づかい、ありがとうございます」

当たり障りのないことを言うので精いっぱいだ。

翠玉は、再びうつむいた。

今日はずっと、明啓の胸のあたりばかり見ている気がする。

「報告だけはしておこう。周夫人は今回も琴を鳴らして、俺は槍峰苑の天幕の辺りで笛をあわせてきた」

ここで、やっと翠玉は正気に戻った。ぱっと顔を上げる。

「反応は、琴の音だけでございましたか?」

「あぁ、琴だけだ。互いに姿は見せていない。——あぁ、弟も私も、楽器の腕に遜色はない。自分で言うのもなんだが、腕は悪くないのだ。顔をあわせたわけではないが、存在は感じてもらえただろう。明日以降、彼女たちに動きがあれば報せが来る。今日のところは休んでくれ」

「……わかりました」

今日一日、呆けていた自覚はある。やはり、疲れもあったのだろう。

しっかり休み、明日からは気持ちを切り替えて作戦に挑みたいところだ。

「俺は——今まで、仲間を持ったことがない」

「え？」

思わず、聞き返していた。

今度は、ぼんやりしていたわけではない。ただ、意外だったのだ。一国の皇太子として育った人に、仲間がいない、など。

「弟以外、共に誰ぞと手を携えて、事を行った試しがない。指揮を執る立場でありながら、貴女にも無理をさせていたようだ。許せ」

大きく、翠玉は首を横に振った。

「私こそ、誰ぞの指示で動いた試しがございません。ずっとひとりで生きて参りました し……ご迷惑をおかけしているのは、私の方でございます」

「なにを言う。貴女は、よくやってくれている。感謝の言葉の及ばぬほどだ」

感謝の言葉はありがたいが、実際、今の翠玉はただの人形と変わらない。

申し訳なさに、眉は八の字に寄った。

「そのお言葉に、励まされます」

「こちらも同じだ。貴女のひたむきさに、どれだけ励まされたか」

「もったいないお言葉です」

明啓は、ひと口茶を飲み「そろそろ戻る」と言って腰を浮かせた。

翠玉も立ち上がり、膝を曲げて会釈をした。

「ゆっくり休んでくれ。まだ道は半ば。頼りにしているぞ、翠玉」

「罪と則を赦していただいたご恩は、決して忘れません。残りわずかな時間ですが、少しでもお役に立てれば幸いです」

わずかな——と口に出して、改めてその短さに心中だけで嘆息する。

双子の加冠まで、あと九日だ。

「ここを出たら、貴女は……その……いや、気の早い話だな」

客間の半ば辺りで、明啓が足を止めた。

なんとはなしに、名残惜しい。

「明啓様は、どうなさるのです?」

会話を終わらせたくない。

そこに単純な好奇心が加わって、翠玉は屈託なく尋ねた。

(あぁ、失敗した)

そして、尋ねた途端に後悔する。今後、二度と関わらぬ人の未来など、聞いても意味はない。

「……わからん。だが、身代わりはお役ご免だ。ひとりの皇族として、存在を公にすることになるだろう。呪いさえなければ、存在を秘される必要はない。恐らく、俺と弟の兄弟順は逆にされるだろう。皇帝の兄ではなにかと面倒が起きるからな。皇帝の弟として王の位を賜り、どこぞに王府を構えて……」

邸を構え、政務を行い——偽者ではない、信頼に足る妻を迎え、子を育てる。

当たり前だ。この人は皇帝の兄弟で、貴人である。

継承者の少ない宋家にあっては、すぐにも妻を迎えるよう望まれるだろう。

「間もなくでございますね」

「そうだな。間もなくだ」

話をしているうちに、余計な問いを発した後悔は消えていた。

これまで自分自身の人生を持たなかった明啓が、今後はひとりの人間として生きられるのだ。祝福すべき、喜ばしい未来ではないか。

「お力になれることがあれば、お申しつけください」

「よろしく頼む。——ところで……余計な問いかもしれないが、貴女の体調が優れない理由が、呪詛、という可能性はないのか？　清巴が言うには、弟も、倒れる三日ほど前から、体調が悪いと言っていたそうだ」

　案じ顔で、明啓がこちらを見つめている。

　翠玉は、この問いに動揺する必要はなかった。

「それはありません。私は、三家の末裔ですから」

「三家の末裔だからといって、呪詛にかかわらないわけではないだろう?」

「呪詛は効きません。三家の誰もが持つ力です」

　はっきりと、翠玉は答えた。

　三家の血は呪詛を拒む。理由はわからないが、そういうものだ。

「――そうか。そうなんだな。ならばよかった」

　客間の扉が開く。

　一歩、明啓は後ろに下がった。

「おやすみなさいませ」

「ゆっくり休んでくれ」

　そっと、明啓の手が、会釈をした翠玉の髪を撫でる。

　大きな手が、ごく優しく。

　その優しさを、子供を慰めるようだとは思わなかった。

　また、外で様子をうかがう人の目があったのか、なかったのか、翠玉には判断できない。怖くて、顔を上げられない。

演技であろうとなかろうと、明啓は優しく笑んでいるだろう。その笑みの優しさに触れては、自分の思いがいっそう深くなってしまう。そんな気がして、怖い。

衣ずれの音は静かに遠ざかり、扉が閉まった。

どっと疲れが出る。今日は一日、自分の心だけが忙しかった。

「お疲れ様でございました、翠玉様！」

よほど、疲れを顔に出していたらしく、一穂に労われる始末だ。

（呆けてばかりいられない。しっかりしないと）

寝室に戻り、化粧を落とした頃、コンコン、と扉が鳴った。

「どうぞ。――あら、李花さん。お疲れ様です」

入ってきたのは李花だった。一穂が、李花と入れ違いに寝室から出ていく。

翡翠殿に入ってからは、なかなか話す時間が取れずにいた。そのせいか、ひどく久しぶりに会ったような気がする。

「少し、話がしたい。稲たちに報告はしてある。別に直接話す必要もないのだが……」

「李花さんと話せて嬉しいです。どうぞ」

翠玉は、寝室の小さな椅子を李花に勧めた。自分は牀の上に腰を下ろす。

「今日、白鴻殿の護符を見てきた。ついに──変化があったぞ。欠け具合から判断して、呪詛は槍峰苑にある」

「す、すごい！　やりましたね！　李花さん！」

李花の護符は、いよいよ核心に迫ったのだ。

翠玉は胸の前でパチパチと拍手をしたが、李花の表情は渋い。

「喜ぶのはまだ早いぞ」

「だって、あとは槍峰苑で蟲を捜せばよいだけでしょう？　槍峰苑の天幕にも護符を貼っていますもの。場所もすぐに特定できます。壺か、箱かはわかりませんが、捜す人手も確保できているはずです」

「呪詛の解き方を知っているか？」

喜色満面だった翠玉の顔が、ふっと曇る。

「……いえ。李花さんは？」

「まったく知らない。護符が即座に欠けるほどの呪詛だぞ？　こちらに来た時は、専門の部署があると聞いて安心していたが……祈護衛はまったく頼りにならん」

まじない程度の呪符は、焼けば済む。

火で焼く、川に流す、海に流す。解除の仕方も多岐にわたる。規模の大きな呪詛ほど、正しい手順を踏まねばならないものだ。

ましな、今回は人の命がかかっている。慎重になるべきだろう。

慎重を期すならば、呪詛の主を見つけ、本人に解かせる必要がある。

（たしかに、喜ぶには早い）

翠玉の表情も、李花と同じように渋くなった。

「なんにせよ、夫人がたの身分が壁になっている。呪詛の主が祈護衛のようにわかりやすい悪手でも打ってくれれば、堂々と捜査もできるのだが……」

夫人たちの実家は、それぞれに権力を持っている。強引に事を進めれば、外城の政治に影響も出るだろう。

「尻尾を出してくれるのを待つしかないですね。……寵姫作戦は、続行ですか」

李花は「よろしく頼む」と翠玉に軽く頭を下げた。

「では、槍峰苑に戻る。――この件が片づいたら、また一緒に酒でも飲もう。母や、弟たちと妹も紹介したい」

「喜んで。私も、義弟を紹介したいです」

李花は「行ってくる」と笑顔で言って、寝室を出ていった。

江家と劉家が親交を深めるなど、これまでは考えられなかったことだ。

（そうか。もう、新しい日常がはじまっているのね）

こんな風に、明るく未来の話ができるのが、信じられない。

三家への差別は、名目上、すでに消えている。

ここを出て戻る世界は、後宮に入る以前とは別の世界だ。

（あぁ、でも李花さんは、すぐに入宮を――待って。洪進様にもしものことがあれば、明啓様が皇帝になる。――李花さんは……明啓様の妻になるの？）

明啓と、李花。

どこぞの殿で楽しげに語らうふたりの姿が、頭にぱっと浮かんだ。

（嫌だ）

とっさに、翠玉はその想像を打ち消す。

（なにを考えているの！　こんな時に！）

翠玉は、頭を抱えた。仲間の李花にまで、こんな醜い感情を持つ自分が疎ましい。

牀から腰を上げ、山積みになった竹簡を手に取る。

（今できることをしなくては。足手まといになどなりたくない！）

必死に竹簡の文章を目で追えば、胸の痛みが和らぐ。

そうして夜更けまで、翠玉は竹簡に没頭したのだった。

翌朝――支度を終えた翠玉は、また竹簡を読みはじめる。
三家の呪詛への対策を専門とする組織だ。多少なりと、呪詛に関する情報があるのではないか――と期待したのだが、一向にそのような記述はない。

(宮廷行事の日取りを決めるのは、暦方局。祈祷の類も宮廷道士が行っている)

資料によれば、祈護衛の衛官は、朝と昼と晩に祈祷を行う。他は内城を見回って、結界に綻《ほころ》びがないか確認するそうである。

彼らの日常は、ごく平坦だ。

重要な仕事を任されるでもなく、特別な儀式をするわけでもない。結界の見張り、というのも、どのように行うかの記述はなかった。

単調な内容の中で目を引くのは、先帝からの厚い信頼だ。

皇太子誕生の際には、九殿と六苑の改名も一手に任されている。

(南方の神話に由来した名は、三家と一緒に南から来た呂氏がつけていたのね。それも、明啓様と洪進様がお生まれになった時に)

名をつけるのは、まじないの一種だ。それだけ先帝は、祈護衛に期待をしていたのだろう。――我が子を救う者だと信じて。

名簿も見つけた。書かれているのは、元号、月日、氏名。

元号は二文字である。祈護衛に所属する日は、三月四日に固定されているらしい。

これは建国の日だ。琴都では祝祭が行われるので、翠玉も覚えている。

そして、縦書きの竹簡に、横一列でそろった『呂』の文字。

(五年に一度、二名ずつ祈護衛に入っている。男女ともいるようだけれど……)

女であれば、後宮での仕事にも支障はない。だが、男子が内城へ入るには、身体の一部の機能を失う必要がある。

(呂家は、よほど大きな一族なのね)

江家程度の規模では、五年に一度、ふたりも内城に入れれば血が絶える。あっという間だ。

これだけ過酷な条件下で二百年も続いた呂家の繁栄は、江家と比すべくもない。

名簿の竹簡を置き、また次の竹簡を手に取る。

からりと開いた途端、ため息が出た。

(また、例の話がはじまった)

積まれた竹簡のうち、大半を占めるのは三家への悪口雑言だ。

洞窟で呪詛を行っている。廟に見せかけた建物で蟲を育てている。角が生えている。──そんなバカバカしい情報ばかり。見れば見るだけ嫌な気分になる。

二百年経った今も、彼らは三家を踏みにじり続けているのだ。

(なんと無益な一族だろう)

遠慮を排して評すれば、その一言に尽きる。

それに──

「皆殺しなど、やはりどこにも書いてない」

ぽつ、と翠玉は呟いていた。

呪詛は、祈護衛の自作自演――と断じたい気持ちはある。

断じたい。だが、できない。

狩るべき兎《うさぎ》が消えれば、猟犬は煮られるだけ。三家は祈護衛の敵でなくてはならない。洪進の呪殺以前に三家の末裔が消えては困るはずだ。

長屋の襲撃も、廟を焼くのも、洪進の死を待ってから行うべきではないのか。

どこかちぐはぐな事実が、祈護衛の自作自演と断じることを躊躇わせる。

（わからない。なぜそこまで三家を狙うの？　三家が持っているものなどなにもない。あるのは、ほんの少しの異能だけなのに――）

この時、翠玉の目が虚空を見ていたのは、恋わずらいのせいではない。

三家の異能。

耳に馴染んだその言葉が、落雷のごとく身体を貫く。

（異能……我々の異能が邪魔だった？）

――長屋の襲撃は、翠玉を殺すため。

――未遂に終わった劉家の襲撃も、李花を殺すため。

――廟を焼いたのは、ふたりに手を引くよう脅しをかけるため。

そう考えれば、ちぐはぐだった事実の据わりがいい。気味が悪いほどに。

（邪魔だと思うのは……呪詛の主くらいしかいない）

明啓には、呪詛の知識がない。呪詛を暴くべく動いているのは、実質、翠玉と李花だけと言っても過言ではないだろう。

（たしかに……私たちは、呪詛の主の邪魔をしている）

音を立てて、頭の中の出来事が再構築されていく。

祈護衛は、いつ三家を皆殺しにすべき、と言いだしたのだろうか。

それまで一言も言及されていない方針は、いかにして生まれたのか。

（祈護衛が行動を変えるきっかけが、あったはずだ。なにか情報をつかんだにせよ、呪詛の主に入れ知恵されたにせよ）

今になってみれば、長屋を襲った賊から情報が得られなかったのが痛い。

（もう一度、あの賊のことを調べてもらおう。手がかりになるかもしれない）

勢いよく立ち上がり、寝室の扉に向かおうとした途端、扉がトントン、と気忙しく鳴る。

「失礼いたします。翠玉様に、ご報告が」

「はい、どうぞ」

翠玉は扉を開け、一穂を招いた。

いつも慎重な一穂が、いっそう慎重に辺りをうかがってから囁く。

「李花様が――見つけられました。なにやら、箱を」

「え!?　む、蟲ですか？」

思わず、大きな声が出た。ぱっと一穂が翠玉の口を押さえた。「お静かに！」と囁き声で言われれば、コクコクとうなずくしかない。

手が、そっと離れる。幸いにも、中庭では工人が作業中で、声は響かなかった。

「李花様は、蟲、とたしかにおっしゃいました。箱――蟲は、城外の寺院に運び出しております。今頃は、もう城外に達したかと」

「最善の策です。さすがは李花さん」

ぽん、と翠玉は手を叩き、離れた場所にいる仲間を称賛した。

呪詛は、距離が重要なのだ。いかに強い呪詛でも、遠く離れれば力を失う。呪詛に侵された人の身体を運べば危ういが、蟲を移動するには問題がない。

これまで、呪詛の主にはいくつもの局面で遅れをとってきたが、今回はこちらが小さな勝利を収めたと言える。

翠玉は、見えてきた希望に目を輝かせた。

そして――翠玉が斉照殿に招かれたのは、二宵の刻だった。

用件はわかっている。呪いの有無を、再び絹糸で調べるためだ。

まず、斉照殿の女官の証である桜色の袍を着た二穂と三穂が、翡翠殿に来た。

翠玉と一穂は、二穂と三穂とそれぞれ袍を交換した。髪はあらかじめ、女官のそれに整えてある。そして秘かに翡翠殿を出たのだった。

桜色の袍をたなびかせながら、北に向かって進んでいく。

今、清巴が斉照殿に仕える全員を裏に集めているそうだ。その隙に、桜簾堂《おうれんどう》に入るように言われている。

斉照殿が近づいてきた。

反り返った屋根の美しい建物は、月の下で静かに佇《たたず》んでいる。

（どうか、呪詛が消えていますように！）

呪詛が掘り起こされた段階、あるいは埋められた場所から離れた段階で消えるものであれば、洪進は助かるはずだ。

緑の長棒を持った衛兵が、斉照殿の正面で手招きしていた。

「裏は危ない。こちらからお入りを」

正面から入り、央堂には向かわず、廊下の半ばから中庭に出る。

桜簾堂の入り口では、緑の長棒を持った衛兵が扉を開けていた。

中に入れば、桜色の簾が美しく灯りを弾いている。その向こうに――

（あ……洪進様……！）

洪進が、明啓に支えられて身体を起こしている。瞼は上がっていた。蟲を遠ざけた功は、一目瞭然だ。

翠玉は、胸の高揚を押し殺し、膝を曲げて頭を下げる。

「堅苦しい挨拶は抜きだ。翠玉、こちらに来てくれ」

手招きされるまま、翠玉は牀に近づいた。

洪進の顔がはっきりと見え、挨拶を省いた理由を察する。

（……まだ、回復はされていない）

額に汗は浮き、胸は大きく上下していた。

いつ、また意識を失ってもおかしくはない状況だ。時間がない。

「話は、兄から……聞いた。礼を言う」

荒い呼吸の合間に、洪進が話しかけてきた。かすれた声は弱々しい。

「恐れ多いことでございます。――明啓様、さっそくですが、蚕糸彩占に入らせていただきます。洪進様は、お休みになっていてください。横になったままでも占いに支障はありません」

明啓が、洪進の身体を横たえる。うめくような声が漏れた。少し身体を起こしただけでも、負担は大きいのだろう。

(急がねば)

手早く懐から絹糸を出して、翠玉はぱちりと鋏で切った。洪進の小指に片方を結び、もう片方は自分の手で握る。

(呪詛が弱まっていれば……糸は切れないはず)

今、洪進は意識がある。

呪詛が消えていれば、目を焼くほど眩い炎は発さないはずだ。

スッとひと撫で。

――重い。

固まりかけた糊に、指を突っこんだかのようだ。

止めていた息を、かすかにした途端――白い炎がボウッと上がった。

(……ッ!)

糸の両端から、眩い光が走り、半ばでぽとりと糸が落ちる。

さながら、椿の花の終わりのように――切れたのだ。

「……呪詛は、とどまっております」

落胆をにじませぬよう、翠玉は事実だけを伝えた。

「切れ方が、前回と違うのではないか? 意味があるのだろう?」

明啓は、切れ落ちた絹糸を拾った。

切れた箇所はふたつ。どちらも、融けている。

明啓の問いに、翠玉はうなずいた。

「どうやら、私も呪詛をかけられているようです」

糸の状況から、そう判断せざるを得ない。

白い炎は、洪進だけでなく、翠玉からも発していたのだから。

「貴女に、呪いが？　平気なのか？」

翠玉は、自らの足でこの桜簾堂に来、占いまで行っている。呪詛をかけられ、倒れたきりになった洪進しか知らない明啓が驚くのも無理はない。

明啓の驚きが、翠玉には痛かった。

三家の者とて人である。だが、人と隔たるものがまったくないわけではない。特殊なのは、事実だ。

その隔たりに、気づかれるのが怖い。

隔たりは、時として恐怖や嫌悪に容易く繋がるものだ。

「三家の者でございますから」

簡単に答え、翠玉は洪進の手から糸を解いた。

「……三家の……そうか。呪詛は、効かぬのだったな」

三家が、いかにして異能を獲得したのか。祖父も父も、翠玉に教えはしなかった。

あるべくしてある。背が低い。鼻が高い。口が大きい。足が小さい。そうした身体の特徴と変わらぬものだ、と祖父が言っていたのを覚えている。

幼いながら、思った。――綺麗事《きれいごと》だ、と。

異能がそれだけのものならば、罪も則も背負わずに済んだはずだ。自分の代で異能を断つ、と翠玉が決意する必要もなかったろう。

「ひとつ蟲を遠ざけたことで、呪詛の勢いは衰えております。ですが、蟲はひとつとは限りません。引き続き蟲を捜すため、この場で四神賽も使わせていただきます」

「あぁ、頼む」

翠玉は、懐から小箱を取り出し、四つの賽を掌にのせた。

洪進の手を「失礼いたします」と断ってから取り、その手に包む。

「この呪詛の、蟲はいずれに？」

賽に向かって口早に問い、ころりと転がした。

出た目は、黒が【一】、青が【三】。これは前回と同じだ。赤も【五】。

ただ、白だけが【六】を示した。

「ひとつ目が変わったのは……寺に運んだからか」

「はい。そちらの蟲も、まだ生きているのでしょう。寺は、西にございますか？」

「たしかに西だ。この場所からならば、ほぼ真西になる」

移動して勢いは失ったものの、寺院に運ばれた蟲も、まだ生きているようだ。

「呪詛の主が私を狙ったのは、前回、蚕糸彩占を行ったのち。――私どもが後宮内で活動をはじめてからでございます。あちらも、よほど焦っているのでしょう」

呪詛の主は、翠玉を狙った。

翠玉と李花が後宮で打った手が、呪詛の主に影響を与えた証である。

「怖くは――ないのか？　その身に、呪詛をかけられているというのに」

翠玉は、明啓の方を見なかった。

どんな表情をしているのかを、知りたくなかったのだ。

「慣れております。正しい呪詛でなくとも、悪口雑言も呪いと同じ。生まれたその日から、身に覚えのない呪いをさんざん浴びせられて参りました。こちらの城に参りましてからは、いっそう強く。今さら、怯みはいたしません」

淡々と答えたのち、翠玉は賽を箱にしまった。

「……そうか」

洪進の顔に、まだ苦痛の色が濃い。

額に浮かんだ汗を「失礼いたします」と断ってから、枕元にあった布で押さえる。

皇帝の玉体《ぎょくたい》に触れるのは不敬だが、せずにはいられなかった。

「江……翠玉」

洪進に名を呼ばれ、翠玉はびくりと身体をすくませた。目を閉じていたので、休んでいるものとばかり思っていた。

「はい」

弱々しく伸ばされた手を、翠玉はすぐに支えた。

自然と、手を握るような形になる。

「許してくれ……三家の者に申し訳ない。いずれ兄を殺すのは、三家の呪いだと、ずっと幼い頃から思いこんでいた。……だが、兄から話を聞いた、今ならばわかる。俺が……愚かであった」

口を開くのもつらいだろうに、懸命に詫びる洪進の声の細さに、胸が痛む。

「今はお休みください。そのお気持ちだけで父祖の霊も涙を流して喜びましょう」

「俺の、妻になってはくれまいか」

「え――」

突然の言葉に、翠玉は目を大きく見開いた。

「そなたの働きに……報いたいのだ。貴妃として、迎えよう」

「あ、あの、私……」

とっさに、返事ができない。

(私が――貴妃に?)

頭が、ひどく混乱している。

洪進は目を閉じ、また眠りに落ちていく。

そっと手を牀の上に戻す。呼吸は、多少穏やかになったように思われた。

「では……私は、これで失礼いたします」

明啓の顔を見ぬまま、会釈をしてその場を離れる。

翠玉が桜簾堂を出ると、入れ違いに薬師が中に入っていく。

一穂の先導で、月明かりの下、来た道をまっすぐ戻る。

まだ、頭は混乱していた。

――貴妃の位。

ただ入宮するのとは、話が違う。

星の数ほど存在する妃嬪の位の中でも、貴妃は皇后に次ぐ位である。

つい先日まで庶人であった一族の娘が就けるような座ではない。

動揺していたせいで、桜簾堂を出てからの記憶は曖昧だ。

ただ、見上げた月だけが美しかったように思う。

（父上は……喜ぶだろうか）

気づけば、翡翠殿の客間の長椅子に座り、今日植えられたばかりの八重の芍薬《しゃくやく》を眺めていた。淡い朱鷺色の、大ぶりなものだ。美しく、華やか。明啓が選んだようだが、翠玉に相応しいとも思えない。

(伯父上は喜ぶだろう。……子欽も、きっと)

柔らかな寝具に、美しい調度品。鮮やかな翡翠の袍。そして、卓を埋め尽くす料理の皿。香り高い茶。

(貴妃になれば、これが日常になる)

もう、飢えずに済む。雨漏りを我慢しなくていい。素性が露見するたびに土地を転々とする必要もない。子欽の教育に頭を悩まさずに済み、廟も守られる。

あとは――自分の心ひとつだ。

「きゃあああっ!」

悲鳴が聞こえ、ぼんやりとしていた翠玉は、腰を抜かすほど驚いた。

「何事ですか!?」

客間を出、悲鳴のした廊下に出れば、四穂が護符の前で震えている。

「ご、護符が……欠けております!」

それがどれほど恐ろしいことか、李花から聞いたのだろう。四穂は青ざめている。

翠玉も、最初に欠けた護符を見た時は、恐怖した。

人の為すこととは思えない。とんでもないことが起きている、と。

(きっと、私にかけられた呪詛に、護符が反応したんだ)

それほど強い呪詛をかけられながら、翠玉の体調には、なんの変化もない。

――三家の者だから。

「大丈夫です。今は蟲が移動しましたから。すぐに落ち着きます」

翠玉は、四穂や駆けつけた他の稲たちに、気休めのような言葉をかけた。

そのままを、口にするのが怖かった。

三家の者は、人とは違う。

人に知られるのが、恐ろしい。

――陛下がお越しです。

客間の方で声がして、翠玉は慌てて戻った。

「手間をかけたな、翠玉。ご苦労だった」

もう明啓は客間に入っていて、長椅子に腰を下ろしていた。

翠玉は会釈をし、卓をはさんだ向かい側に座る。

「いえ……よいお知らせができず、残念です」

茶器が運ばれてきた。茶杯に茶をそそぎ、どうぞ、と差し出す。

「槍峰苑の捜索は、昼夜を問わず続けることにした。李花には、指揮を頼んでいる」

「頼もしい限りです」

この程度の報告ならば、一穂に言伝すれば済むのではないか――とちらりと頭をかすめた言葉には、蓋をした。

胸の嵐が去らない。今は、あまり顔をあわせたくなかった。

「弟が、先ほど言っていた入宮の件だが――」

「……はい」

「――貴妃とは、大した出世だな」

ぽつり、と明啓が言った。

翠玉は、きょとんとしてしまった。意味がわからなかったからだ。

それから、言葉にある棘《とげ》の鋭利な輪郭《りんかく》を理解した。

世の侮りくらいは、想像がつく。二百年の罪を忘れたか――と謗る声も頭に響く。

洪進の申し出を受けるならば、しなくてはならない覚悟だ。

だが――その侮りを、真っ先に明啓から受けるとは思っていなかった。

(三家への偏見は、捨ててくださったものと信じていたのに)

これまでの数日で築いた信頼を、翠玉は見失った。

虚しいやら悲しいやらで、いっそ泣きだしたい気分だ。

「侮りには慣れております。私を挑発しても、得るものはございませんよ?」

翠玉は「どうぞ」と改めて茶杯を勧めつつ、にこりと笑んだ。

「侮ったつもりはなかった。すまん。――いや、つい――」

つい、うっかりと、侮るつもりもなく侮った、と言うのだろうか。

「私どもは、この件を片づけねば、安堵して眠ることさえできません。どれだけ侮られても戦い続けますので、ご安心を」

翠玉は、会釈をして立ち上がった。これ以上、なにも話すことはない。

「待ってくれ。ただ、俺は――」

「口が過ぎました。多少、疲れているようです。では――」

家族を守るためだ。己ひとりの心を殺すなど容易い。

明啓に失望を感じていようと、三家の者としての役目は果たす。

こんな胸の痛みは、些事だ。

翠玉は、くるりと背を向け、寝室に向かった。

「――翠玉」

名を呼ばれ、翠玉は足を速めた。

(些事だ)

大したことではない。だが、一刻も早く、この感情から逃れたい。

寝室に急ぐ翠玉の肩を、明啓がつかむ。

「あ――」

決して、強い力ではなかった。

驚いて漏らした声に、明啓が「すまん！」と慌てて手を放す。

「大丈夫か？　走らぬ方がいい。足の怪我も癒えてはいまい」

「お構いくださいますな。私は――三家の娘です」

「どこの家の娘でも、怪我はするだろう」

「そうではありません！」

つい、声が大きくなった。高ぶった感情のまま、正面から明啓を見つめてしまう。

「……悪かった」

「頭に角はありません。洞窟で集会もいたしません。でも……やはり、私は常の人とは違います。呪詛も効きませんし――」

「よいではないか。風邪をひきにくいのと同じだ」

「異能があります」

「剛力な者と同じだ」

翠玉は、頭を抱えたくなった。

話がまったく通じない。

「では、どうして――」

どうして、あんな嫌みなどを言ったのか。

こちらから、入宮を望んだわけではない。洪進からの申し出だった。

「俺には、皇帝の貴妃に勝るものなど用意できない」

意味がわからず、翠玉はいっそう眉を寄せた。

いつも、明啓の話は明快だ。だが、今は違っている。

「おっしゃっていることが、よくわかりません」

明啓の顔は、とても高いところにある。だからこの距離で会話をするには、翠玉は首をずいぶん上げなければならなかった。

「長屋を訪ねた時、俺には貴女に示す利があった」

「……はい」

冤罪を晴らし、罪と則を撤廃させる。それが翠玉を動かした利であった。明啓の言葉に、誤謬《ごびゅう》はない。

「弟は、いとも容易く利を示せる。だが、俺にはなにもないのだ。俺は、ただの身代わりで、地位どころか、字さえもない。なにも貴女に示せるものが――」

「なにをおっしゃるのです。子欽を守っていただいたばかりか、罪と則を撤廃してくださったではありませんか」

呪詛の解除を待たず、三家の危機を救うために、罪と則を撤廃した。

明啓だからこそ、できたことだ。

「俺は、弟の影だった。……帝位も話しあい、喜んで譲ったつもりだ。だが……今は悔いている。なぜ、俺は皇帝になる道を選ばなかったのか……俺が皇帝であったならば、貴女を──」

明啓は、取り乱している。こんな表情を、翠玉は見たことがない。

その動揺は、あっさりとこちらにも伝染した。

「わ、私とて、本気にはしておりません。洪進様はお疲れでしたし……だいたい、私は、琴も笛もいたしません。背も低いですし、夫人の皆様と並べる容姿ではありません。入宮など、まったく考えては──」

「なにを言う。貴女は美しい」

「……え……」

「いや、姿形だけの話をしているわけではない。貴女には知恵があり、勇気がある。貴女のような人と共に歩めたらと、弟も望んだのだろう。俺と同じに──」

「あ……あの……」

ぽかん、と口が開いてしまった。

翠玉自身も、ひどく動揺していたせいで、わけのわからないことを口走った。

だが、この明啓の動揺には及ばない。

「貴女を、弟には渡したくない。他の誰にもだ」

「……明啓様……」

「俺だけを——いや、今……すべき話ではないな。すまない。取り乱した」

動揺している、という自覚は明啓にもあったようだ。くるりと背を向け、「見送りはいらない」と言って、客間を出ていってしまった。

残された翠玉は、口を開けたまま動けずにいる。

(ご自分が皇帝になっていれば、私に貴妃の位を賜れた……と言ったの？)

彼もおかしかったが、自分もおかしい。頬が、ひどく熱い。

翠玉は、足早に寝室に戻った。

(まるで求婚だ)

牀に身を投げ、波だった感情を抑えようと努める。

いったん目を閉じてみたが、浮かぶのは見上げた明啓の顔だけ。

洪進は、翠玉に貴妃の位を約束した。

明啓は、求婚らしき言葉を口にした。

奇しくも同じ日、双子は翠玉にそろって似通ったことを言った。

彼らの顔は、ほとんど変わらない。きっと、声や発音も。

代えがきくように、という明確な意思のもとで育てられたふたりだ。

どちらでもいいのだ。本来は。

どちらでもいい。どちらでも——

（よくない）

ぱちりと目を開け、翠玉は牀から起き上がった。

明啓と洪進は、別の人間だ。

出会ってから、たった数日。だが、翠玉は明啓の人柄に触れた。

生真面目な人だ。優しい人だ。賢明な人だ。

どちらでもいいはずがない。

弟にすべてを託し、自分は死ぬものだ、と諦めていた明啓でさえ変わった。

恋――と仮に呼ぶならば――を自覚した途端に、どちらでもいい、という考えを捨てたのだ。話しあいだけで、弟に皇帝の座を譲るような人が。

翠玉が、明啓に出会って変わったように。

明啓も、翠玉に出会って変わったのだ。

「翠玉様――」

「は、はい！」

突然呼ばれて、翠玉は跳び上がるほど驚く。一穂がそこにいる。

よほどぼんやりしていたらしい。まったく気づかなかった。

「槍峰苑においでの李花様が、至急お越しいただきたいとのことです」

「わかりました。すぐに行きます」

翠玉は、すぐに寝室を出た。後ろに一穂がついてくる。
月はいつの間にか陰っており、まばらな灯篭は心もとない。
北の房から出て、西側にぐるりと回る。
天幕が見えた。だが——暗い。
(昼夜を問わず蟲捜しをする、と聞いていたのに……なにかあったの?)
かすかな灯りは見えるが、作業のできる明るさではないようだ。
「暗い……ですね」
「翠玉様。私が様子を見て参ります。そちらでお待ちを」
一穂も不審に思ったようだ。天幕をめくり、槍峰苑の中へと入っていく。
不安に思いつつ、陰った月を見上げる。
その時、後ろから腕が伸びてきて、布で顔を覆われた。
そこで——翠玉の意識は、ぷつりと途切れる。

第四話　月倉の会

「う……」

荒縄で縛られた身体。猿轡《さるぐつわ》。

既視感を覚える。後宮内での出来事とは到底思えない。――この恐怖。この痛み。

身体に食いこむ縄。

「――おかしかったですか？　嘘の占いに食いついて、化粧を直し、月夜に映えるよう淡い色の袍に着替えて待っていた我らは、さぞ滑稽《こっけい》に見えたでしょうね」

闇の中から――聞き覚えのある声がする。

「……………」

答えようがない。翠玉《すいぎょく》は、口に猿轡をされている。

高い場所にある窓から、ただ一筋、月明りがさすだけの暗い場所だ。

（見覚えが……あぁ、祈《き》護衛《ごえい》の書庫と、造りが同じ……）

おそらく、ここは後宮の南側の建物の中のひとつだ。

箱があちこちに積まれている。倉庫として使われている場所らしい。

（生きてる）

いったん、その事実に安堵する。

だが、絶望的な状況であることは間違いない。安堵は一瞬だった。

「ずいぶんと侮ってくれたものです。――外して」

猿轡が、解かれた。

「……姜《きょう》……夫人……でいらっしゃいますか？」

乱れた呼吸の合間に、翠玉は必死に問う。

返事はなかったが、答えは窓から差す月明かりの下に出た。姜夫人だ。

「陛下に望まれ、翡翠殿《ひすいでん》に来た新しい夫人。——その正体は怪しげな占師。人をバカにするにも程がある。私は、侮られるのが一番嫌いです」

周りにも気配がある。縛られて身動きが取れないが、きっとあの屈強な侍女たちが控えているのだろう。

少し離れた場所で「うぅ」とくぐもった声が聞こえた。

やや、目も暗さに慣れた。音のする方を見れば、李花《りか》が柱に縛られている。

（あ……李花さん！）

その頬は、涙に濡れていた。

ひと通りの尋問は済んでいるのだろう。——尋問したのが姜夫人ならば、李花に隠し事ができるとも思えない。ほとんどすべてを話したと見るべきだ。

「恐れながら——」

「お黙りなさい。質問は私がします」

姜夫人は、キッと鋭くこちらを見た。

「私の目的は、呪詛の解除でございます。貴女様とは利害も一致いたしましょう」

「その手には乗りません。お前の口が達者なのは、よく知っていますから」

冷たい視線が、翠玉を射った。

だが、ここで怯めば脱出は絶望的になる。

「姜夫人。未来のご夫君を救うために、我らは手を尽くしております。呪詛に用いる蟲をひとつ暴きましたが、いまだ呪詛は続いております。なにとぞ、この場はお見逃しくださいませ。必ずや——」

「占いだの、呪詛だのと世迷い事を。お前まで、陛下が双子だと言うつもりですか？バカバカしい！」

やはり、李花は洗いざらい吐いたようだ。

皇帝は双子。即位した弟が呪詛に倒れ、三家の自分たちは呪詛を解くべく、影武者の兄に招かれたのだ、と。

「左様でございます。この件は、姜夫人の胸ひとつにお収めください。二百年の因縁ゆえに、陛下——おふたりは、字まで共有してお育ちになられました。今回の件を伏せておりましたのも、皆様を軽んじたがゆえではございません。加冠も間近。知らせぬ方が、お気持ちの負担になるまい、と兄君はご判断されたのです」

必死に、翠玉は言い募った。

「双子の話はもういい。それで、お前は占いを装い、なにを調べていたのです？」

「呪詛の主でございます。呪詛の主は、この後宮内に存在いたします」

後ろにいた侍女が「なんだと！」「愚弄するか！」といきり立つ。

「まさか、私にまで疑いがかかっていたとでも言うつもりですか？」

「はい。三名の夫人がた。あるいはその身近にいる者が、強く疑われます」

ふん、と姜夫人は鼻で笑った。

「国の要職に就く父を持ち、早期の懐妊を国中から望まれる我々が、なぜ陛下を呪詛せねばならぬのです。実にバカバカしい。――柱に縛って」

姜夫人の指示で、翠玉は李花が縛られた柱の横まで、引きずられた。

「わ、私は、潘《はん》氏の養女を装いましたが、三家のうち江《こう》家の末裔でございます。三家も巻き込まれ、家族の命を狙われたばかりか、廟まで焼かれました！」

「……その、廟が焼かれたという話は本当ですか？　あの娘の、口から出まかせだとばかり……」

姜夫人が、李花を見る。

李花の自白は、大袈裟な嘘だと思われていたらしい。

やや風向きが変わった。翠玉を柱に縛りつけようとしていた、侍女の手も止まる。

ここで、翠玉は自ら膝を折った。

「誓って嘘は申しません。江家も劉《りゅう》家も廟を焼かれ、宝牌は灰と化しました。――しかし、それは言い訳にはなりませぬ。呪詛の主か否かを探るため、姜夫人を欺きましたこと、心よりお詫び申し上げます」

「……もうよい。そちらにも事情があったのはわかりました」

姜夫人が、手で合図した。

翠玉を縛っていた縄が解かれ――ようとしたその時だ。

ぎぃ、と音を立てて、扉が開いた。

「まぁ、まぁ、まぁ！　なんと野蛮なこと！」

のんびりとした声が響く。

「何者です!?」

姜夫人の問いに答えるより早く、その人は月明かりの下に姿を現した。

「さすがは北の蛮族の娘。やり口がいかにも海賊らしいわ」

ほほほ、と笑う口を扇子で隠しているのは、白い袍の周《しゅう》夫人だ。

（あと一息というところだったのに……！）

邪魔が入った。縄は依然、翠玉を縛《いまし》めている。

「まぁ、ごきげんよう、周夫人。このような夜更けに、なんの御用です？」

姜夫人が、剣呑《けんのん》な声で問う。

「ずいぶん騒がしいので、様子を見に参りましたの。ほら、私の言ったとおりだったでしょう？　あの護符を私に譲れば、面白いものが釣れるって」

周夫人は、李花をちらりと見た。

白鴻殿《はっこうでん》に貼り直された護符は、やはり姜夫人から譲られたものだったらしい。

（踊らされていたのね……なんてこと）

護符を確認すべく、李花はまんまと白鴻殿に現れた。攫《さら》うのは簡単だっただろう。

李花は蟲捜しの指揮を執るべく、翡翠殿と槍峰苑《そうほうえん》を行き来していたのだから。

（ふたりは共謀して、私たちを攫った。目的は……報復？）

ごくり、と翠玉は生唾を飲んだ。

「あとは当家の問題。周家の手出しは無用に願います」

「そうはいかないわ。その連中が何者なのか、明らかにせねば」

「三家の末裔の娘。陛下の命を受け、呪詛を解くべくここへ来たそうです」

姜夫人は、ちらりとこちらを見た。

「さっきの話なら聞いていたわ。まさか信じたの？　北の蛮族は単純なのね」

「都の狐《きつね》は疑り深いようですね。罠にかかった鼠は、簡単になんでも吐きますよ」

姜夫人と周夫人の間に、激しい火花が見えるかのようだ。

「それで？　この鼠たちをどうするつもり？」

「鼠の処遇など、どうとでもできます。それより、まずは檜峰苑の作業を再開させるべきでしょう。陛下の危機です。ただ手を拱《こまね》いて待つわけにはいきません」

翠玉は、心の中で喝采《かっさい》を送った。

檜峰苑に人がいなかったのは、姜夫人が蟲捜しを中断させていたかららしい。なんとか、それだけは再開させてもらいたいところである。

「信じるの？　三家というのは、高祖様にたてついた大罪人。どのような嘘をつくか、わかったものじゃないわ。――連れてきて」

周夫人の合図で、扉の向こうから人が入ってきた。

三人いる。端のふたりは衛兵。中央のひとりは、腰を縄で縛られている。

縛られているのは、暗い色の袍を着た女だった。

「三家は、悪です。悪そのもの。族誅も当然。情けをかけて残した血筋も、こうして呪詛をしかけて参りました。忘恩《ぼうおん》の徒。皆殺しにすべきでございます！」

いきなりはじまった罵声には、聞き覚えがある。

――祈護衛の、呂《りょ》衛長だ。

（呂衛長？　なんでここに⁉）

宿舎で謹慎中のはずの呂衛長が、なぜここにいるのかはわからない。

だが、彼女を連れてきたのは周夫人だ。

この場で、三家の翠玉と、祈護衛の衛長とを闘わせるつもりなのだろうか。

呂衛長の姿が見えた。美声に相応しく、凛々しい顔立ちをしている。四十歳よりは手前くらいだろうか。南から来た一族にしては、背が高い。

「聞いた？　祈護衛は、呪詛をかけたのは三家の者だと言ってるわ。この鼠たちは三家の末裔なんでしょう？　ここで始末すれば、呪詛は消えるじゃない」

周夫人は、ぱちりと閉じた扇子の先で、翠玉と李花を示した。

「祈護衛の者の言葉など、私は信じません」

だが、きっぱりと姜夫人は言った。

あまりに毅然としているので、翠玉は心の中で拍手するのを忘れた。

「なんですって？」

「宇《う》国滅亡の折、最後まで三家の軍と対峙していたのは、我が祖の姜将軍でした。呂氏が恩ある三家を裏切り、族誅の憂き目にあわせたこと、姜家にはしかと伝わっていますよ。そのような小者の末裔の言葉など、私は信じません」

膝をついたままだった翠玉は、その場にへたりこんでいた。

（嘘ではなかった……伯父上の言ったことは、本当だったのね）

感涙が、翠玉の頬を濡らす。

敵方の姜家に伝わっている話ならば、きっと嘘ではない。

「ち、違います！　三家は最後まで高祖様に逆らい、宋《そう》家の子孫を呪い殺すと――」

すかさず、呂衛長が反駁《はんばく》を試みる。

だが、姜夫人は「お黙りなさい！」と一喝した。

「三家の当主たちは、忠と礼を知っていました。ただ宇国の関《かん》氏へ忠を貫くため、一切の財産を放棄し、南に去ると宣言していたのです。仕えていた者たちを先に南へ逃した判断を、姜将軍は高く評価しています」

「三家は異形の獣《けだもの》です！」

呂衛長の声は、悲鳴に近い。

「我が先祖が、獣と刃を交えたと言うのですか！」

姜夫人の声にあわせ、侍女たちが棒を構える。

さすがの呂衛長も、言葉を失った。

話が予定どおりに進まず、周夫人の機嫌は急降下している。

「いい加減にしてちょうだい！　先祖の話などどうでもいいわ。とにかく、問題の呪詛は三家がかけたのよね？　そうなんでしょう？」

周夫人に問われ、呂衛長は「はい」と答えた。

「そ、そのとおりでございます。三家は恩を忘れ、恐れ多くも皇帝陛下を呪ったのです。抹殺すべきと我々は陛下には言上《ごんじょう》いたしましたが、残念ながら聞き入れられませんでした。三家の者が誑かしたのでございましょう」

呂衛長の舌は、実になめらかである。

だが、ここで――周夫人が「待って」と呂衛長に近づいた。

「陛下って？　誰のことを言っているの？　呪詛をかけられたのが陛下？　誑かされたのが陛下？」

「え――あ、それは……」

流暢《りゅうちょう》な雑言はどこへやら。呂衛長は、しどろもどろになった。

周夫人は、倉庫の中をうろうろとしだした。

「祈護衛はこの間、庭の前で呪符を燃やしていたじゃない。それと呪いは別の話？　陛下がふたりいるみたいな言い方――ちょっと待って。呪詛をかけられた陛下と、今、政務をされている陛下は、別？　ふたりいるの？　まさか本当に、陛下は双子だなんて……そんなバカな話ってある？」

この時、翠玉は思った。

（勝てる）

呂衛長は、三家の罪を主張するのに夢中になって、口を滑らせた。

秘中の秘を、外部から来た翠玉や李花が口にするのと、後宮の一部署である祈護衛の衛長が口にするのでは重さが違う。前者は戯言《たわごと》。後者は漏洩だ。

「ち、違います。違うのです。三家の者は、後宮全体に呪詛を行うために、呪符を夫人がたの殿と、庭にも貼り——」

「じゃあ、陛下は自分を呪う者を自ら後宮に招いたの？　おかしいじゃない。滅茶苦茶よ。三家の者だって、呪っている相手に招かれて、のこのこと来たりする？」

「呪いは、近い場所でなければ効きませぬ。陛下を騙した三家の者が——」

月明かりだけでは、細かい表情は読み切れない。だが、声からだけでも呂衛長が窮しているのはわかる。

すかさず、翠玉は口を開いた。今こそ、この舌を振るうべき時だ。

「申し上げます。夫人の皆様を疑わざるを得なかったのは、徐《じょ》夫人が五月四日。姜夫人が五日。一日空いて周夫人が七日に入宮されたからです。いずれも、弟君がお倒れになった五月八日の直前。私どもが後宮に招かれたのは、その半月後の五月二十四日でございます」

周夫人は、うろうろと歩き回るのを、ぴたりと止めた。

「……貴女が、一番事情を知っていそうね。話を続けなさい」

扇子をぴしりと翠玉に向け、周夫人が促す。

呂衛長が「黙れ！」と叫んだが、誰もが聞き流した。

「はい。祈護衛が言う三家の呪いとは、高祖様から三十三番めの直系の子孫を、加冠を前に呪殺する、というもの。双子の兄君と弟君は、数え方によってはどちらが三十三番目でもおかしくはない、数奇な運命のもとにお生まれになられました。先帝陛下のご意思で、おふたりは、ひとりの皇太子としてお育ちになられたのでございます」

周夫人の細い眉が、ぐっと寄った。

「では、今、外城でご政務をされているのは……」

「兄君でございます。斉照殿《せいしょうでん》でお休みになられているのが、弟君。おふたりは、よく似ておられ、先帝陛下でさえ見分けがつかなかったとうかがっております」

もう、洗いざらい、すべて話すしかない。

嘘はつけばつくほど、深い沼にはまるもの。嘘に嘘を重ねた祈護衛は、自ら沼に足をとられている。ならばこちらは、真実だけを述べて、沼を超えていくまでだ。

「入宮の日、食事をしたのは？　あれはどちら？　兄君？　弟君？」

「その直後にお倒れになった、弟君でございます。――しかしながら、三家はこの呪詛に一切関わっておりません。祈護衛は頼むに足らず、と看破された兄君が、我らに呪詛の解除をお任せくださったのです。祈護衛は、二百年にわたって宋家の禄《ろく》を食みながら、呪詛を阻めず、除けず、三家に罪を被せてきたのでございます」

そこに呂衛長が叫んだ。

「つ、角が生えております！　三家の末裔は、皆、化物です！」

周夫人が「見苦しい！　お黙り！」と一喝する。

ふ、ふ、とくぐもった声がした。横を見れば、柱に縛られた李花が笑っている。呂衛長の不甲斐なさが、いっそ滑稽だったのだろう。

勝敗は、すでに決した。

呂衛長に一瞥もくれず、翠玉は続けた。

「呪詛を、早急に取り払わねばなりません。どうか、槍峰苑の捜査再開をお許しください。三家の異能は、わずかですが我らに残っております。小さな手がかりを頼りにして、やっと、あと少しというところまで参りました。まずは、呪詛の蟲――呪詛に用いる箱か壺を掘り返し、一刻も早く、少しでも遠くへ送らねばなりません。なにとぞ、なにとぞ――こうしている今も、陛下はお苦しみです。なにとぞ――」

翠玉が頭を下げると、すぐに縄が解かれた。

解放された李花が駆け寄ってきて、ふたりは膝をついたまま抱きあう。

「すまない！　すべて喋ってしまった！　秘中の秘なのに！」

「私たちの立場の弱さは、明啓《めいけい》様もご存じです。決して、問答無用で厳罰を与えるような真似はなさいませんよ」

楽観は半ば。だが、今はそう言って励ますしかない。

「その女を連れていって！　とんだ役立たずじゃないの。恥をかいたわ！」

しっしっ、と周夫人は呂衛長を、手振りで追い払う。

呂衛長は衛兵に、倉庫から連れ出された。まだなにか喚《わめ》いていたが、もう誰も気にはとめなかった。

しん、と倉庫が静かになる。

月明かりだけが差す倉庫に、夫人がふたり。三家の末裔がふたり。

翠玉たちも立ち上がり、微妙な距離を取りつつ、それぞれがそれぞれを見ていた。

「つまり——余計な枝葉を落とすとこういうことですね？　呪詛に倒れた陛下を救うために、その蟲とやらを排除する必要がある、と」

姜夫人が、翠玉に問う。

「はい。根本的な解決のために、呪詛の主を特定せねばなりませんが——」

翠玉は、これまでの経緯をふたりの夫人に説明した。

劉家の護符により、呪詛の蟲の位置が特定されたこと。槍峰苑から、蟲がひとつ発見されたが、解除には至っていないこと。蟲が複数ある可能性もあり、解除の仕方も呪詛の主に聞くのが一番確実だ、というところまで説明した。

そこに李花が「呪詛専門の祈護衛が、思いがけず無能であったので、難航しております」と言葉を添えた。

「どうぞ、お力を貸してくださいませ」

翠玉は、ふたりの夫人に協力を乞うことで話を締めくくった。

「私は――不本意です。鼻持ちならない左僕射の娘に、三家の娘。誇り高い姜家と共闘する相手には、相応しくありません」

と姜夫人が言えば、

「私とて不本意だわ。北の海賊に、南の異能者。まるで見世物小屋じゃないの」

と周夫人が返す。

到底、手を携える雰囲気ではないが、彼女たちを巻きこむしか道はないのだ。最悪でも、口を閉ざす約束だけはほしい。

翠玉は、三人の顔を順に見てから、口を開いた。

「ここで確認させていただきますが――私は身分を偽って後宮に入り、李花は秘中の秘を外に漏らしました。姜夫人は潘氏の娘を拉致監禁。周夫人は拘束中の呂衛長を無断で解放。――つまり、それぞれ、脛《すね》に傷持つ身……ですね？」

三人は、不本意そうにうなずいた。

「いったん、この一連の秘密と、都合の悪い所業は、皆様互いに腹へ収めていただきます。できましたら、廟まで連れていってくださいませ」

今度は、三人がそれぞれ、曖昧にうなずく。

忙しく扇子を動かしていた周夫人が、表情を改めた。

「まぁ、たしかにそうね。姜夫人と私は、長いつきあいになる。場合によっては陛下よりも長く。三家だって、私たちの実家を敵には回したくないでしょう？　他言無用。ここを守ってくれないと、手の貸しようはないわ。あぁ、さっきの話は全部聞いていたから。劉家は入宮を報酬に求めたそうね？　貴女とも、長いつきあいになる」

周夫人の視線に、李花は悪寒でも覚えたのか、腕をさすって「左様でございますね」と抑揚のない声で答えていた。

「他言無用。私も、姜家の名にかけて誓いましょう」

姜夫人も同意した。

周夫人は、翠玉と李花にも「いいわね？」と確認してきた。

「「もちろんです」」

と翠玉と李花は、声をそろえた。

「さしずめ、月倉《げっそう》の会だな」

と李花は辺りを見渡しながら言った。

味も素っ気もない名だが、その殺伐とした名に相応しい顔ぶれではある。

「では、まず蟲捜しの再開を――」

翠玉の言葉が終わるのを待たず、李花が、

「いっそこのまま、呪詛の主を訪ねてはどうだ？　見当はついているのだろう？　疑わしいのは──徐夫人だ」

と言った。

三人の目が同時に注がれ、翠玉は渋い顔になる。

「李花さんが、そう判断された理由は？」

「この荒事の場にいない。なんでも筒抜けの後宮だ。この事態を徐夫人も把握しているだろう。庭の捜索まで行われている今、おとなしければおとなしいほど怪しい」

呪詛の主が、この夜更けに人を攫い、縛り、密談をするとは思えない、と言っているのだ。たしかに、一理ある。

李花は「貴女の推論を聞かせてくれ」と言った。

姜夫人の目も、周夫人の目も、翠玉の意見を求めている。

ここは、いったん推測を述べるしかなさそうだ。

「私も、徐夫人を疑ってはいます。──彼女だけなんです。夫が双子のどちらでも構わない、と思っていない方は」

姜夫人と周夫人が、目を見あわせる。

「徐夫人だけ？　そんなことはない。皆が困るだろう」

李花が言うのに、翠玉は首を横に振った。

「兄君の明啓様と、弟君の洪進《こうしん》様は、ひとりの皇太子として育てられました。──どちらでもいいのです。見分けのつかない容貌。同程度の能力。話し方や、筆跡、楽器の腕。今回、洪進様がお倒れになった翌日から、明啓様は政務を行われていますが、なんら支障は出ていません。どちらも宋家の血も間違いなく継いでいます。帝位でさえ、どちらでも構わないのです」

夫人たちも、皇帝が双子だとはまったく気づいていなかった。李花の自白を聞いても、最初は鼻で笑っていたくらいだ。

さらに翠玉は続けた。

「月倉の会の信頼に甘えて言わせていただきますが、夫人がたも、どちらでも構わないはずです。仮に洪進様が亡くなれば、明啓様がそのまま一生身代わりを務めます。でも、不都合はないでしょう。宋家の男子で、皇帝ですから。縁談の途中で、兄弟のどちらかに相手が変わることは、そう珍しい話でもありません」

姜夫人にとっては、宋家と姜家の血を継ぐ子が大事だ。

周夫人にとっては、自分を皇后位に就ける者であればいい。

どちらでも、構わないはずである。

ふたりの夫人は、さすがに即答を躊躇っていた。

彼女たちとて、皇帝が死んでも構わない、とまでは思っていないだろう。だが、月倉の会のか細い信頼を足がかりにしてか、渋々翠玉の言を認めてうなずいた。

「徐夫人は、ご兄弟のどちらかと面識があるそうです。それも、親しかったご様子。兄君はご存じない、とおっしゃっていました。すると弟君のはずですが……確認できていません。兄君は明啓様、弟君は洪進様、と仮の字をお使いですが、おひとりの時は、啓進《けいしん》、と共有の字を使われている。啓進様、と陛下をお呼びしていましたので、一方だけを知っているのでしょう。徐夫人は、どちらでもいいはずの双子の、どちらでもよくはないと思う人。差のごく少ない双子の、どちらかを強く望む者。――だから私は、徐夫人を疑っています」

三人は、押し黙っている。

「……と、ここまで推測だけを述べましたが、実はこの理屈は簡単に覆るのです」

翠玉は、あっさり「すみません」と三人に謝った。

「なに？　なんだ、長々と説明しておいて」

李花が不満そうにむくれ顔をする。

「逆なんです。徐夫人が洪進様とお知り合いなら、殺すべきは明啓様のはずですよ」

洪進に恋をして、明啓を殺すならばわかる。

だが、逆なのだ。

「逆？　逆……そうだな。たしかに逆だ」

李花は、難しい顔でうなずいた。

「というわけで、私も疑いはしていますが、この説では辻褄《つじつま》があわないのです」

翠玉は、自分の説を引っ込めた。

そこに李花が「待ってくれ」と食い下がる。

「明啓様が、貴女に嘘をついている――という可能性はないのか？」

翠玉は「あり得ないですよ」と苦笑した。

「洪進様の回復を、誰より願われているのは明啓様です。なんで、そんな嘘を？」

「貴女に気があるからだ」

しん――と倉庫の中は静かになった。

翠玉は浅い呼吸を五度繰り返してから、ごくり、と生唾を飲んだ。

（李花さん……なんと恐ろしいことを……）

さすがは、融通がきかぬと自称するだけのことはある。とんでもないところから、石を投げつけられた気分だ。

「……ちょっと待ってください、李花さん。そんなはずは……」

「誰の目にも明らかだ。気づいていないなら、貴女は相当に鈍いぞ」

身体中から、冷や汗やら脂汗やらわからぬものが、どっと出た。

「いえ……なんというか……その……」

「明啓様は、貴女を信頼し、好意も持っている。そんな相手に、少年の頃の淡い恋の話などしたくないに決まっているだろう。貴女だって、面白くないはずだ」

ぱっと頭に浮かんだ光景がある。

離宮など見たことはないが、おおよそ後宮の庭に似た場所。

涼やかな容貌の貴公子と、美しい姫君が出会う。

貴公子が、姫君に花を贈る映像は、心に痛みをもたらし――

「そ、そんなことは……」

そのまま、翠玉の表情に出た。

「ほら、見ろ。好意を持つ相手に、そんな顔はさせたくないはずだ」

やられた。

翠玉は、額を押さえてため息をつく。

「わかりました。逆だと思いましたが、逆ではないかもしれないのですね？」

「そういうことだ。やはり、本人に聞くのが一番早い」

話が、一周して戻ってきた。

徐夫人に、直接尋ねればいい――と李花は言っている。

翠玉は「いけません」と李花を止めた。

「一国の皇帝を呪殺せんとする者です。李花さんが言うのももっともですが、正面から接触するのは危険すぎます」

ここで、姜夫人が一歩前に出る。

「秘密を知る我らが動かず、陛下を見殺しにするつもりですか？　箱だの壺だのと、悠長なことは言っていられません。狙うは大将首ひとつ。本人に聞くのが一番早いに決まっています。——今すぐに」

姜夫人の勇ましさに、翠玉はぎょっとする。

「い、今からですか？」

すると姜夫人は、

「奇襲です。落雷を防ぐ術なし、と言うでしょう？」

と堂々と言い、周夫人は、

「速さは槍に勝る、と言うじゃない。大将首を狙うのに、躊躇いは無用」

ときっぱり言った。

そろったふたりの言葉に、翠玉は感動さえ覚えた。

生まれた時から日陰暮らしの自分には、及ばぬ考えだ。

「わかりました。鼠の知恵と、獅子の知恵は違うようです」

「鼠には鼠の知恵がある。どちらも侮るべきではありません。獅子ばかりが乗った船では、すぐに沈むでしょう。——行きますよ。いったん菫露殿《きんろでん》に戻ります」

姜夫人が先に歩きだし、見送った周夫人がこちらを見る。

「私は、思い人のいる皇帝より、いない皇帝の方がいいわ」

そう言って、周夫人も倉庫を出ていく。

翠玉は、李花と共に夫人たちを追いかける。

「もう夜更けです。どうやって、徐夫人とお話しなさるのです？」

「釣るのです。貴女の得意な方法で」

にこり、と姜夫人は微笑んだ。周夫人は、作戦の見当がついているらしい。涼しい顔をしている。

（頼もしいお方たちだ）

一時はどうなることかと思ったが、なんとか前に進んでいる。戦場に向かう夫人たちの表情は、殿にいる時よりも輝いて見えた。


――かくして。

槍峰苑に、月倉の会の面々は身を潜めている。

（まさか、こんなことになるなんて）

空に大きな月がかかり、深夜にしては、やけに明るい。

天幕で囲われた槍峰苑には、まばらに灯篭の火がともっていた。あちこちが掘り起こされているのは、蟲捜しの途中だからだろう。

（狙うは大将首ひとつ……とは言うけれど……そう簡単に事が運ぶのだろうか）

――姜夫人が、皇帝からの誘いを装い、文を書いた。

嘘の手紙でおびき寄せ、取り囲んで尋問する――というのが姜夫人の作戦である。

徐夫人は、とうに眠っている時間のはずだ。手紙は宿直《とのい》の女官にでも渡したのだろうが、必ず来るとも限らない。

どれほどの時間が経ったろうか。

虫の声に、さらさら、と衣ずれの音が交ざった。

（――来た）

岩の上に下ろしていた腰が、浮きそうになる。

ひそやかな声が、聞こえてきた。

「――啓進様？」

徐夫人の声だ。

絹のような、柔らかな声。

「啓進様？　私です。呉娘《ごじょう》です」

呉娘、というのが、徐夫人が養女に入る以前の通称だったようだ。

囁く声の優しさに、ちくり、と胸が痛んだ。

徐夫人の指に巻いた、糸の彩りが脳裏に蘇る。

キラキラと輝く、美しい紅色。

彼女はあれほど純粋な恋を、明啓との間に育んだのだろうか？

（……今は、そんな場合じゃないのに）

嫉妬に悶々《もんもん》となど、もっと暇な時にするべきだ。

雑念を振り払おうと努めるが、人の心とはままならぬもの。勝手な想像をするだけで、どす黒い嫉妬が次から次へと湧いてくる。

衣ずれの音はひとつきり。女官もつけず、ひとりで来たらしい。

木の陰から――姿が見えた。

きらり、と大きな花の飾りが、月明かりを優しく弾く。

いつもの紅色ではない。夜目にはほぼ白に見える淡い色の袍。月明かりに映えるよう選ばれた装いなのだろう。

ここで、ピッと短く指笛を吹いたのは、姜夫人だった。身を潜めていた、姜夫人の侍女たちがサッと立ち上がる。

徐夫人は、びくりと身体を震わせ、素早く辺りを見回して「なんなの？」という立ちを声に示した。

「ごきげんよう、徐夫人。ご足労いただきましたね」

姜夫人が立ち上がり、木の陰から姿を現す。

月倉の会一同と、侍女たちも続いた。

「……ごきげんよう」

徐夫人は会釈せず、姜夫人、周夫人、それから、翠玉と李花を順に見た。

「こうして、今いる後宮の夫人が、四人全員そろうのははじめてです。少し、お喋りでもいたしませんか？」

にこやかに姜夫人は、徐夫人に話しかける。

徐夫人の目線の向かう先が、翠玉と、李花に絞られた。

翠玉が着ている翡翠の袍と、李花の着ている空色の袍。月明かりの下では、色の違いを見分けるのは難しいだろう。

だが、徐夫人の目は、まっすぐに翠玉を射た。

「はじめまして。貴女が潘夫人ね。……本当に？」

華やいだ声を、徐夫人は上げた。

なんと答えたものか、翠玉は戸惑う。

もちろん、本当か嘘かと問われれば、嘘だ、と答えるのが正しい。

「はじめまして」

だが、この場合は答えないのが正解だろう。翠玉は、膝を曲げて会釈をした。

槍峰苑の中央にある、円の形の石畳に四人が集まる。

全員が華やかな袍で着飾ってはいるが、ここは戦場だ。

張りつめた空気が、ピリピリと頬を刺す。

「──勝ったつもりですか？」

穏やかな笑みをたたえた徐夫人が、実に和やかな調子で言った。

その態度が、推測を確信に変えさせる。

（やはり、呪詛の主は徐夫人だ）

恐らくは、翠玉だけでなく、この場の全員がそう思ったはずだ。

「逃げ場はありませんよ？」

姜夫人は、さらに一歩前に出た。

同時に、姜夫人の侍女たちも、じり、と前に出る。

「この程度で勝ったとお思い？　甘いのね」

ふふ、と徐夫人は笑む。

「貴女は呪詛を行ったのでしょう？　陛下を殺すために」

いきなり、姜夫人が核心に迫る。

緊張のあまり、翠玉の拳にも力が入った。

しかし、徐夫人は怯む様子がない。

「呪詛？　まさか。恐ろしい呪詛を行ったのは三家だ、と祈護衛の者が言っていたではありませんか。おぞましい呪符も、祈護衛が焼いてくれましたわ。片づいたはずではなくて？」

「この場で白《しら》を切る度胸は認めますが、こちらをあまり侮らぬことです。――そなたは陛下が邪魔なのでしょう？　思う相手と添うために、陛下を呪詛で殺そうとしたのですね？」

姜夫人が、さらに踏みこんだ。

徐夫人の朗らかな口元の笑みが、スッと消える。

「――……」

なめらかだった舌も、いったん止まっていた。

しばし、虫の声だけが辺りに響く。そして――

「徐夫人。取引を――なさいません？」

姜夫人が、ゆったりとした口調で言った。ぎょっとして、翠玉は姜夫人を見る。

(取引？　そんな話に、いつの間になっていたの？)

打ち合わせにはなかった流れだ。徐夫人を罠にかけ、自白に追いこむ、としか聞いていない。

「……取引、ですって？」

徐夫人の眉間に、深いシワが寄った。

「えぇ、取引を。呪詛の件は、我々の胸ひとつに収めます。一切口外せぬと誓いましょう。ですから、今すぐ呪詛を解いてくださいな」

この取引は、姜夫人の独断だ。

（それでいいの？　いえ、いいわけがない。皇帝への呪詛を不問にするなんて）

ちらりと李花を見れば、やはりハラハラしている様子だ。勝手なことをされては、このあとがやりづらい。

「バカバカしい。成立しません。私に、益がありませんもの」

姜夫人の提案を、徐夫人は鼻で笑ってはね除けた。

くらくらと目眩がしてくる。

理解ができない。益があろうとなかろうと、縊り殺さんとする手の力を緩めるのに、理由はいらないはずだ。

取引を蹴られても、姜夫人は諦めなかった。

「宋家の後継者は少ない。先帝の時代からわかっていたでしょう？　陛下にご兄弟がいるのなら、王として新たに門を構えていただく方が益になるはずです。呪詛を解くだけでいい。貴女も地位を失わない。悪い取引ではないでしょう？」

姜夫人が言えば、徐夫人は、

「新たな王が門を構えれば、貴女がいずれ産む子の帝位も遠くなるわよ？　ねぇ、姜夫人。私と――取引をいたしません？」

歌うように言った。その口元には、すでに笑みが戻っている。

今度は、姜夫人の眉がぐっと寄った。

「取引などしません！　呪詛を解かぬならば――」

語気の強い姜夫人の言を、手をスッと上げて徐夫人は遮った。

「呪詛は、祈護衛の自作自演……ということでいかが？」

にぃっと徐夫人の唇が、三日月の形になった。

（風向きが、変わっている）

ぞくっと翠玉の背筋が凍った。

今、この場の流れを主導しているのは、間違いなく徐夫人だ。

「……筋書きは？　どうするのです？」

「こうしましょう。祈護衛は、功を焦ったのです。ありもしない二百年の呪いから宋家を守っても、功としては地味。そこで狂言として呪詛を行い、三家の呪いだ、と派手に騒ぎ立てた。とはいえ、無関係の三家が申し開きなどしては都合が悪い。それゆえ、皆殺しにせよ、と声高に叫んだ――という流れでいかがです？」

「甘い。それでは三家が絶えたのちも、呪詛が続くことになります。その矛盾はどう説明するつもりです？」

姜夫人は、いら立ちを細い眉に示している。

「新たな呪いを自ら生み出し、これを三家の怨念と断じて、次の二百年も禄を食もうとした……とでもしましょうか。狡猾《こうかつ》な呂氏らしい動機ではございません？」

徐夫人の筋書きに、姜夫人は一定の満足をしたらしい。深かった眉間のシワは、もう消え、ゆったりとうなずいている。

「筋書きはわかりました。そちらの要求も聞きましょう」

姜夫人にうながされた徐夫人は、実家から送られてきた菓子の話をした時と、変わらぬ華やかさで笑んだ。

「目を瞑ってくだされば、それで結構。あと数日ではじまる新たな日常を、黙って受け入れればいい。本音を言えば、啓進様には私だけを見ていただきたいわ。貴女たちだって消したいのだけれど――あぁ、忘れないでね。人を殺すのは簡単。どうせ消したところで、替えの女が入ってくるだけだから、殺さないであげるけど。でも、うるさい女は嫌いよ。これ以上ごちゃごちゃ言うなら、端から順に殺す」

姜夫人の表情に、明らかな動揺が走る。

動揺したのは、翠玉も同じだ。

（……できるの？　簡単に、人を殺せる？）

呪詛は、簡単なものではない。小さな雑言でさえ、安易に吐けば我が身に返るものだというのに。

人を呪い殺して、呪詛の主が無傷なはずはないのだ。

（嘘だ）

嘘――のはずだ。人の為すこととは、到底思えない。

姜夫人は、いったん動揺を収めて、

「そのような真似、できるはずがありません」

と言い切った。

だが、徐夫人の笑みは崩れない。

「できるわ。望めば、そのとおりに。正しく呪えば、誰でも殺せますの。そう難しくはないのだけれど――私にしかできない。私だけ。母もできたけれど、もう死んでしまったから。今できるのは私だけ」

朗らかに、徐夫人は言った。

望めば、望んだとおり。

そう難しくはないけれど、自分にしかできない。

――占いは、容易い。

糸を結び、撫でるだけでいいからだ。

人には見えない気の色が、見える。翠玉にだけは容易かった。

（人にできぬことができる。自分以外は、親だけが――）

翠玉には、わかった。

「異能……」

その不思議な能力を、人は異能と呼ぶのだ。

徐夫人が、翠玉を見た。

「まぁ、よくご存じね。たしかに、人はそう呼ぶわ」

ざわっと全身の肌が総毛立つ。

「もしや――陶《とう》家の……貴女は、陶家の末裔ですか？」

「そうよ。最後の生き残り」

裁定者の占術。守護者の護符。そして――執行者の呪殺。

陶家の異能は、人を殺し得る。

もう、簡単に殺せる、と言った徐夫人の言葉を疑う理由はなかった。

言葉が、いったん途切れた。そのすぐあとに、

「――私、下りますわ。この件から手を引きます」

周夫人が、両手を軽く挙げて言った。

「え？」

姜夫人が、隣にいた周夫人の方を見る。

挙げた両手を下ろし、周夫人は肩をすくめた。

「祈護衛にすべての罪を被せて、終わりにしましょう。たしかに宋家の皇族の男子は多い方がいいけれど、我が身と、恩ある周家を危険に晒してまで止める理由はない。下りるわ、私」

ひらひらと周夫人は扇子を振り、一歩下がった。

（……まずい）

ちらり、と祈りをこめて姜夫人を見る。

だが、いったん崩れた陣形を立て直すのは難しい。姜夫人も、一歩下がった。

「こちらは石礫《いしつぶて》。そちらは毒矢《どくや》。ここは撤退が上策ですね。徐夫人、ひとつ確認させてください。私は、私に流れる血ほど尊いものはないと思っています。もし私が先に懐妊したとして、その子を呪殺するような真似をするならば――」

「いたしません。お約束します。私とて、人を殺す手段が、呪詛以外にあることは存じております もの。毒でも盛られてはたまりません。殺されぬために殺さぬ――というところでいかがかしら？」

徐夫人の提案に、姜夫人と、周夫人がうなずく。

互いに、不干渉を貫く――ということで話はついたらしい。

ふたりの夫人は、そろってくるりと背を向けた。

すると、残るのは翠玉と李花だけになる。

（そんな……まさか、夫人たちが洪進様を見捨てるなんて……）

利害が完全に一致するのは我らだけだ——と言った明啓の言葉が、ひどく重く思い出される。

はっきりと、翠玉は命の危機を感じた。

ふたりの夫人は、去り際に、

「そこにいるのは、江家と劉家の末裔です」

「煮るなり焼くなり、ご自由にどうぞ」

と順に言って、天幕の向こうに消えていった。

裏切られた上に、とどめまで刺され——庭には、三人だけ。

冷や汗が、頬を伝う。

「あぁ、そういうこと。おかしいと思ったわ。私の呪詛が効いてるはずなのに、歩いて、立って、平気な顔で喋ってるんですもの。潘夫人の偽者かと疑ったけれど……三家の者だったのね。それじゃあ効くはずがないわ。あれだけ念入りに脅したら、尻尾を巻いて逃げるかと思ったのに。わざわざ戻るなんて、バカなの？　バカなのね！」

ほほほ、と徐夫人は愉快そうに笑った。

先ほど顔をあわせた時、「本当に？」と確認されたのは、呪ったはずの翠玉が、無傷でいるのを不思議に思ったからだったようだ。

「李花さん」

「なんだ？」

お互いに、徐夫人から目を離さずに、喋っている。

さながら猛禽《もうきん》を前にした鼠だ。目をそらしたが最後、殺されそうだ。

「すみません。忘れてましたが、私、陛下と同じ呪詛をかけられてるんです」

「忘れるようなことではないだろう！」

「状況が状況で。なにせ縛られていましたし」

「……ぴんぴんしてるぞ」

「三家の者ですから」

「あぁ、そうか。……本当に効かないのだな」

じり、と徐夫人が近づいてくる。

嬉しそうに目を細め、ふふ、と笑いながら。

「蟲の埋まる槍峰苑で、三家の末裔が勢ぞろい。歴史的な再会ですわね」

徐夫人が近づいたのと同じだけ、ふたりは後ずさった。

「……徐夫人、よしましょう。祈護衛の自作自演で通せば、彼らは本当に殺されてしまいます」

翠玉は、震える声で訴えた。

祈護衛だけではない。呂氏の一族の多くが、命を奪われてしまう。

恐ろしい企みだ。

しかし、徐夫人は笑顔のまま、朗らかに笑んでいる。

「あら。だって、腹が立つでしょう？　憎いでしょう？　入宮した日に聞いたのよ。斉照殿で食事をした帰りに。女官たちが話していたわ。調べさせたら、本当だった。二百年続く三家の呪いなんて話を、皆が本気にしてたの。祈護衛の連中は、私たちが飢えている時に、くだらない嘘をついてなに不自由なく暮らしてた。ひどい話よ。でも、もう終わり。呪詛が連中の仕業ってことになれば、族誅は間違いない。生き残った連中も、これから二百年、忌み嫌われ、飢え、蔑まれればいい」

徐夫人は目を細めて「いい気味よ」と明るくつけ足した。

生憎と、族誅をいい気味だと思える神経は持ちあわせていない。翠玉は、キッと徐夫人をにらんだ。

「呂氏は、異能を持っていません。呪詛などしようがないのです。無茶な理屈は破綻しますよ。すぐに呪詛を解いて――」

「あぁ、大丈夫。祈護衛をさっさと始末して、呪詛が成就したら、真犯人は異能の者たちだった、と明らかにするから。話がすっきりまとまるでしょう？　邪魔な貴女たちも消せるし、めでたし、めでたしね」

とても愉快そうに、ふふふ、と徐夫人は笑った。

そして――いきなり、絹を裂くような悲鳴を上げた。

「きゃあああ！　誰か！　誰か来て！」

衛兵の足音が聞こえてくる。

ふたりが衛兵に囲まれたのは、その直後である。

そして行きついた場所は――牢であった。


かくして――ふたりは、牢の中で身を寄せあっている。

牀をふたつ繋げた程度の、狭い牢。内城の門を出て、ややしばらく歩いてたどりついた。皇帝の居城の一部とは思えない場所だ。月の光も、小さな窓からはほとんど差しこまない。

「月倉の会は、儚かったな」

ぽつり、と李花が呟いた。

結成から、わずか二刻で解散。実に儚い会であった。

「石礫と毒矢では、まぁ、敵いませんよ。こちらに利があるとわかれば、また味方してくれるでしょう。……そんな機会があればの話ですが」

勝機を逃さず果敢に攻めこみ、時に老獪《ろうかい》な罠さえ仕掛ける。それでいて、己が傷つくとわかれば執着せずに去る。まさに獅子の知恵だ。

おろおろするばかりで、最後は罠にかかった自分たちは、やはり鼠であった。

はぁ、とそろってため息をつく。

「しかし、まさかこんな牢に入れられるとはな。明啓様さえ気づいてくだされば、すぐにも出してもらえるだろうが……」

この徐夫人の筋書きが通れば、まず祈護衛が処刑され、最終的には自分たちも処刑されるだろう。

だが、さすがにそれはない――はずだ。

徐夫人がいかに陰謀を巡らそうと、一夫人にできることはそう多くはない。

そちらが徐氏なら、こちらは潘氏。それぞれ後ろを守る家がある。簡単に首を取られるとは思っていない。

「潘夫人とその侍女だとわかれば、すぐに解放されるでしょう。仮に牢に入れられるにせよ、罪を犯した妃嬪の行先は冷宮《れいぐう》のはずですから」

冷宮がどんなところだか知らないが、少なくとも、かび臭い牢ではないだろう。

ケホ、ケホ、と咳の音がする。隣の牢に、人がいたようだ。

「――そう簡単にはいかないぞ。ここは内城と外城の狭間《はざま》だ」

近い場所で聞こえた声を、翠玉は知っている。祈護衛の呂衛長だ。仇敵《きゅうてき》とも呼ぶべき人と、薄い壁をはさんだ背中あわせの位置にいるらしい。

「呂衛長……？　どうして牢にいるのです？」

翠玉は、ひどく驚いた。彼らは、宿舎で謹慎中のはずだ。

「あの倉庫から、まっすぐここに入れられた。私だけではない。衛官全員だ。……お前たちこそ、占師のふりの次は、夫人のふり。やっと化けの皮がはがれて、今度は囚人か。やっと身分相応になったな」

ふん、と呂衛長が鼻で笑う。

「なんの罪です？　まさか、陛下を呪詛した罪ですか？」

「あぁ、そうだ」

もう徐夫人が手を回したというのだろうか。

なんとも手際がいい。翠玉は、はぁ、とため息をついた。

「呪詛は、祈護衛の自作自演。徐夫人は、そういう筋書きで進めるそうです」

深いため息が、壁の向こうから聞こえる。

「わかっている。まさか、こんなことになろうとは……」

呂衛長の声には、深い疲労がにじんでいた。

徐夫人の名を聞いても、呂衛長は驚かなかった。すでに、呪詛の主として、目星をつけていたのかもしれない。

(誰のせいで、こんな騒ぎになったと思っているの!?)

翠玉の眦は、キッと上がった。

「祈護衛が三家皆殺しなどと言いださなければ、こんな事態にはなりませんでした。先帝陛下の頃には、信頼も厚かったのでしょう? 明啓様と洪進様がお生まれになった時など、後宮の建物や庭の改名まで任されていたではありませんか」

「なぜそれを……」

「書庫から、資料をお借りしました。気になっていたんです。北方出身の宋家の居城の庭に、なぜ南方の神話に由来した——庭の雰囲気とかけ離れた名がついてるのか」

チッと呂衛長が舌打ちする。

「先帝陛下は我らを厚く信用してくださった。にもかかわらず……先帝陛下の崩御直後に、呪詛は発動したのだ。起こると思うか? 二百年越しの呪詛など」

「起きるわけないじゃないですか。そもそもでっち上げなんですから」

ぶっきらぼうに、翠玉は答えた。

祈護衛にも、三家の呪いなど存在しない、という認識はあったらしい。それが、また腹立たしいところだ。

「三家以外に呪詛などできない。不可能だ。……異能のない我らに太刀打ちなどできん。すべて殺すのが、唯一の道だった」

三家皆殺し——などという、どの資料にも書かれていなかった方針は、呂衛長の独断であったようだ。

（彼らは、最初から真実に迫っていたのね）

誰その入れ知恵でもあったのではないか、と思ったのだが、違ったらしい。

「それで、我々を襲って殺そうとしたんですね」

「捜していたのは陶家の者だ。呪詛は、執行者にしか為し得ない。呂家の本家に依頼し、江家と劉家から情報を集めるつもりだった。殺すために襲ったのではない」

「家の裏から、武装した人たちに侵入されましたけれど」

翠玉は、苦笑した。情報を集めるのが目的ならば、裏の窓から侵入する必要はないだろう。剣も不要だ。

また、チッと呂衛長が舌打ちをした。

「違う。江家と劉家を訪ねようとした呂家の者が尾行されていた。賊は我らと別口だ。我らが三家皆殺しを提案したのは事実だが、なんの情報も得ずに殺す理由がない。結局なにもわからぬまま、明啓様の信頼も失い、最後はこの様だ」

早い段階で核心に迫りながら、行きついた場所が牢というのもやり切れない話だ。

「劉家の護符を、後宮の真ん中で焼いたのがまずかったのでは？」

「……三家などに手柄を取られてたまるか。執行者を殺し、洪進様を呪詛からお助けするのは、我々であるべきだ」

聞き取るのがやっとというほどの小さな声で、呂衛長は言った。

「手柄？……呆れた。それどころではないでしょう」

「貴様らも、手柄欲しさにのこのこ後宮まで来たのだろう」

「それは……」

罪と則の撤廃を求め、手柄に飢えていたのは事実である。

翠玉も「たしかに、そうですね」とぽそりと答えた。

「こちらも、浄身にさせるために、一族の多くを失っている。過酷な処置だ。簡単に死んでいく。……私の息子もひとり死んだ。兄もだ。二百年の呪詛を前に、手柄も得られぬまま放逐されては、犠牲になった者に申し訳がたたない。先帝陛下のお気持ちに応えるためにも、我らの手で洪進様をお守りしたかった」

呂家には呂家の、理屈があった。本人に聞けば理解はできる。――納得などはできないが。

「三家の廟を焼いたのは、祈護衛ですか？」

「まさか。三家に呪われては困る。――陶家の脅しではないのか？　裁定者と守護者に、邪魔をされたくなかったのだろう」

呂衛長の推測は、翠玉のものとも一致している。

先ほど徐夫人は、念入りに脅した、と自ら言っていた。実家の力を借りたのかもしれないが、なんにせよ、彼女の意思ではあったのだろう。

「そうですね。……実際、我々は徐夫人の邪魔をしています」

「しかし、それらの罪をまとめて我らに被せるとは……二百年前の怨みを、陶家に返されたわけだ。因果なものだな」

ふっと呂衛長が苦く笑った。

三家を裏切り、我が身を保った呂家。

その呂家が、今、陶家に罪を着せられようとしている。

因果は巡っている、と感慨にふける気持ちも、わからないでもない。

だが――それとこれとは話が違う。

「冗談ではありませんよ。罪は罪。冤罪は冤罪です」

呂衛長には呂衛長の理屈があった。

徐夫人には徐夫人の理屈があった。

理屈に従って犯した罪はその人のものであり、他の誰かが担うべきものではない。

まして二百年前の因果など、知ったことではなかった。

「手遅れだ。ここは狭間だと言っただろう？　この牢は、内城の目に触れぬ場所にある。外城の裁きも受けられん。死罪が内々に確定した囚人を入れる牢だ」

「え――」

サッと血の気が引く。

「先ほど、刑部尚書――徐夫人の養父君《ちち》がお見えになった。……まさか、陶家の末裔が、徐家の養女になっていたとは。まったく足取りがつかめなかったわけだ」

「それで、刑部尚書はなんと？」

「祈護衛がすべての罪を被れば、族誅だけは免じてやるそうだ。祈護衛だけならば、死ぬのは二十一人。族誅となれば百人を軽く超える。比べるまでもない」

呂衛長の言葉が引き金になったのか、しくしくとすすり泣く声が聞こえてきた。

声はひとつではなく、あちこちから聞こえてくる。すぐ隣の牢以外にも、祈護衛の衛官が捕らえられているようだ。

「信じたんですか……？」

「信じるわけがないだろう。だが、賭けるしかない」

皇帝への呪詛は大罪だ。族誅は免れない。養女の暴挙から一族を守るため、徐家は他家に罪をなすりつけようとしているのだ。

徐家の刃は、呂家だけでなく、江家にも迫っている。

（いえ、まだわからない。私たちを処刑するにしても、呪詛の成就を待つはず）

徐夫人が欲しいのは、罪をなすりつける相手だ。
まず呂家。次に、江家と劉家。順番に罪を着せ、殺す気でいる。
呂家の処刑は早いだろう。だが、翠玉たちの処刑は洪進の死ののちになるはずだ。
（明啓様。どうか、気づいて――助けて――どうか――）
翠玉は、手をあわせて祈った。
明啓ならば、きっと助けてくれる。きっと。
――すすり泣く声が聞こえる。
この嘆きは、今は彼らのものだが、いずれ自分たちのものになる。
李花は、翠玉の手をぎゅっと握った。
「明啓様は、決して我らを見捨てはしない。信じて待とう」
「……はい」
しかし、心細さはいかんともし難い。
（あの時――廟を焼かれた時に、黙って引き下がっていれば――）
後悔が、ちらりとよぎる。
（いえ、違う。あの時、怯まず進んだからこそ、見えるようになったものがある）
かすかな後悔を、翠玉は振り払った。
もう一度、徐夫人の前に立ちたい。そのためには、まずこの牢を出る必要がある。

強く拳を握った拍子に、ぐぅ、と腹が鳴った。

つられたのか、李花の腹まで鳴っている。

「腹が減ったな」

「後宮で、空腹に耐える羽目になるとは思いませんでした」

頭の中に、卓いっぱいに並ぶ皿が蘇る。冷めても香り豊かな羹。とろける豚肉。香ばしい鶏肉。餡のたっぷりかかった白菜。

(お腹が空いた……)

昨夜は斉照殿に呼ばれていたので、夕食はほとんど喉を通らなかった。緊張続きで忘れていたが、腹はすっかり減っている。

ガタガタと、扉の向こうで音がした。

(食事?――いえ、さすがに早すぎる)

見上げた窓の向こうは、まだ暗い。

牢は横にいくつか並んでいるようだ。扉は、細い廊下の向こうにひとつだけ。

檻の中で、翠玉と李花は両手を握りあい、恐怖に耐えた。

がらりと扉が開き、兵士が数人入ってくる。

「出すのは手前の三つだ。間違えるなよ！　一番奥にいるふたりは残しておけ」

ヒッと喉が鳴った。

ここの牢は、死刑が決まった囚人が入る場所だという。出される時は――執行の時しかない。

(早すぎる)

夜に牢に入れられ、夜明けを待たずに執行するなど、あまりに早い。早すぎる。

牢のあちこちで、祈護衛の衛官たちの悲鳴が響く。

いずれ明啓の助けが来る――と信じたかったが、こう早くては、間にあわない。

「縛れ。猿轡も噛ませておけよ。うるさくて敵わん」

廊下ばかりか、牢も狭い。

ひとりひとりを縛り、猿轡を噛ませるには時間がいりそうだ。

「ま、待ってください。今すぐに刑を執行するのですか？」

牢の近くにいる兵士に問えば、兵士は「そうだ」と答えた。

「上からのお達しでな。二暁《にぎょう》の刻に、城外で執行だ。皇族への呪詛は大罪だからな。おそらく、車裂きだろう」

車裂きとは、縄で馬車に四肢を繋ぎ、身体を引き裂く酷い刑だ。

恐怖に、悲鳴がこぼれそうになる。他の牢から、か細い悲鳴が次々と上がった。

「裁きを受けさせてください。私は……潘家から参りました。潘翠玉です」

「聞いてるよ。潘家から来た夫人だと思いこんだ、気の毒な女官なんだろ？」

「違います！　調べていただければ、必ずわかるはずです」
「アンタらは後回し。六月九日の執行だ。楽しみに待ってろ」
六月九日は、明啓と洪進の加冠の日の翌日だ。
やはり洪進を呪詛で殺したあと、翠玉たちにその罪を着せるつもりらしい。
（本当に、徐夫人の筋書きどおりに進んでいる……）
悲鳴は、少しずつ数が減っていく。
代わりに聞こえるのは、くぐもった声だけだ。
――憎いでしょう？
徐夫人の言葉が、耳に蘇る。
――いい気味よ。
祈護衛が、憎くないわけがない。
三家への抑圧と、二百年の貧困は、呂家がもたらした。
竹簡に書かれた文章や、彼らが発した言葉も、翠玉の心を深く傷つけた。
憎い。腹が立つ。どんな目にあおうと自業自得。
そう思わないと言えば、嘘になる。
しかし、呪詛は彼らの罪ではないのだ。
見殺しにはできなかった。

（外に出なければ！）

ここで――翠玉は、大きな賭けに出た。

「呪詛をかけたのは、私です！」

しん、と牢の声も静かになる。

もちろん、大嘘だ。真実の欠片《かけら》もない。だが、翠玉はどうあっても、牢の外に出る必要があった。

再び、徐夫人と対峙したい。

「なんだと？」

「呪詛をかけたのは、私です。三家の――裁定者たる江家の末裔。江翠玉。呪詛は、かけた者にしか解けません。私にしか、解けぬのです」

兵士が、ざわつきだした。

そのうちひとりが、他の兵士たちに「落ち着け！」と怒鳴った。

「我らは命令を実行するだけだ。――手を止めるな！」

準備を急がせる兵士に、翠玉はなおも言い募った。

「私の処刑は、六月九日。それまでに、罪を悔い、すべての呪詛を解いてから刑を受けとうございます。ただいま後宮の双蝶苑《そうちょうえん》、百華苑《ひゃっかえん》、槍峰苑に天幕が張られておりますのは、呪詛の捜索のため。どうぞ、ご確認ください」

兵士たちの動揺は広がっていく。

「……たしかか?」

目の前の兵士が、そう問うた。

この隙を逃す翠玉ではない。すかさず袖で涙を押さえる仕草をする。

「はい。陛下のお気持ちを求めるあまり、愚かにも陛下ばかりか三名の夫人全員を、呪ってしまいました。どうぞ、私を槍峰苑までお連れください。そして、夫人がたにもご同席いただきたいのです。その場で、呪詛を解かせていただきます」

「い、いや、それはできん。上からの命令だ」

涙を押さえつつ、翠玉はちらりと兵士の顔を見た。

拒否はしたものの、兵士の顔には明らかな動揺が浮かんでいる。

「刑部尚書様のご息女、徐夫人の身も危ういのです。——それに、二暁の執行を妨げはいたしません。私どもの処刑も予定どおり。命令に背かず、それでいて刑部尚書様のご息女も護れます。一石をもって二鳥を落とすというものでございましょう」

「その話、アンタになんの益があるんだ」

「車裂きより、多少は楽な道もあろうかと。運がよければ冷宮送りで済むやもしれません。あぁ、私の素性にお疑いも残りましょう。翡翠殿の庭に、昨日、八重の芍薬が植えられました。まだ咲き初めたばかりの淡い朱鷺色でございます。陛下がご用意くだったものです」

どけろ、と兵士たちの間を縫って、近づいてきた者がいる。

ただの兵士ではない。身なりから察して、責任ある立場のようだ。

「……よし、その女ひとりだけ出せ！　祈護衛の連中の、車裂きの準備は予定どおり進めておけよ。処刑は命令どおり、二暁に執行だ！」

涙ぐんで狼狽える李花に「行ってきます」と声をかけ、立ち上がる。

牢から出ると、まだ隣の牢にいる呂衛長と目があった。

「バカな真似を！　私が……祈護衛が憎いのだろう！　なぜだ！」

正直なところ、賢明な作戦だとは思っていない。だが、それしか道がなかった。

「損な性分なんですよ。……間にあわなくても、怨まないでくださいね」

それだけ言って、翠玉は振り返ることなく扉へと向かった。


外に出れば、うっすらと空が明るい。

内城の門で、翠玉は内城の衛兵に引き渡された。

「この女が、後宮に呪詛をかけたと言っているんだ。夫人だと思いこんでる女官だって話だったんだが……とにかく、本当なら大変なことになる。急いでくれ」

外城の兵士よりも、内城の衛兵の方が呪詛、という言葉に敏感だった。説明を聞くと、衛兵は顔色を変えた。すぐに夫人たちを呼びに走っていく。

翠玉は腰を縄で縛られたまま、内城の石畳を再び踏んだ。

見上げれば、山吹色の瓦が、ただ静かに美しい。

(やっと、戻ってこられた)

狭間の牢から後宮へ。危険な賭けだったが、翠玉はなんとか機を得た。

呪詛を解く、と称して徐夫人に近づき、蟲の在処を賽の目で示させる——というのが、翠玉の作戦だ。

さすがの徐夫人も、目の前で呪詛の在処を明らかにされれば観念するだろう。

ただ、ひとつ問題がある。まだ夜が明けていないのだ。

(今、四神賽《ししんさい》を振れば——代償を払うことになる)

北へ向かって歩きながら、翠玉は苦悩し続けている。

代償を払えば、人でなくなる——と伯父は言った。

四神賽を使えるのは、一日に一度。

江家の一日の区切りは、日が地平から完全に出た瞬間にある。すでに日付は変わったが、江家の占術において、まだ一日は終わっていない。

昨日の二宵の刻に桜簾堂《おうれんどう》に呼ばれた翠玉は、洪進の前で四神賽を振っている。つまり、日が昇る前に賽を振るには、代償がいるのだ。

（私が人でなくなるのと、二十一人の処刑。秤にかける方がおかしいのだろうか）

一暁の刻は、日がわずかに頭を出した時にはじまる。

刑は二暁に執行される。内城の門から、南大門《なんだいもん》までは一刻近くかかるはずだ。刑場は南大門の近くにあるとはいえ、日の出を待って賽を振ったのでは、執行を止められない。

（人でなくなる……）

心をなくすのか。形をなくすのか。

なにをもって、人と呼ぶのかさえ、わからなくなる。

急がねば。だが、怖い。

胸に嵐を抱えたまま、ひたすらに足を動かし続けた。足首は痛んだが、人の命がかかっている。耐えるしかなかった。

万緑殿《ばんりょくでん》の横を過ぎ、檜峰殿の天幕が見えた。

天幕の中に入り、中央の円状の石畳の上に立つ。

衛兵たちと自分の他、人の気配はなかった。

（さすがに、夫人がたは来てくださらないだろうか……）

だが、今この後宮内において、呪詛は大きな関心事のはず。ひとり来れば、ふたり来る。ふたり来れば、全員がそろうだろう。ついでに翡翠殿の潘夫人が不在とわかれば、衛兵も翠玉の言葉を信じるかもしれない。

(姜夫人か、周夫人が動いてくれれば……)

目の端に映る白い牡丹の花弁は、ぼんやりと明るい。もう薄明の頃だ。

——しゃらん、と鈴の音が聞こえてくる。

(あ……来た!)

あれは、後宮に住まう妃嬪の存在を知らせる鈴だ。

さらさら、と衣ずれの音が重なる。

天幕が上がり、最初に現れたのは、薄紫の袍の姜夫人だ。いつものように、逞《たくま》しい侍女を数人連れている。

姜夫人は、不機嫌な表情でゆっくりと近づいてきた。

「一体なんの騒ぎです? こんな時間に呼び出すなど、無礼千万」

キッと衛兵を見れば、衛兵は「申し訳ございません!」と頭を下げた。

しゃらん、と別の鈴の音が近づく。

次に現れたのは、侍女を引き連れた、白い袍の周夫人だ。

「まったく、いい迷惑ですこと。ただの茶番なら処罰は覚悟なさいな」

周夫人が扇子をヒラヒラさせながら、近づいてくる。

衛兵はますます小さくなって、

「おい、お前、本当に呪詛は解けるんだろうな？」

と翠玉に確認してきた。

端にいた衛兵が、夫人たちに事情を説明している。

皇帝への呪詛を自白した女が、夫人たちの呪いも解くと言うので連れてきた、と。

「皆様の大切なお身体になにかあっては大問題になると思いまして。――さぁ、さっさと呪詛を解け！」

衛兵が、翠玉の背を強く叩いた。

姜夫人も、周夫人も、翠玉が何者かを知っている。だが、それを衛兵に伝えはしなかった。伝えてくれさえすれば、この縄もすぐに解かれるはずなのに。

（敵になるか味方になるか……まだ読めない）

だが、この時間にわざわざこの場に来てくれたからには、積極的に足を引っ張るつもりはなさそうだ。それだけでも御の字である。

「徐夫人はまだですか。私、大層急いでこちらへ参りましたのに」

不機嫌に姜夫人が言うのに、

「まさか、まだ寝ているんじゃないでしょうね？　冗談じゃないわ」

周夫人が重ねる。

ふたりの夫人たちから、思わぬ援護が入った。

「三名全員がそろわねば、意味がございません。徐夫人をお呼びください！」

すかさず、翠玉は衛兵に頼んだ。

目だけで夫人たちに礼を伝えれば、かすかな反応があった。

（月倉の会は、まだ生きている）

この窮地の中、機を読むに長けた夫人たちの援護ほど心強いものはない。

慌てた衛兵のひとりが「た、ただいま！　お呼びして参ります！」と叫んで走って天幕を出ていく。

目の端に入った白い牡丹は、いっそう明るくなっていた。

（あぁ、時間がない）

今頃、祈護衛の人たちは、迫りくる死に怯えているだろうか。

そこに「遅いですよ！」「早くなさいな！」とふたりの夫人が、声を荒らげる。

ふたりめの衛兵が、徐夫人を呼びに走った。ありがたい援護だ。

それから、ややしばらくして――

しゃらん――と鈴の音が聞こえた。

（あ……来た）

天幕を侍女がまくり、鮮やかな紅色の袍の徐夫人が姿を現す。

大きな花の髪飾りをつけ、華やかに化粧をした姿は、やはり女神のように美しい。

「一体、こんな時間に何事――どうして……どうして、この女がここにいるの⁉」

徐夫人が、不快さもあらわに、美貌を歪めた。

衛兵が「呪詛から夫人がたをお守りするべく――」と事情を説明しようとした。

「黙りなさい！　すぐにこの女を連れていって！　早く！」

徐夫人は、天幕を揺らすほどの声で怒鳴った。

動揺は好都合。翠玉は、負けじと大きな声を出す。

「なにをおっしゃいます！　私が施した呪詛は、命をも奪う危険なもの！　私が愚かでございました！　さ、せめてもの罪滅ぼしに、呪詛を解かせてくださいませ！」

呪詛は、三家の血を持つ者には無効。呪詛が行えるのは、陶家の者だけ。

茶番である。誰より徐夫人がよくわかっているだろう。

「連れていって！　早く追い出しなさい！」

徐夫人は、自分の横にいた侍女の背を叩いた。

「呪詛を解かせてくださいませ、徐夫人。それとも――なにか不都合なことでも？　いえ、まさか！　かけられた呪詛を解くなとはおっしゃいませんよね？」

翠玉は、衛兵に「徐夫人の呪詛から解いて参ります」と断って、前に進んだ。

ゆるやかな曲がり路は、牡丹に囲まれている。

花を背にした徐夫人に一歩、また一歩と近づく。

徐夫人の白い顔は、見る見るうちに紅く染まっていった。

ここで姜夫人が「まぁ怖い！　早くしてくださいな！」と彼女らしからぬ悲鳴じみた声を上げ、周夫人も「早くなさって！　怖いわ！」と芝居がかった調子で続いた。

翠玉は懐から、四神賽の入った小箱を取り出す。

衛兵がぎょっとしていたので「呪詛を解くのに使います」と説明した。

「近寄らないで！　あっちへ行って！」

「呪詛を解くだけでございます。ご安心ください」

青ざめた徐夫人は、くるりと背を向け、天幕に向かって走りだす。

――カーン……

一暁の鐘が鳴った。

（もう、時間がない！）

一刻後には、祈護衛の処刑が執行されてしまう。

逃げようとする夫人の行く手を、姜夫人の侍女たちが素早く阻んだ。

姜夫人の侍女たちと、徐夫人の侍女たちがもみあいになっている。

徐夫人も窮しているが、翠玉も窮していた。

賽を振る暇さえ惜しい。

この時、翠玉の頭に浮かんだのは明啓の顔であった。

涼やかで、高潔な、その姿。

（明啓様――）

彼はいつでも、誠実だった。

嘘などつかない。きっと。いや、決して。

「逆です！　徐夫人！」

明啓は、嘘をついていない。

だから――やはり逆だ。

「なにが逆ですって⁉」

キッと鋭く徐夫人がこちらを振り返った。

少し傾いだ華やかな髪飾りを、手で押さえている。

「今、呪詛に倒れているのは弟君の方です！」

「――死にたいの？」

ギッとにらみつける徐夫人の視線は、人をも殺せそうなほど鋭い。

「双子の弟は、先に母の腹から出た方ではありません。後に出た方なのです」

「なにを言っているの、貴女」

徐夫人が、軽く鼻で笑う。

やはり――そうだ。

南方出身の陶家に生まれた徐夫人は、双子の兄弟順を間違えている。

「逆なんです。南と北では、双子の兄と弟の順が、逆なんです」

「母の腹に、最初に生じたのが兄でしょう？　天の神が定めたじゃない。後から生じた弟に、場所を譲るからだって」

「斉照殿で女官の会話を耳にされた時、おふたりは兄君、弟君と呼ばれていたのではありませんか？　恐らく、即位された方が弟君だ、と」

急な話の変化に、衛兵が割って入る。

「おい、なんの話をしている？　お前が呪詛を解くんじゃないのか！」

衛兵のうちふたりが、翠玉に長棒を向ける。その途端、

「控えなさい！　潘家のご息女ですよ！　縄目にかけるなど無礼が過ぎます！」

姜夫人が一喝した。

「まさか……本物の……？」

ひぃ、と悲鳴を上げ、衛兵たちは慌てて翠玉の縄を解きはじめた。

翠玉は縄の解かれるのを待たず、徐夫人に話しかける。

「おふたりは、呪いに備えて字まで共有されていました。おふたりとも、おひとりの時は啓進、と名乗っておられます。斉照殿では兄君、弟君。必要な場合は、兄君を明啓様、弟君を洪進様、と仮の字でお呼びしていました」

「なにを言っているの？　啓進様は、自分の方が後に生まれたっておっしゃったわ。双子の兄弟は、先に腹から出ただけなのに、いつも偉そうにしているって。自分は身代わりで、影だって。だから、啓進様は兄君でしょう？　ご即位されたのは、弟君の方だって、斉照殿の女官が言っていたわ。なにが逆なの？」

「呪詛を受けてどちらかが死ぬ。兄君か、弟君かはわからない。けれどもきっと兄君の方ではないか——おおよそ、そんな話が交わされていたのではありませんか？」

「……そうよ。ありもしない呪いの話を大真面目にしていた。どちらが倒れても、おかしくなかったはずじゃない」

「ちょうどいい——と思われたのですね？　貴女は即位した弟君を消し、影武者の兄君と結ばれることを願っていた。いざ呪詛を行おうとしたところ、偶然、三家の呪いの話を聞き、思った。——ちょうどいい、と」

「そう……いえ、違うわ！　呪詛なんてバカバカしい！　なにを言いだすの！」

　徐夫人は、窮している。

　目の前の美しい顔に、うっすらと汗が浮いていた。

「ご兄弟のどちらが死んでも、それは二百年前の呪詛だということにできる。実家を巻きこみ、祈護衛の自作自演を疑わせれば、憎い祈護衛も始末できる。実にちょうどいい話です。——兄弟が、逆でさえなければ」

ここで、はじめて徐夫人の顔色が変わった。

「──だって、たしかにふたりいたのよ。私が、間違ったの？　まさか。啓進様に、気づけなかったの？　私が？　啓進様も、なにもおっしゃらなかったわ。私に気づかないはずないのに。待って。間違ったとしたら、入宮した日にお食事をしたのは……」

「弟君。ご即位された洪進様です」

「呪詛をかけたあと、宵の庭に現れたのは──」

「兄君の明啓様です。倒れた弟君の影武者を務めておられます」

懸念していたとおり、徐夫人には双子の区別がついている。

入宮した日に、斉照殿で食事をした洪進。

占いどおりに、庭へ現れた明啓。

それぞれが、別の人間だと認識できていた。

ただ──逆なのだ。

愛する人と、愛する人との間を阻む男が。

「……私は……間違ったの？」

「はい。貴女様が殺そうとしているのが──弟君の洪進様。離宮で貴女様と親しく言葉を交わしたお方です」

もう、侍女同士のもみあいは終わっている。

衛兵たちも、翠玉の縄を解き終えたあとは固唾をのんでいた。庭にいる者の視線は、すべて徐夫人に集まっている。

「そこまで――そこまでに！」

突然、辺りに響いた宦官の高い声に、皆がそちらへ視線を移す。

天幕を上げて庭に入ってきたのは、清巴《せいは》である。

「ご一同――皇帝陛下のおなりでございます！」

あ、と衛兵のひとりが声を上げた。そして、横のひとりが膝をついて頭を下げる。

すぐに槍峰苑の中にいた全員が続いた。

「翠玉！」

近づいてくる足音にあわせ、翠玉は顔だけを上げた。

「……陛下！」

駆け寄る明啓の冕冠の珠が、顔の前で揺れている。

最後に会った、昨夜の宵のなんと遠いことか。その姿が、懐かしくさえ思えた。

膝をついたままの格好で、ぎゅっと抱きしめられる。

「なぜ、こんな危うい真似を。……生きた心地がしなかった。無事だな？」

自分の無謀さは、百も承知だ。

翠玉は、抱きしめられたまま、うなずいた。

このまま、力強い抱擁に癒されたいところだが、そうもいかない。

時間がないのだ。すでに、一暁の鐘は鳴った。

一言「申し訳ございません」と騒動を謝罪し、身体を離して頭を下げた。

「時間が——時間がありません。祈護衛の皆さんが、処刑されてしまいます。執行は二暁の刻。呪詛は彼らの手によるものではありません。どうか——」

「案ずるな。もう伝令は南大門に向かった」

「え——」

「祈護衛全員の、死刑は執行されない」

「あ……あぁ……よかった……」

明啓が、翠玉の身体を支えて立ち上がらせる。

「遅くなった。必ず守ると誓いながら、この体《てい》たらくだ。許せ」

「いいえ、きっと来てくださると——」

信じておりました、と最後まで言葉を発する前に、涙がこぼれた。

「もう、なにも案じなくていい」

「明啓さ……あ！　申し訳ございません！」

安堵のあまり、うっかりとその名を口にしてしまった。翠玉は慌てて口を押える。

明啓はその手を下ろさせ、そっと翠玉の頬の涙を拭う。

「よい。その名で呼んでもらいたい。あとは任せてくれ。本当によくやってくれた。──一穂《いちほ》、翠玉を頼む」

明啓は天幕の方に戻り、代わって走り寄ってきたのは一穂だ。

多少、髪は乱れているが、怪我をした様子もない。

「一穂さん！　案じていました。無事ですね？」

翠玉は、ぐっとこぼれた涙を拭った。

「はい。遅くなりまして申し訳ございません。狭間の牢も複数あり、お探しするのに手間どりました。ですが、もうご安心を。──陛下は決意されました」

陛下、というのが、どちらを指すのか、とっさにはわからない。

ただ、一穂の目が向いた先を追えば、答えはわかった。

天幕が上がり、輿が運ばれてきたのだ。

その上にいるのは──洪進であった。

明啓が輿の横に並ぶ。ふたりは冕冠を被り、龍の袍を着ていた。

皇帝が、ふたり。

夫人たちは一瞬だけ顔を上げ、またすぐに顔を伏せた。

経緯を知る夫人たちは、どちらがどちらか、すぐにわかったはずだ。

弟の身代わりになっている、兄の明啓。

呪詛によって身体を蝕まれた、弟の洪進。

「呉娘」

弱々しい声が、徐夫人を呼んだ。

「――はい」

徐夫人は、ゆっくりと顔を上げる。

「俺は、貴女を知っている。離宮にいた――呉娘だ。腰を痛めた母親の代わりに、厨房へ花と野菜を届けに来ていた。庭で何度か話したのを、覚えている」

「貴方は……どなた？　啓進様なの？」

「あぁ、俺だ。啓進だ。――許してくれ、呉娘。俺の小さな嘘が、これほど大きな報いになって返ろうとは……思いもしなかったのだ」

洪進は、ケホケホと咳きこんだ。

皇帝の前では、許しを得るまで頭を下げ続けるのが習いだ。

だが、誰しもがその習いを一瞬忘れた。

「あぁ、啓進様！　嬉しい！　やっとお会いできたのですね！」

その徐夫人の華やいだ声に、恐怖を感じて。

薔薇色に染まった頰の、美しい人。朝日は、彼女の肌の美しさを際立たせていた。

「許してくれ……呉娘。今の話は、すべて聞いていた。俺のせいだ……」

「私、夢見ていたとおり、こうして後宮まで参りました。離宮にいらした徐家のお方が、私を拾ってくださったのです。見目がよいから、と。だから私、今日まで必死にがんばりました。貴方様の――愛するお方の妻になりたい一心で」

恥じらいを含んだその声も、別な場所で聞けば愛らしさを感じただろう。

だが――彼女は呪詛の主だ。

その明るさが、いっそ恐ろしい。

「俺は嘘をついた。庭でわずかに会話をしただけの少女に求婚されて、戸惑ったのだ。あまりに世を知らず、あまりに無垢であったゆえに。傷つけまいという一心で、嘘を……すまない。俺は身代わりで、兄弟が即位する。だから結婚は生涯できないのだ――と」

一国の皇太子と、離宮の厨房に出入りしていた庶人の娘。会ったのは、きっとふたりきりの時だったのだろう。

貴女の妻になりたい――と呉娘が言った時、身の程をわきまえろ、とたしなめる者は周りにいなかった。だから、洪進は優しい嘘をついたのだ。

「先に生まれた兄弟が、偉そうにしている、とおっしゃいました。あの時、喧嘩をなさっていたのは、弟君とでございましょう？」

「呉娘。康《こう》国では、先に生まれた方が双子の兄だ」

「でも――では……私が入宮した日に、お食事をしたのは……」

「あれは、俺だ。貴女が消そうとした、邪魔な皇帝は俺自身だ。着飾った貴女が、呉娘だとは……気づかなかった。兄上から話を聞いても、すぐには思い出せなかったくらいだ。六年は――長い。呉娘」

「花を……庭のお花を、くださいました。綺麗な、紅い、大きなお花を。私、ずっと待っていたのです。またお花をいただきたくて。お庭で、ずっと。毎日、毎日。母が死んだ日も、ずっと――」

「許せ……我らは、親しい人間を作ってはならなかったのだ」

ふたりが、どのような会話を交わしたのか、翠玉には知る由もない。

庭で会って、ほんのわずかな、他愛ない会話をする程度の。

六年ぶりに会って、互いに気づかぬ程度の。

たったそれだけの時間で、人がそれほど強く恋ができるのだろうか。

ただ――徐夫人には十分だったのだ。

「あ」

徐夫人は声を上げ、辺りを見渡し、

「そこ！」

と姜夫人が立っている場所に近い、灌木を指さした。

「そこにあるわ！　あと——あぁ、あそこ！　そこにも！」

なにが、と問うまでもない。呪詛の蟲がある、と埋めた当人が明かしているのだ。

緑の長棒を持った衛兵らが「掘れ！」と指示している。

「今、すぐに蟲を始末いたします。——もうすぐですわ、啓進様」

にこり、と徐夫人は洪進に向かって優しく言った。

彼女は——まだ、信じているように見えた。蟲さえ取り除けば、誤りはすべて消え去り、日常が戻ると。

「池にもあるわ。探して。沈んでいるはずよ。——そこに——あ……ッ」

ぱしゃり——と音がした。

池の、蟲を沈めた場所を示そうとした徐夫人の髪から、あの大きな花の髪飾りが落ちたのだ。

ひぃ！　と悲鳴を上げたのは、徐夫人の近くにいた姜夫人の侍女だった。

(……なに？)

次に、きゃあ！　と悲鳴を上げたのは、他でもない徐夫人自身だった。池に落ちた髪飾りを拾おうとし、できぬとわかってしゃがみこむ。

「——つ、角が——」

侍女の声が聞こえるのと、怯えた徐夫人が洪進を振り返るのとは、おおよそ同時であった。

その、髪の間からのぞくもの。髪飾りで隠せる程度の小さな突起。

たしかにそれは——角に見えた。

「見ないで！」

徐夫人が叫ぶ声は、あちこちで上がる悲鳴にかき消される。

(角——)

三家の者には、角が生えている。

今の今まで、それは祈護衛の不当な言いがかりだと思っていた。

だが——今は理解できる。

(異能の代償だ)

——人でないものになる。

江家の者が、特殊な占いを日に一度しかできぬように。

きっと陶家にも制約はあったのだ。それを、徐夫人は超えた。

この時、ひとつの推測が頭をよぎった。

江家の占いは、それぞれ一日一度。劉家の護符も、一日十枚まで。

呪詛も、一度にひとりと決まっていた、とは考えられないだろうか。

(徐夫人が呪っていたのは、洪進様と……私だ)

思い人と結ばれるのに、邪魔な皇帝を呪詛した。

邪魔者を排除できると思った矢先、新しい夫人が現れた。

皇帝が望んで迎えたという、その夫人が。皇帝が二日続けて殿を訪った、その寵姫が。——邪魔、だったのではないだろうか。

翠玉は知っている。思う人が別の夫人といる時の、どうしようもない感情を。呼吸をするのさえ苦しい、嫉妬としか呼びようのない思いを。

（まさか、私を……呪ったせいで？）

恐ろしい推測だ。あまりにも、恐ろしい。

恐怖はあったが、それでも翠玉の身体は自然に動いていた。

罪は罪。だが、それとこれとは話が別だった。

うずくまっているのは、三家の娘だ。自分と同じ。別の道を歩んだ自分が——そこにいる。

見世物になど、させたくはない。

走りながら袍を脱ぎ、素早く徐夫人の頭に被せた。

ぱっと徐夫人が、袍の間からこちらをにらむ。

「お前のせいよ！　お前なんかが邪魔をするから……！　殺してやろうと思ったのに！　殺してやりたかった！」

徐夫人は、呪いの言葉を翠玉に浴びせた。

愛する人の妻になるために、徐夫人はすべてを捧げたのだ。

——冬の話など聞きたくないわ。

あの簡単な言葉は、恋に生きた人の覚悟であったのだろうか。

「蟲は、全部で四つですね？」

動揺を押し殺し、翠玉は徐夫人に問うた。

「……そうよ。箱を燃やして。それですべて終わるわ」

それだけ答えると、徐夫人はその場で泣き崩れた。

気配を感じて振り向けば、そこに明啓がいる。手には袍を持っていたので、翠玉と同じように、角を隠そうと駆けつけてくれていたようだ。

明啓が、自分の袍を翠玉にかける。

皇帝の袍は、ずしりと重かった。

「呉娘、俺は貴女を裁かねばならない。……許せ」

輿の上で、洪進は静かに告げた。

徐夫人の周りには、彼女に仕える侍女たちが集まり、すすり泣いている。

「冷宮へ」

洪進の声に応じ、衛兵が徐夫人を立たせる。

徐夫人は、衛兵と侍女たちに囲まれ、槍峰苑を去っていく。

もう、鈴の音は鳴らなかった。


――淡々と、蟲を掘り起こす作業は進んでいった。

「翠玉、少し時間をくれ。陛下が、貴女と話をしたいそうだ」

明啓に言われ、翠玉は輿に近づいた。

「お騒がせいたしましたこと、心よりお詫び申し上げます」

膝をつこうとしたが、洪進に「そのままで」と止められた。

「無茶をしたものだな。貴女は、呪詛は自分がしかけたと言ったとか。その勇気には感服するが……因縁の相手であろうに。祈護衛が憎くはなかったのか？」

洪進が、細い声で問うてきた。

三家を族誅に導いた呂氏は、たしかに憎い。呂衛長とて、憎くてならない。よりによって、あんな相手を命がけで助ける羽目になるとは思っていなかった。

だが、そうするしかなかったのだ。

あの時の翠玉には、他の道が見えなかった。

「因縁は、どこかで断ち切らねば終わりません。できる者が、できる時にすべきことと存じます。あの時、呂氏を見殺しにしていれば、新たな因縁が生まれていたでしょう。——それに、騒ぎが大きくなれば、明啓様が見つけてくださると思っておりました。必ずや助けてくださると信じればこそ、できた賭けでございます」

洪進は、明啓と翠玉を、ゆっくり交互に見てから、かすかに笑んだ。

「……そうか。貴女たちの働きには、必ず報いよう」

「もったいないお言葉でございます。——洪進様、どうぞ斉照殿へお戻りを。間もなく焼かれるとはいえ、蟲の近くにおられますと、お身体に障ります」

「そうさせてもらおう。明日、使いを出す。今日は翡翠殿で休んでくれ」

洪進の合図で、輿が動きだす。

輿が去ったのち、応援の衛兵が、どっと槍峰苑に入ってくる。

池の水が堰き止められ、次々と桶で運ばれていく。

衛兵たちに指示を出し終えた明啓が、近づいてきた。

翠玉は、その高いところにある顔を見上げる。

「仮初《かりそめ》の主従関係も幕引きだな。——言葉に尽くせぬだけ、感謝している」

「短い間でしたが、お仕えできて光栄でした。廟に眠る父や祖父も、きっと涙を流して喜んでおりましょう」

呪詛の主は明らかになった。

翠玉は役目を果たし、明啓はすでに罪と則を撤廃した。

短い、そして奇しき縁も、ここで終わりだ。

「もう行かねば。後宮に、皇帝の兄弟はいられない」

「――はい」

後宮は、皇帝以外の男子は立ち入れぬ場所だ。

皇帝の兄と、名誉を回復したばかりの江家の娘。

これからはじまる新たな日常の中に、お互いの姿はない。

「翠玉。……明日、弟はそなたに入宮の打診をするだろう」

「……明啓様……私……」

「その……入宮するかどうかの答えを出すのは、貴女であるべきだと思う。しかし、貴女を思う気持ちは他の誰にも負けずとも、皇帝の妻ばかりは奪えない。だから……どうか、入宮だけはしないでほしい。我儘《わがまま》は百も承知だ」

不器用な明啓の言葉に、翠玉は小さく笑んだ。

きっと明啓は、慣れていないのだ。この恋とでも呼ぶべき感情に。

翠玉も同じだ。だからわかる。

もっと時間をかけて、ゆっくりと育む感情のはずだ。だが、出会いは突然で、時間も短く、別れも唐突にやってきてしまった。

「明啓様こそ、内城から一歩外に出た途端、縁談が山ほど舞いこみましょう」

突如現れた皇帝の兄弟だ。放っておいても、美しく、背のすらりと高い、楽器をよくする良家の娘が門前に列をなすだろう。

翠玉の嫉妬じみた感情など、きっと明啓にはわからない。

「なんの障害にもならない。俺が共に歩みたいのは貴女だけだ。必ず、迎えに行く。どうか待っていてくれ」

あまりにまっすぐな言葉に、泣き笑いの顔になる。

明啓を愛おしく思う気持ちは、結局、恐れていたよりもずっと深くなってしまった。

だが、もう今は怖くない。

「気長に、お待ちしております」

翠玉は、丁寧に頭を下げた。

明啓が慌ただしく去っていく。その背を、翡翠殿で夫婦の真似事をしていた時と同じに見送った。

遠くで「あったぞ！」「こっちも見つかった！」と声が聞こえる。

清巴が許可を出し、その場で火が焚かれた。

ひとつ、ふたつと、蟲は焼かれて消えていく。

焼かれるたびに、きゅう、きゅう、と小さな鳴き声が上がり、衛兵たちは震え上がっていたが、皆、果敢にも耐えた。

やっと終わった、と一同が安心したのも束の間であった。徐夫人は全部で四つだ、と言ったが――昼過ぎに四神賽を用いたところ、紅雲殿《こううんでん》の中庭で、五つめの蟲が見つかったのだ。

翠玉を呪った時のものだろう。庭の天幕を警戒したのか、時間がなかったのか。そのひとつだけは自身の房の中庭を使ったらしい。

効かぬ呪詛なので放置したのだろう、と翠玉は思ったが、李花は「効かぬとわかっても、偽の寵姫への呪詛を続けたかったのだろうか」と徐夫人の怨念の強さを恐れていた。真相は知れない。

そうして――最後の蟲も無事焼かれた。

翠玉と李花は、その日、翡翠殿で休息を得ている。

泥のように眠り、翌朝になってから、床払いをした洪進に拝謁した。そして、蚕糸《さんし》彩占《さいせん》によって、呪詛が消えたことが明らかになった。

白い炎は、もう上がらなかった。

後宮を襲った呪詛は、去ったのである。

糸を撫でた三度めに現れた色は、濃紫色。高位に上る兆し、もしくは、深い喪失を示す色――奇しくも徐夫人の未来に見えたのと、同じ彩りであった。

跋　糸の彩り

――罪と則のない世で、日々の営みを送ってみとうございます。

洪進《こうしん》から入宮の打診を受けた翠玉《すいぎょく》は、そのように答えて辞退した。

伯父はなにも言わなかった。頑固者の姪に口出ししても、無駄だとわかっていたからかもしれない。

結局、李花《りか》も入宮は断った。曰く『月倉《げっそう》の会に入りたくない』そうだ。

後日送られてきた報奨金で、翠玉は琴都《きんと》に小さな邸を買っている。

――ここは下馬路《げばろ》から、二つ小路を隔てた南叡《なんえい》通り。

漢典六年、春。

呪詛騒動から、すでに九ヶ月が経っている。

この小さな邸の離れにあるのが、新たな華々娘子《かかじょうし》の店である。

卓をはさんで座るのは、黒装束の占師と、客の商人だ。

かたり、と星画牌《せいがはい》の一枚を卓の上でひっくり返す。

「――仙人の牌……欲を捨てるのが吉でございます。運気は間違いなく今年から来年にかけて上向きますから、ここぞという時に、この牌を思い出すとよいでしょう」

奥の部屋から「ただ今、護符を用意いたします」と声だけで参加したのは李花である。客の前に出るのは嫌だ、と言うので、いつも奥の部屋にいる。

「ありがとうございました、華々娘子様！」

李花が書いた護符を、翠玉が受け取り、客に渡す。

若い商人は、銭を少し余分に払い、笑顔で帰っていった。

翠玉と李花は、共に占師と護符師として働いている。

李花も、報奨金で邸を買った。この邸のすぐ西隣である。

もう一宵の刻からの営業ではない。昼から夕まで。客は一日五人と決めていた。

新たな廟は伯父が守り、仕官が叶った従兄は、妻を迎えた。

国の学問所へ通うことを許された子欽《しきん》は、毎朝元気に家を出ていく。同じ学問所に通う李花の弟ふたりとも、よい友人になったようだ。

夢にまで見た穏やかな暮らしを、ついに翠玉は手に入れたのである。

正月には鶏を食べ、酒を飲み、ささやかながら新年を祝った。もう天井から雨漏りはしないし、煤けた袍を着ることもない。

「さて、今日は早いですが、店じまいですね」

まだ昼を過ぎたばかりだが、今日は客の入りがよかった。

紅い看板を下げ、離れに戻れば、李花が片づけの手を止めていた。

「……翠玉」

「どうしました？　李花さん」

「その……そ、相談があるのだ」

李花は、目を泳がせながら、か細い声で言った。

こういう時は、急かさぬに限る。

笑顔で翠玉は「どうぞ、なんなりと」と答えた。

「なにを占いましょう？」

「――縁談だ」

うつむく李花は、顔ばかりか耳まで真っ赤だ。

「では、蚕糸彩占《さんしさいせん》で占いましょうか」

「いいのか？　後宮から戻って以来、一度もしていないだろう」

呪詛騒動以来、翠玉が蚕糸彩占を使っていないのは本当だ。

店を開ける時間が昼だから、というのが単純な理由だが、どこかで避けている自覚はある。

「今日は特別です」

翠玉は、離れの窓に布を下ろした。暗い方がよく見える。

いつも懐に入れてある絹糸を出し、鋏でぱちりと切って、李花の指に結ぶ。

ひと撫ですれば、深い藍色。

もうひと撫ですれば、淡い紅色。

さらに撫でれば、美しい紺碧《こんぺき》が現れた。

「……どうだ？」

「過去の因縁を乗り越え、新たな出会いを得た。お相手は、尊敬できる方ですね？」

「そ、そうだ。うん、たしかに、そうだ」

「――良縁です」

李花の顔が、ぱぁっと晴れやかになる。

「そうか！　よかった！　ありがとう、翠玉！」

「私も嬉しいです」

李花は何度も礼を繰り返し、下ろした窓布を巻き上げる。その手をぴたりと止め、李花はこちらを見ずに話しはじめた。

「三家が宇《う》国の祖の招きに応じたのは、南に居場所がなかったからではないか、と私は思うのだ。異形で、異能を持った一族は、人の目にさぞ恐ろしく映っただろう」

角を持った異形の、気を操る異能の者。

恐ろしく映っただろう、という点に関しては、同意する。

あの呪詛騒動は、三家の血の異質さをむき出しにした。

以来、話題にこそ出さないが、翠玉も自身の血については考え続けている。

「そうですね。わかる気がします」

「宇国の祖は、そんな三家に富と穏やかな暮らしを与えた。恩人だったのだろう。異形の者は、庇護者なしでは平穏を得られない」

「……まだ、二百年前には異形を留めていた者もいたのかもしれません」

だからこそ、三家は簡単に降伏できなかったのではないか、と翠玉は考えるようになった。少なくとも、呂《りょ》氏は三家が異形であると知っていたのだから。

ただ異能というだけで、不当に差別されてきた――と長く翠玉は思ってきた。

だが、今は認識が違っている。

三家にも、自分たちの異形に自覚はあったのだ。人々が三家を恐れたように、三家も人々からの迫害を恐れた。

「だが、律すればその事実さえ忘れ、二百年も代を重ねられる、ということも忘れてはいけないと思う。……我々は、大丈夫だ。生き方は選べる」

窓の布が上がり、穏やかに日の光が入ってくる。

李花は、もうこちらを向いていた。

「えぇ、そうですね。選べます」

異能に溺れ、先祖の異形を身に宿すことも。

異能を律し、父や祖父と同じように人として生きることも。

「私たちも。それから、私たちの子供も。その孫も。どちらの道も選び得る。正しく律すれば、我々は人として、穏やかに生きられるだろう」

異能を持った自分たちの子も、異能を持って生まれる可能性は高い。

だから、自分の代で異能を絶やしたい、と思ってきた。

「……えぇ」

李花も、同じ葛藤を抱えてきたのかもしれない。

十八歳の翠玉でさえ、縁談を断りに断って生きてきた。李花はさらに一歳年長だ。

血を繋ぐ意思があったならば、とうに嫁いでいたはずだろう。

「だから――貴女も恐れなくていい」

てっきり、李花が抱える不安の話だと思っていた。だが、どうやらこれは翠玉を励ますための会話だったらしい。

李花は、竹籠を持って出ていった。

その背に「ありがとうございます！」と声をかける。

（もう九ヶ月になるもの。李花さんも気を使ってくれたのね）

李花は、自分の血を恐れるな、と言いたかったのだろう。

夫を持つならば、避けて通れぬ問題だ。

それとも、さっさと自分から明啓《めいけい》を訪ねろ、と言っていたのかもしれない。

（まぁ、行こうと思えば行ける距離ではあるのだけれど）

明啓は、年明けに天錦城《てんきんじょう》の南大門《なんだいもん》近くに、皇帝の弟として王府を構えた。翠玉の足でも、半刻歩けば着く距離だ。

時折、手紙も来る。味も素っ気もない内容だが。

こちらからも手紙を書く。時候の挨拶も添えて。すると、次回の手紙には少しだけ、気候のことなどが添えられている。

そんな日々が、続いていた。

――昨年の暮れに、清巴《せいは》がこの邸を訪ねてきている。

簡単な挨拶のあとは、新しい廟に不備がないか、報酬は間違いなく届いたか、と細々した確認がはじまった。

今も清巴は、斉照殿《せいしょうでん》で中常侍として働いているそうだ。

斉照殿の顔ぶれは半分以上が変わったと言っていた。祈護衛《きごえい》に情報を漏らした者を、処罰しない代わりに遠ざけた結果らしい。

洪進はなんとか健康を取り戻し、政務に励んでいるそうだ。

「ただ……やはりお心の負担は大きかったようでございます。臥《ふ》せる日もあり、明啓様が、傍らでお支えすることもたびたびです」

呪いとあれば力を貸せるが、心の問題には踏みこめない。

(無理もない。つらい事件だった)

清巴は、夫人がたの位階についても、話をしてくれた。

周《しゅう》夫人が皇后に。姜《きょう》夫人は貴妃に。予定どおり決定したそうだ。

冷宮《れいぐう》に入った徐《じょ》夫人のことは、尋ねなかった。知ったところで、なにもできない。

刑部尚書の職権を濫用した徐家の当主は、蟄居《ちっきょ》の上、降格処分になったという。

江《こう》家と劉《りゅう》家への襲撃を企て、失敗したのちは雇った男たちを秘かに殺害。さらに祈護衛に罪を着せて処刑しようとしたのが、徐家の当主だったと判明したからだ。

祈護衛の衛官たちは、竹簡などの処分を終え、年明けには全員が内城を出ることになったそうだ。もう関わることもない。あまり詳しい話は聞かなかった。

――明啓様は、縁談をすべてお断りになっておられます。

清巴は、最後にそれを笑顔で伝えて帰っていった。


「姉上様」

ぼんやり窓の外を見ていたところに、ひょっこり子欽が顔を出す。

「まぁ、子欽。今日は早いのですね」

学問所は、二夕《にせき》の刻までのはずだ。ずいぶんと帰りが早い。

庭から、ぐるりと回って子欽が扉を開けて入ってくる。

「ただいま帰りました。――どうしました？　ぼんやりとなさって」

「なんでもありませんよ。――お帰りなさい」

子欽が拱手の礼をして、翠玉は膝を曲げて礼を返す。

すっかり背の伸びた子欽は、目の位置がもう翠玉よりも高い。

「今日は、魯老師《ろう》にとても大事な用があるというので、早帰りです。なんでも、これから思い人のところに求婚に行くのだとか。向かう先は隣の――劉家だそうですよ」

子欽は、明るく笑んでいた。

学問所の魯老師といえば、博学な学者だ。髪に白いものがちらほらとある、若いとはいえない年齢だったように記憶している。

「それはそれは……二重にめでたいお話です」

李花の弟たちは、子欽と同じ学問所に通っている。その縁が、ふたりを結びつけたらしい。喜ばしいことだ。翠玉は笑顔で「よかった」と祝福する。

だが、その笑顔も、

「実は、今しがた、この邸にも同じ用向きでいらした方がおられます」

子欽の言葉で吹き飛んだ。

「まぁ、同じ用……同じ？　え？　きゅ、求婚ですか？」

「はい。姉上様に求婚を、と」

「嘘でしょう？　片っ端から断って、とお願いしていたのに！」

求婚まで話が進めば、断る手間がいる。だから打診の段階で断ってくれ、と伯父にも、従兄にも、従兄の新妻にも、ことあるごとに頼んであったはずなのだが。

「さすがに、伯父上も断れないと思いますよ。大層な貴人ですから」

子欽は、朗らかに笑んでいる。

「貴人？」

「はい。もうすぐこちらにいらっしゃいます」

「貴人って、まさか……」

「姉上様が幸せならば、私も幸せです。明啓様がお相手ならば、義父上も母上も、きっと心から喜ばれると思いますよ」

では、と頭を下げて、子欽は出ていった。

(待って。そんな……急に……)

すとん、と椅子に腰を落とし、だが落ち着かずにまた立った。

うろうろと部屋の中を歩き回り、熱い頬を押さえる。

——出会って、たった数日。

明啓と過ごしたのは、初夏のほんの一時期だ。

同じ目的に向けて、手を携えた。非日常の、ごく特殊な環境だった。

すべて夢だったのではないか、と思えることさえある。

トントン、と扉が鳴った。

ここで狼狽えるのも癪《しゃく》である。どうぞ、と落ち着き払った声で答えた。

「——巷で名高い華々娘子の店はここか？」

きぃ、と扉が開く。

現れたのは、涼やかな風貌の貴公子である。

久しぶりに会ったが、やはり惚れ惚れするほど姿がいい。

「いらっしゃいませ。失せ物、人探し、吉日選び。縁結びに、悪縁断ち。なんでもいたします」

「人を、探している。頼めるか？」

「もちろんです。一体、どなたを？」

「美しい人だ。不思議な縁で巡りあった。信念を持つ、凛とした瞳がとりわけ美しい。強い心と、正しい道を選ぶ知恵を持った女性なのだ」

照れくさいやら、おかしいやら。笑いをこらえるのも一苦労だ。

「……奇遇でございますね。私も、誠実で優しい、不思議な縁で出会った貴人を探しております。季節がいくつも過ぎていますのに、さっぱり迎えが参りません。もうどこその姫君を迎えられたのかと、半ば諦めておりました」

明啓は顔をぱっと赤くして、すぐに「悪かった」と頭を下げる。

ここで、翠玉も折れた。

占師と客を装うのは限界だ。「お気になさらず」と笑いながら言う。

「すまなかったと思っている。——一言で言えば、自信がなかった」

頭を上げた明啓が、翠玉をまっすぐに見つめて言った。

「自信……でございますか？」

この国で最も高貴な皇族に生まれた人だ。端整な容姿と、世間に広く知られた優秀な頭脳を持った彼らしからぬ言葉である。

だが、事情を知る翠玉には、理解し得る部分もあった。

「求婚は、王府を構えてから。政務に慣れてから。貴女を堂々と迎えに行けるようになってから——と時を待ってしまった。俺はずっと、影でしかなかったのだ。そんな男が、貴女に求婚をしていいものなのか。俺でいいのか……悩みに悩んだ。だから、自分に次々と目標を課して、先延ばしにしていたのだと思う。すまない」

翠玉は、目をパチパチとさせ、それから小さく笑った。

（まるで鏡映しだ）

明啓の姿をした、翠玉自分の声を聞いているかのようだ。

自分でいいのか。——本当に？

三家の異形を目の当たりにし、自分の血への恐怖も募った。

今も夢に見る。自分の頭に角が生える夢を。人々の悲鳴。嫌悪。何度、目覚めて頭を確認しただろう。

明啓の周囲からも、反対の声がなかったはずがない。

特殊な環境で、ほんの一時期接しただけの縁だ。自分を選ぶことで、明啓は後悔しないだろうか。いつか、そんな瞬間が訪れる気がして、悩み続けてきた。——答えなど出ないというのに。

「お気持ち、わかるような気がします。……私も、様々考えるうちに、時間が経っておりました。お待ちするのが貴方様のためになるのかと、ひどく悩んだものです」

子を持つことへの躊躇いもあった。

明啓の立場では、子をもうけるのもひとつの義務だ。翠玉の選択次第では、別に夫人を招く未来もあるかもしれない。

心が定まらなかった。年が明けた頃には、いっそ手紙だけのやり取りが一生続いても構わない、とさえ思っていたのだ。

「完璧な状態など、いつまで待とうと来はしない。貴女が納得する瞬間も来ないだろう。ひとつ満たされれば、別の傷に気づく。その繰り返しだ。だが、瑕疵《かし》のない者だけが夫婦になるのではない。そうは思わないか？　大事なのは、手を取りあうと決めることだ。互いに至らないところもある。俺が貴女に支えてもらう場面もあるだろう。もちろん、逆に俺が貴女を支える日も来ればいいと思う。喜びも、悩みも、共に分かちあって生きていきたい。――それを伝えたくて、今日ここに来た」

「明啓様……」

「人生には、山もあれば谷もある。俺は貴女と共に歩みたいのだ」

このまっすぐな言葉には敵わない。

たしかに、瑕疵のない者だけが夫婦になるわけではないだろう。

過去の因縁。生まれ、育ち。悩みもあれば迷いもある。だが、それはふたりで乗り越えていくことなのかもしれない。

いずれ生まれる子は、たしかに三家の血を継ぐ者だが、翠玉ひとりの子ではない。明啓の子でもある。

この人ならば、我が子を守ってくれるだろう。そう信じることができる。――翠玉を守ってくれたように。

「――それで、さっそくなのだが、相談したいことがある」

「なんなりと」

翠玉は、笑顔で促した。

出会いから今まで、いくつもの壁を越えてきた。

大抵のことは、なんとかなる気がする。明啓とふたりでならば。

「洪進が、臥せりがちなのだ」

「……清巴さんにうかがいました」

「ひどく塞いで、しきりと寺に入りたいと言っている。周皇后と姜貴妃からも相談を受けているのだが、彼女たちも、これ以上洪進に重責を担わせたくないそうだ。俺も、兄として、弟を守りたい。ひとまず出家は思いとどまらせ、譲位の上、離宮で静養してもらうつもりでいる」

洪進が、そこまで弱っているとは知らなかった。

翠玉は、憂いを眉に示す。

「そうですか。……お気の毒に。気鬱が、それで少しでも晴れればよいのですが」

「つまり、俺が皇帝になる」

あ、と翠玉は声を上げていた。

そうだ。宋家の男子で、後継になり得る人物はごく少ない。

「と……いうことは……」

「貴女には、皇帝の妻になってもらいたい。今度はふりではない。本当の妻にだ」

翠玉は、きょとんとし、それから笑いだしていた。

この人は、出会ったその時から、翠玉を驚かせてばかりだ。

明啓が、翠玉の前に跪く。

こちらを見上げる表情が明るい。はじめて会った時の陰は、もう見えなかった。

「私の占いは、よく当たりますね」

「たしかに。占いの結果は出ている。——良縁だそうだ」

その未来の彩りを、翠玉も知っている。

薄暗い長屋で、ぽぅっと光った淡い朱鷺色。

色彩の示すものは多岐にわたり、簡単には断じられない。だが、今はあの時の彩りが示していたものがわかる。

——恋の成就。あるいは愛による幸福。

今は、糸を通さずともその彩りが見えていた。

ふたりを結んだ糸に浮かんだのと同じ——淡い朱鷺色が。

完

あとがき

こんにちは、喜咲冬子《きさきとうこ》です。

『後宮の寵姫は七彩の占師』、こうしてお届けできますこと大変嬉しく思っております。お手に取ってくださいました皆様に、心より御礼申し上げます。

後宮の話ということで、登場人物が一定数必要になりまして。大勢いるので、読むのも骨が折れたのではないかと思います。おつきあいいただき、ありがとうございました。

見分けの助けになればと思い、口調の話など。

主人公は、南の訛りがありますので、丁寧に話すことで標準語に近づけるため『ですます調』。北の出身の姜夫人も同じです。

李花も訛りはありますが、お芝居などで標準語を学んでいるので口調が言い切る形に。きっと、荒事の多いお芝居が好きだったのでしょう。

琴都近辺で生まれ、教育を受けた徐夫人と周夫人は、ステレオタイプなお嬢様言葉にしました。

個性豊かな後宮の女性たち。少しでも読みやすくなりますように！　と願って口調に変化をつけています。

七つの彩りを宿す糸を携えた少女の後宮活劇。お楽しみいただけましたら幸いです。

イラストを担当してくださいました、さばるどろ先生、素敵なイラストをありがとうございました！

そして、最後までおつきあいくださいました皆様に、改めて厚く御礼申し上げます。ありがとうございました。

いつかどこかで、またお会いできる日がありますよう。

喜咲冬子

この物語はフィクションです。実在の人物、団体等とは一切関係がありません。

喜咲冬子先生へのファンレターのあて先
〒104-0031　東京都中央区京橋1-3-1　八重洲口大栄ビル7F
スターツ出版（株）書籍編集部 気付
喜咲冬子先生

後宮の寵姫は七彩《しちさい》の占師

2021年5月28日　初版第1刷発行

著　者　　喜咲冬子　

発 行 人　菊地修一
デザイン　カバー　北國ヤヨイ
　　　　　フォーマット　西村弘美
編　　集　森上舞子
発 行 所　スターツ出版株式会社
　　　　　〒104-0031
　　　　　東京都中央区京橋1-3-1　八重洲口大栄ビル7F
　　　　　出版マーケティンググループ　TEL 03-6202-0386
　　　　　（ご注文等に関するお問い合わせ）
　　　　　URL　https://starts-pub.jp/
印 刷 所　大日本印刷株式会社

Printed in Japan

ISBN　978-4-8137-1096-7　C0193

スターツ出版文庫　好評発売中!!

『まだ見ぬ春も、君のとなりで笑っていたい』汐見夏衛《しおみなつえ》・著

一見悩みもなく、毎日をたのしんでいるように見える遥。けれど実は、恋も、友情も、親との関係も何もかもうまくいかない。息苦しくもがいていたとき、不思議な男の子・天音に出会う。なぜか声がでない天音と、放課後たわいもない話をすることがいつしか遥の救いになっていた。遥は天音を思ってある行動を起こすけれど、彼を深く傷つけてしまい…。嫌われてもかまわない、君に笑っていてほしい。二人が見つけた光に勇気がもらえる――。文庫オリジナルストーリーも収録！

ISBN978-4-8137-1082-0／定価726円（本体660円＋税10%）

『明日、君が死ぬことを僕だけが知っていた』加賀美真也《かがみしんや》・著

「僕は小説家にはなれない――」事故がきっかけで予知夢を見るようになった公平は、自身の夢が叶わない未来を知り無気力な人間となっていた。そんなある日、彼はクラスの人気者・愛梨が死ぬという衝撃的な未来を見てしまう。愛梨の魅力を認めながらも、いずれいなくなる彼女に心を開いてはいけないと自分に言い聞かせる公平。そんな時、ひょんなことから愛梨が死亡するという予知を本人に知られてしまい…。「私はそれでも、胸を張って生きるよ」正反対のふたりが向き合うとき、切なくも暖かな、別れへの時間が動き出す――。

ISBN978-4-8137-1083-7／定価649円（本体590円＋税10%）

『新米パパの双子ごはん～仲直りのキャンプカレー～』遠藤《えんどう》 遼《りょう》・著

突然四歳の双子、心陽と遥平のパパになった兄弟――兄の拓斗は、忙しい営業部から異動し、双子を溺愛中。一方、大学准教授の弟・海翔も親バカ全開の兄をフォローしている。ふたりは、同じ保育園の双子・優菜と愛菜の母・美涼とママ友になる。交流するうち、海翔はシングルマザーで双子を育てる美涼の健気さに惹かれていき…!?無邪気な子供達の後押しでW双子のキャンプデビューを計画する。しかし、慣れないアウトドアに大苦戦…さらに食いしん坊双子の喧嘩勃発!?――可愛い双子に癒やされる、バディ育児奮闘記、再び！

ISBN978-4-8137-1080-6／定価682円（本体620円+税10%）

『龍神様と巫女花嫁の契り～神の子を身籠りて～』涙鳴《るいな》・著

最強の不良神様・翠と、神堕ち回避のためかりそめ夫婦になった巫女の静紀。無事神堕ちを逃れたのち、相変わらず鬼畜で強引な翠と龍宮神社を守る日々を送っていた。そんな中、翠は大切な仲間を失い悲しみに沈む。静紀は慰めたい一心で夜を共にするが…その後妊娠が発覚！巫女なのに身重では舞うこともできず、翠に迷惑をかけてしまう…でも「翠の子を産みたい」。静紀は葛藤の末、ひとり隠れて産むことを決意するけれど…。「お前を二度と離さねえ」ふたりが選んだ幸せな結末とは？かりそめ夫婦の溺愛婚、待望の第二弾！

ISBN978-4-8137-1081-3／定価660円（本体600円+税10%）

スターツ出版文庫　好評発売中!!

『100年越しの君に恋を唄う。』　冬野《ふゆの》夜空《よぞら》・著

親に夢を反対された弥一は、夏休みに家出をする。従兄を頼り訪れた村で出会ったのは、記憶喪失の美少女・結だった。浮世離れした魅力をもつ結に惹かれていく弥一だったが、彼女が思い出した記憶は“100年前からきた”という衝撃の事実だった。結は、ある使命を背負って未来にきたという。しかし、弥一は力になりたいと思う一方で、結が過去に帰ることを恐れるようになる。「今を君と生きたい」惹かれ合うほどに、過去と今の狭間で揺れるふたり…。そして、弥一は残酷な運命を前に、結とある約束をする――。

ISBN978-4-8137-1066-0／定価671円（本体610円+税10%）

『放課後バス停』　麻沢《あさざわ》 奏《かな》・著

バスケ部のマネージャーとして頑張る高3の澪佳。ある日、バスケ部OBの九条先輩がコーチとして部活に来ることになり、バス停で帰りが一緒になる。ふたりはそれぞれ過去の痛みを持ちつつ、違う想い人がいるが、あることがきっかけで放課後バスを待つ15分間だけ、恋人になる約束をする。一緒に過ごすうちに、悩みに向き合うことから逃げていた澪佳の世界を、九条が変えてくれて…。お互い飾らない自分を見せ合えるようになり、ウソの関係がいつしか本当の恋になっていた――。

ISBN978-4-8137-1069-1／定価660円（本体600円+税10%）

『今宵、狼神様と契約夫婦になりまして』　三沢《みさわ》ケイ・著

リラクゼーション総合企業に勤める陽茉莉は妖が見える特殊体質。ある日、妖に襲われたところを完璧エリート上司・礼也に救われる。なんと彼の正体は、オオカミの半妖（のち狼神様）だった!?礼也は、妖に怯える陽茉莉に「俺の花嫁になって守らせろ」と言い強引に“契約夫婦”となるが…。「怖かったら、一緒に寝てやろうか？」ただの契約夫婦のはずが、過保護に守られる日々。――しかも、満月の夜は、オオカミになるなんて聞いてません！旦那様は甘くてちょっぴり危険な神様でした。

ISBN978-4-8137-1067-7／定価660円（本体600円+税10%）

『山神様のあやかし保育園～強引な神様と妖こどもに翻弄されています～』　皐月《さつき》なおみ・著

保育士資格を取得し短大を卒業したばかりの君島のぞみは、唯一の肉親・兄を探して海沿いの街へやってきた。格安物件があるという山神神社を訪ねると、見目麗しい山神様・紅の姿が。紅が園長の保育園に住み込みで働けることになったものの「俺の好みだ」といきなりアプローチされて…。早速保育園をのぞくと狐のようなふさふさの尻尾がある子が走り回っていて…そこはあやかしこどもの保育園だった――。仕方なく働きはじめると、のぞみは紅にもこどもたちにも溺愛され、保育園のアイドル的存在になっていき…。

ISBN978-4-8137-1068-4／定価671円（本体610円+税10%）

スターツ出版文庫　好評発売中!!

『この恋を殺しても、君だけは守りたかった。』稲井田《いないだ》そう・著

幼い頃から吃音が原因で嫌な経験をし、明日が来ることが怖い高1の萌歌。萌歌とは正反対で社交的な転校生・照道が現れ、毎日が少しずつ変化していく。彼は萌歌をからかっていたかと思えば、さりげなく助けてくれて…。意味不明な行動をする照道を遠ざけたい萌歌だったが、ある日彼も自分と同じような傷を抱えていることを知り…。萌歌を救うために自分を犠牲にしようとする照道を見て、彼女は誰もが予想だにしなかった行動に出る―。ふたりの絆に胸が締め付けられる純愛物語。

ISBN978-4-8137-1053-0／定価660円（本体600円+税10%）

『桜のような君に、僕は永遠の恋をする』騎月孝弘《きづきたかひろ》・著

演劇部に所属する高2のコウは、自分の台本が上映されるのが夢。だが、何度執筆するも採用されず落ち込んでいた。そんな彼の唯一の楽しみは、よく夢に出てくる理想の女の子・ゆずきを小説に書くことだった。ある日、屋上で舞台道具を作っていると、後ろから「コウくん」と呼ぶ声が…。振り向くと、そこにはあの“ゆずき”が立っていた。最初は戸惑うコウだったが、一緒に過ごすうちに、ゆずきは小説に書いた通りに振る舞うのだと気づく。しかし、そんな小説の彼女との関係が続く訳はなく…。淡く切ない恋物語。

ISBN978-4-8137-1054-7／定価682円（本体620円+税10%）

『猫島神様のしあわせ花嫁～もふもふ妖の子守りはじめます～』御守《みもり》いちる・著

生まれつき治癒能力を持つ弥生は、幼い頃に怪我を治した少年と結婚の約束をする――時は経ち、恋も仕事も失いドン底の弥生の前に現れたのは、息を呑む程の美麗な姿に成長した初恋の相手・廉治だった。「迎えにきた、俺の花嫁」と弥生をお姫様抱っこで、強引に連れ去って…⁉行き着いたのは、青い海に囲まれた、猫達が住み着く“猫島”。彼の正体は、猫島を守る島神様だった！さらに彼の家には妖猫のマオ君が同居しており…。最初は戸惑う弥生だったが、マオ君のもふもふな可愛さと廉治の溺愛っぷりに徐々に癒されて…。

ISBN978-4-8137-1052-3／定価660円（本体600円+税10%）

『夜叉の鬼神と身籠り政略結婚～花嫁は鬼の子を宿して～』沖田弥子《おきたやこ》・著

親に捨てられ、愛を信じられないおひとり様OLのあかり。嫌味なくらい完璧で、冷徹無慈悲な鬼上司・柊夜が苦手だ。それなのに、飲み会の夜、あろうことか一夜を共にしてしまう。翌月、妊娠が発覚！悩んだ末に柊夜に話すと、「俺の正体は夜叉の鬼神だ」と衝撃の事実を打ち明けられる。そして“鬼神の後継者”であるお腹の子を産むまでの、かりそめ夫婦を始めることに。しかし、形だけの夫婦だったはずが、別人のような過保護さで守られ、愛されて…。愛とは無縁の人生を送ってきたあかりは、いつしか幸せで満たされ――。

ISBN978-4-8137-1051-6／定価649円（本体590円+税10%）

スターツ出版文庫　好評発売中!!

『龍神様と巫女花嫁の契り』　涙鳴《るいな》・著

社内恋愛でフラれ恋も職も失った静紀は、途方に暮れ訪ねた『竜宮神社』で巫女にスカウトされる。静紀が平安の舞の名士・静御前の生まれ変わりだというのだ。半信半疑のまま舞えば、天から赤く鋭い目をした美しい龍神・翠が舞い降りた。驚いていると「てめえが俺の花嫁か」といきなり強引に求婚されて⁉かつて最強の龍神だった翠は、ある過去が原因で神力が弱まり神堕ち寸前らしい。翠の神力を回復する唯一の方法は…巫女が生贄として嫁入りすることだった！神堕ち回避のための凸凹かりそめ夫婦、ここに誕生⁉

ISBN978-4-8137-1005-9／定価726円（本体660円+税10%）

『はい、こちら「月刊陰陽師」編集部です。』　遠藤《えんどう》遼《りょう》・著

陰陽師家の血を継ぐ真名は、霊能力があるせいで、恋人もできず就活も大苦戦。見かねた父から就職先に出版社を紹介されるが、そこにはチャラ男な式神デザイナーや天気と人の心が読める編集長が…しかも看板雑誌はその名も「月刊陰陽師」⁉普通の社会人を夢見ていた真名は、意気消沈するが、そこに現れたイケメン敏腕編集者・泰明に、不覚にもときめいてしまう。しかし彼の正体は、安倍晴明の血を継ぐエリート陰陽師だった。泰明の魅力に釣られるまま、個性派揃いの編集部で真名の怪事件を追う日々が始まって――⁉

ISBN978-4-8137-1006-6／定価693円（本体630円+税10%）

『僕らの夜明けにさよならを』　沖田《おきた》円《えん》・著

高２の女の子・青葉は、ある日バイト帰りに交通事故に遭ってしまう。目覚めると幽体離脱しており、キュウと名乗る死神らしき少年が青葉を迎えに来ていた。本来であれば死ぬ運命だった青葉だが、運命の不具合により生死の審査結果が神から下るまで、キュウと過ごすことに。魂の未練を晴らし、成仏をさせるキュウの仕事に付き添ううちに、青葉は母や幼馴染・恭弥に対して抱いていた想いに気づいていく。そして、キュウも知らなかった驚きの真相を青葉が突き止め…。予想外のラストに感涙必至。沖田円が描く、心揺さぶる命の物語。

ISBN978-4-8137-1007-3／定価638円（本体580円+税10%）

『だから私は、明日のきみを描く』　汐見《しおみ》夏衛《なつえ》・著

――なんてきれいに空を飛ぶんだろう。高１の遠子は、陸上部の彼方を見た瞬間、恋に落ちてしまう。けれど彼は、親友・遥の片思いの相手だった…。人付き合いが苦手な遠子にとって、遥は誰よりも大事な友達。誰にも告げぬままひっそりと彼への恋心を封印する。しかし偶然、彼方と席が隣になり仲良くなったのをきっかけに、遥との友情にヒビが入ってしまう。我慢するほど溢れていく彼方への想いは止まらなくて…。ヒット作『夜が明けたら、いちばんに君に会いにいく』第二弾、待望の文庫化！

ISBN978-4-8137-1008-0／定価660円（本体600円+税10%）

スターツ出版文庫　好評発売中!!

『理想の結婚お断りします～干物女と溺愛男のラブバトル～』　白石《しらいし》さよ・著

某T大卒で、一流商社に勤める紺子。学歴は高いが恋愛偏差値の低い筋金入りの干物女子。完璧に見える紺子には致命的な欠点が…。その秘密があろうことか人事部の冷酷無慈悲なイケメン上司・怜二にバレてしまう。弱みを握られ、怜二を憎らしく思う紺子。そんな中、友人の結婚式にパートナー同伴で出席を求められ大ピンチ！しかし、途方に暮れる紺子に手を差し伸べたのは、冷酷無慈悲なはずの怜二だった。彼はある意地悪な条件付きで、偽装婚約者になると言い出して…⁉

ISBN978-4-8137-0990-9／定価660円（本体600円+税10%）

『明治ロマン政略婚姻譚』　朝比奈希夜《あさひなきよ》・著

時は明治。没落華族の令嬢のあやは、妾の子である故に、虐げられて育った。急死した姉の身代わりとして、紡績会社の御曹司・行基と政略結婚することに。麗しい容姿と権力を持つ完璧な行基。自分など釣り合うわけがない、と形だけの結婚として受け入れる。しかし、行基はあやを女性として扱い、宝物のように大切にした。あやにとって、そんな風に愛されるのは生まれて初めての経験だった。愛のない結婚のはずが、彼の傍にいるだけでこの上ない幸せを感じるようになり…。孤独だった少女が愛される喜びを知る、明治シンデレラ物語。

ISBN978-4-8137-0991-6／定価693円（本体630円+税10%）

『たとえ、僕が永遠に君を忘れても』　加賀美真也《かがみしんや》・著

母が亡くなったことで心を閉ざし思い悩む高1の誠。そんな彼の前に、突然千歳という天真爛漫なクラスメイトが現れる。誰とも関わりたくない誠は昼休みに屋上前でひっそりと過ごそうとするも、千歳が必ず現れて話しかけてくる。誠は日々謎の悪夢と頭痛に悩まされながらも、一緒に過ごすうち、徐々に千歳の可愛い笑顔に魅力を感じ始めていた。しかし、出会ってから半年経ったある日、いつものように悪夢から目覚めた誠は、ふたりの運命を引き裂く、ある過去の記憶を思い出し…。そして、彼女が誠の前に現れた本当の理由とは――。時空を越えた奇跡の青春ラブストーリー！

ISBN978-4-8137-0992-3／定価682円（本体620円+税10%）

『鬼の花嫁～運命の出逢い～』　クレハ・著

人間とあやかしが共生する日本。絶大な権力を持つあやかしの花嫁に選ばれることは憧れであり、名誉なことだった。平凡な高校生・柚子は、妖狐の花嫁である妹と比較され、家族にないがしろにされながら育ってきた。しかしある日、類まれなる美貌を持つひとりの男性と出会い、柚子の運命が大きく動きだす。「見つけた、俺の花嫁」―。彼の名は鬼龍院玲夜―あやかしの頂点に立つ鬼だった。玲夜から注がれる全身全霊の愛に戸惑いながらも、柚子は家族から逃れ、玲夜のもとで居場所を見つけていき…⁉

ISBN978-4-8137-0993-0／定価693円（本体630円+税10%）

書店店頭にご希望の本がない場合は、書店にてご注文いただけます。